雜憶與雜寫

楊絳 散文集

楊絳——著

目次

雜寫——短文選輯

雜憶

自序

我近來常想起十九世紀英國詩人藍德（W. S. Landor）的幾行詩：

我雙手烤著
　生命之火取暖；
火萎了，
　我也準備走了。

因此我把抽屜裡的稿子整理一下，匯成一集。

第一部是懷人憶舊之作。懷念的人，從極親到極疏；追憶的事，從感我至深到漠不關心。我懷念的人還很多，追憶的事也不少，所記零碎不全。除了特約的三篇，都是興來便寫，不循先後。長長短短，共一十六篇，依寫作年月為序。其中六篇曾在報刊發表。

第二部從遺棄的舊稿裡拾取。有些舊稿已遺忘多年，近被人發掘出三數篇，我又自動揀出幾篇，修修改改，聊湊七篇，篇目依內容性質排列。

「楔子」原是小說的引端，既無下文，變成棄物。我把「楔子」繫在末尾，表示此心不死，留著些有餘不盡吧。

「吾先生」——舊事拾零

一九四九年我到清華後不久，發現燕京東門外有個果園，有蘋果樹和桃樹等，果園裡有個出售鮮果的攤兒，我和女兒常去買，因此和園裡的工人很熟。

園主姓虞，果園因此稱為虞園。虞先生是早年留學美國的園林學家，五十多歲，頭髮已經花白，我們常看見他爬在梯子上修剪果樹，和工人一起勞動，工人都稱他「吾先生」——就是「我們先生」。我不知道他們當面怎麼稱呼，對我們用第三人稱，總是「吾先生」。這稱呼的口氣裡帶著擁護愛戴的意思。

虞先生和藹可親。小孩子進園買果子，拿出一分兩分錢，虞先生總把稍帶傷殘的果子大捧大捧塞給孩子。有一次我和女兒進園，看見虞先生坐在樹蔭裡看一本線裝書。我好奇，想知道他看的什麼書，就近前去和他攀話。我忘了他那本書的書名，只記得是一本諸子百家的書。從此我到了虞園常和他閒聊。

我和女兒去買果子，有時是工人掌秤，有時虞先生親自掌秤。黃桃熟了，虞先生給個籃子讓我們自己挑好的從樹上摘。他還帶我們下窖看裡面儲藏的大筐大筐蘋果。我們在虞園買的果子，五斤至少有六斤重。

三反運動剛開始，我發現虞園氣氛反常。一小部分工人——大約一兩個——不稱「吾先生」了，好像他們的氣勢比虞先生高出一頭。過些時再去，稱「吾先生」的只兩三人了。再過些時，他們的「吾先生」不掛在嘴上，好像只悶在肚裡。

有一天我到果園去，開門的工人對我說：

「這園子歸公了。」

「虞先生呢？」

「和我們一樣了。」

這個工人不是最初就不稱「吾先生」的那派，也不是到後來仍堅持稱「吾先生」的那派，大約是中間順大流的。

我想虞先生不會變成「工人階級」，大約和其他工人那樣，也算是園子裡的僱員罷了，可能也拿同等的工資。

一次我看見虞先生仍在果園裡曬太陽，但是離果子攤兒遠遠的。他說：得離得遠遠的，免得懷疑他偷果子。他說，他吃園裡的果子得到市上去買，不能在這裡買，人家會說他多拿了果子。我幾次勸他把事情看開些，得隨著時世變通，反正他照樣為自己培植的果樹服務，不就完了嗎？果園畢竟是身外之物呀。但虞先生說：「想不通」，我想他也受不了日常難免的骯髒氣。聽說他悶了一程，病了一程，終於自己觸電去世。

沒幾年果園夷為平地，建造起一片房屋。如今虞園舊址已無從尋覓。

一九八〇年九月二日

老王

我常坐老王的三輪。他蹬，我坐，一路上我們說著閒話。

據老王自己講：北京解放後，蹬三輪的都組織起來；那時候他「腦袋慢」，「沒繞過來」，「晚了一步」，就「進不去了」。他感嘆自己「人老了，沒用了」。老王常有失群落伍的惶恐，因為他是單幹戶。他靠著活命的只是一輛破舊的三輪車；有個哥哥死了，有兩個侄兒「沒出息」，此外就沒什麼親人。

老王不僅老，他只有一隻眼，另一隻是「田螺眼」，瞎的。乘客不願坐他的車，怕他看不清，撞了什麼。有人說，這老光棍大約年輕時候不老實，害了什麼惡病，瞎掉一隻眼。他那隻好眼也有病，天黑了就看不見。有一次，他撞在電桿上，撞得半面腫脹，又青又紫。那時候我們在幹校，我女兒說他是夜盲症，給他吃了大瓶的魚肝油，晚上就看得見了。他也許是從小營養不良而瞎了一眼，也許是得了惡病，反正同是不幸，而後者該是更深的不幸。

有一天傍晚，我們夫婦散步，經過一個荒僻的小胡同，看見一個破破落落的大院，裡面有幾間塌敗的小屋；老王正蹬著他那輛三輪進大院去。後來我坐著老王的車和他閒聊的時候，問起那裡是不是他的家。他說，住那兒多年了。

有一年夏天，老王給我們樓下人家送冰，願意給我們家帶送，車費減半。我們當然不要他減半收費。每天清晨，老王抱著冰上三樓，代我們放入冰箱。他送的冰比他前任送的大一倍，冰價相等。胡同口蹬三輪的我們大多熟識，老王是其中最老實的。他從沒看透我們是好欺負的主顧，他大概壓根兒沒想到這點。

「文化大革命」開始，默存不知怎麼的一條腿走不得路了。我代他請了假，煩老王送他上醫院。我自己不敢乘三輪，擠公共汽車到醫院門口等待。老王幫我把默存扶下車，卻堅決不肯拿錢。他說：「我送錢先生看病，不要錢。」我一定要給錢，他啞著嗓子悄悄問我：「你還有錢嗎？」我笑說有錢，他拿了錢卻還不大放心。

我們從幹校回來，載客三輪都取締了。老王只好把他那輛三輪改成運貨的平板三輪。他並沒有力氣運送什麼貨物。幸虧有一位老先生願把自己降格為「貨」，讓老王運送。老王欣然在三輪平板的周圍裝上半寸高的邊緣，好像有了這半寸邊緣，乘客就圍住了不會掉落。我問老王憑這位主顧，是否能維持生活。他說可以湊合。可是過些時老王病了，不知什麼病，花錢吃了不知什麼藥，總不見好。開始幾個月他還能扶病到我家來，以後只好托他同院的老李來代他傳話了。

有一天，我在家聽到打門，開門看見老王直僵僵地鑲嵌在門框裡。往常他坐在登三輪的座上，或抱著冰偃著身子進我家來，不顯得那麼高。也許他平時不那麼瘦，也不那麼直僵僵的。他面色死灰，兩隻眼上都結著一層翳，分不清哪一隻瞎、哪一隻不瞎。說得可笑些，他簡直像棺材裡倒出來的，就像我想像裡的殭屍，骷髏上繃著一層枯黃的乾皮，打上一棍就會散成一堆白骨。我吃驚說：「啊呀，老王，你好些了嗎？」他「嗯」了一聲，直著腳往裡走，對我伸出兩手。他一手提著個瓶子，一手提著一包東西。

我忙去接。瓶子裡是香油，包裹裡是雞蛋。我記不清是十個還是二十個，因為在我記憶裡多得數不完。我也記不起他是怎麼說的，反正意思很明白，那是他送我們的。

我強笑說：「老王，這麼新鮮的大雞蛋，都給我們吃？」

他只說：「我不吃。」

我謝了他的好香油，謝了他的大雞蛋，然後轉身進屋去。他趕忙止住我說：「我不是要錢。」

我也趕忙解釋：「我知道，我知道——不過你既然來了，就免得托人捎了。」

他也許覺得我這話有理，站著等我。

我把他包雞蛋的一方灰不灰、藍不藍的方格子破布疊好還他。他一手拿著布，一手攥著錢，滯笨地轉過身子。我忙去給他開了門，站在樓梯口，看他直著腳一級一級下樓去，直擔心他半樓梯摔倒。等到聽不見腳步聲，我回屋才感到抱歉，沒請他坐坐喝口茶水。可是我害怕得糊塗了。那直僵僵的身體好像不能坐，稍一彎曲就會散成一堆骨頭。我不能想像他是怎麼回家的。

過了十多天，我碰見老王同院的老李。我問「老王怎麼了？好些沒有？」

「早埋了。」

「呀，他什麼時候……」

「什麼時候死的？就是到您那兒的第二天。」

他還講老王身上纏了多少尺全新的白布——因為老王是回民，埋在什麼溝裡。我也不懂，沒多問。

我回家看著還沒動用的那瓶香油和沒吃完的雞蛋，一再追憶老王和我對答的話，琢磨他是否知道我領受他的謝意。我想他是知道的。但不知為什麼，每想起老王，總覺得心上不安。因為吃了他的香油和雞蛋？因為他來表示感謝，我卻拿錢去侮辱他？都不是。幾年過去了，我漸漸明白：那是一個幸運的人對一個不幸者的愧怍。

一九八四年三月

林奶奶

林奶奶小我三歲，今年七十。十七年前，「文化大革命」的第二年，她忽到我家打門，問我用不用人。我說：「不請人了，家務事自己都能幹。」她嘆氣說：「您自己都能，可我們吃什麼飯呀？」她介紹自己是「給家家兒洗衣服的」。我就請她每星期來洗一次衣服。據我後來知道，她的「家家兒」包括很多人家。當時大家對保姆有戒心。有人只為保姆的一張大字報就給揪出來掃街的，林奶奶大咧咧的不理紅衛兵的茬兒。她不肯胡說東家的壞話，大嚷「那哪兒成！我不能瞎說呀！」許多人家不敢找保姆，就請林奶奶去做零工。

我問林奶奶：「幹嘛幫那麼多人家？集中兩三家，活兒不輕省些嗎？」她說做零工「活著些」。這就是說：自由些，或主動些；幹活兒瞧她高興，不合意可以不幹。比如說吧，某太太特難伺候，林奶奶白賣力氣不討好，反招了一頓沒趣，氣得她當場左右開弓，打了自己兩個嘴巴子。這倒像舊式婦女不能打妯娌的孩子的屁股，就打自己孩子的屁股。不過林奶奶卻是認真責怪自己。據說那位太太曾在林奶奶幹活兒的時候，把鐘撥慢「十好幾分鐘」（林奶奶是論時計工資的），和這種太太打什麼交道呢！林奶奶和另一位太太也鬧過彆扭。她在那家院子裡洗衣服。雨後滿院積水。那家的孩子故意把污水往林奶奶身上濺。孩子的媽正在院子裡站著，林奶奶跑去告狀，那位太太不耐煩，一扭脖子說：「活該！」氣得林奶奶蹲下身掬起污水就往那位太太身上潑。我聽了忍不住笑說：「活該了！」不過林奶奶既然幹了那一行，委屈是家常便飯，她一般是吃在肚裡就罷了，並不隨便告訴人。她有原則：不搬嘴弄舌。

她倒是不怕沒主顧，因為她幹活兒認真，衣服洗得乾淨；如果經手買什麼東西，分文也不肯沾人家的便宜。也許她稱得上「清介」、「耿直」等美名，不過這種詞兒一般不用在渺小的人物身上。人家只說她「人靠得住，脾氣可倔」。

她為了自衛，有時候像好鬥的公雞。一次我偶在胡同裡碰見她端著一隻空碗去打醋，我們倆就說著話同走。忽有個小學生闖過，把她的碗撞落地下，砸了。林奶奶一把揪住那孩子破口大罵。我說：「孩子不是故意，碗砸了我賠你兩只。」我又叫孩子向她道歉。她這才鬆了手，氣呼呼地跟我回家。我說：「幹嘛生這麼大氣？」她說孩子們盡跟她搗亂。

那個孩子雖不是故意，林奶奶的話卻是真的。也許因為她穿得太破爛骯髒，像個叫化婆子。我猜想她年輕的時候相貌身材都不錯呢。老來倒眉塌眼，有一副可憐相，可是笑起來還是和善可愛。她天天哈著腰坐在小矮凳上洗衣，一年來，一年去，背漸漸地彎得不肯再直，不到六十已經駝背；身上雖瘦，肚皮卻大。其實那是虛有其表。只要掀開她的大襟，就知道衣下鼓鼓囊囊一大嘟嚕是倒垂的褲腰。她繫一條紅褲帶，六七寸高的褲腰有幾層，有的往左歪，有的往右歪，有的往下倒。一重重的衣服都有小襟，小襟上都釘著口袋，一個、兩個或三個：上一個，下一個，反面再一個，大小不等，顏色各別。衣袋深處裝著她的家當：布票，糧票，油票，一角二角或一元二元或五元十元的錢。她分別放開，當然都有計較。我若給她些什麼，得在她的袋口別上一二支大別針，或三支小的，才保住東西不外掉。

我曾問起她家的情況。林奶奶敘事全按古希臘悲劇的「從半中間起」；用的代名詞很省，一個「他」字，同時代替男女老少不知多少人。我越聽越糊塗，事情越問越複雜，只好「不求甚解」。比如她說：「我們窮人家嘛，沒錢娶媳婦兒，他哥兒倆吧，就合那一個嫂子。」我不知是同時還是先後合娶一個嫂子——好像是先後。我也不知「哥兒倆」是她的誰，反正不是她的丈夫，因為她只嫁過一個丈夫，早死了，她是青年守寡的。她伺候婆婆好多年，聽她口氣，對婆婆很有情誼。她有一子一女，都已成家。她把兒子栽培到高中畢業。女兒呢，據說是「他嫂子的，四歲沒了媽，吃我的奶。」死了的嫂子大概是她的妯娌。她另外還有嫂子，不知是否「哥兒倆」合娶的，她曾托那嫂子給我做過一雙棉鞋。

林奶奶得意揚揚抱了那雙棉鞋來送我，一再強調鞋是按著我腳寸特製的。我恍惚記起她曾哄我讓她量過腳寸。可是那雙棉鞋顯然是男鞋的尺碼。我謝了她，領下禮物，等她走了，就讓給默存穿。想不到非但他穿不下，連阿圓都穿不下。我自己一試，恰恰一腳，真是按著我腳寸特製的呢！那位嫂子准也按著林奶奶的囑咐，把棉花絮得厚厚的，比平常的棉鞋厚三五倍不止。簇新的白布包底，用麻線納得密密麻麻，比牛皮底還硬。我雙腳穿上新鞋，就像猩猩穿上木屐，行動不得；穩重地站著，兩腳和大象的腳一樣肥碩。

林奶奶老家在郊區，她在城裡做零工，活兒重些，工錢卻多，而且她白天黑夜的幹，身上穿的是破爛，吃的像豬食。她婆婆已經去世，兒女都已成家，多年省吃儉用，攢下錢在城裡置了一所房子；花一二千塊錢呢。恰逢「文化大革命」，林奶奶趕緊把房「獻」了。她深悔置房子「千不該、萬不該」，卻倒眉倒眼地笑著用中間三個指頭點著胸口說：「我成了地主資本家！我！我！」我說：「放心，房子早晚會還你，至少折了價還。」不過我問她：「你想吃瓦片兒嗎？」她不答理，只說「您不懂」，她自有她的道理。

我從幹校回來，房管處已經把她置的那所房子拆掉，另賠了一間房給她——新蓋的，很小，我去看過，裡面還有個自來水龍頭，只是沒有下水道。林奶奶指著窗外的院子和旁邊兩間房說：「他住那邊。」「他」指拆房子又蓋房子的人，好像是個管房子的，林奶奶稱為「街坊」。她指著「街坊」門前大堆木材說：「那是我的，都給他偷了」。她和「街坊」為那堆木材成了冤家。所以林奶奶不走前院，卻從自己房間直通街道的小門出入。

她曾邀一個親戚同住，彼此照顧。這就是林奶奶的長遠打算。她和我講：「我死倒不怕，」——吃苦受累當然也不怕，她一輩子不就是吃苦受累嗎？她說，「我就怕老來病了，半死不活，給撂在炕上，叫人沒人理，叫天天不應。我眼看著兩代親人受這個罪了……人說『長病沒孝子』，……孝子都不行呢……」她不說自己沒有孝子，只嘆氣說「還是女兒好」。不過在她心目中，女兒當然也不能充孝子。

她和那個親戚相處得不錯，只是房間太小，兩人住太擠。她屋裡堆著許多破破爛爛的東西，還擺著一大排花盆——林奶奶愛養花，破瓷盆、破瓦盆都種著鮮花。那個親戚住了些時候有事走了，我懷疑她不過是圖方便；難道她真打算老來和林奶奶做伴兒？林奶奶指望安頓親友的另兩間房裡，住的是與她為仇的「街坊」。

那年冬天，林奶奶穿著個破皮背心到我家來，要把皮背心寄放我家。我說：「這天氣，皮背心正是穿的時候，藏起來幹嘛？」她說：「怕人偷了。」我知道她指誰，忍不住說，「別神經了，誰要你這件破皮背心呀！」她氣呼呼的含忍了一會兒，咕噥說：「別人我還不放心呢。」我聽了忽然聰明起來。我說：「哦，林奶奶，裡面藏著寶吧？」她有氣，可也笑了，還帶幾分被人識破的不好意思。我說：「怪道你這件背心鼓鼓囊囊的。把你的寶貝掏出來給我，背心你穿上，不好嗎？」她大為高興，立即要了一把剪子，拆開背心，從皮板子上揭下一張張存款單。我把存單的帳號、款項、存期等一一登記，封成一包，藏在她認為最妥善的地方。林奶奶切切叮囑我別告訴人，她穿上背心，放心滿意而去。

可是日常和仇人做街坊，林奶奶總是放心不下。她不知怎麼丟失了二十塊錢，懷疑「街坊」偷了。也許她對誰說了什麼話，或是在自己屋裡嘟囔，給「街坊」知道了。那「街坊」大清早等候林奶奶出門，趕上去狠狠的打了她兩巴掌，騎車跑了。林奶奶氣得幾乎發瘋。我雖然安慰了她，卻埋怨她說，「准是你上廁所掉茅坑裡了，怎能平白冤人家偷你的錢呢？」林奶奶信我的話，點頭說：「大概是掉茅坑裡了。」她是個孤獨的人，多心眼兒當然難免。

我的舊保姆回北京後，林奶奶已不在我家洗衣，不過常來我家做客。她挨了那兩下耳光，也許覺得孤身住在城裡不是個了局。她換了調子，說自己的「兒子好了」。連著幾年，她為兒子買磚、買瓦、買木材，為他蓋新屋。是她兒子因為要蓋新屋，所以「好了」；還是因為他「好了」，所以林奶奶要為他蓋新屋？外人很難分辨，反正是同一回事吧？我只說：「林奶奶，你還要蓋房子啊？」她向我解釋：「老來總得有個窩兒呀。」她有心眼兒，早和兒子講明：新房子的套間——預定她住的一間，得另開一門，這樣呢，她單獨有個出入的門，將來病倒在炕上，村裡的親戚朋友經常能去看看她，她的錢反正存在妥當的地方呢，她不至於落在兒子、兒媳婦手裡。

一天晚上，林奶奶忽來看我，說：「明兒一早要下鄉和兒子吵架去」。她有一二百元銀行存單，她兒子不讓取錢。兒子是公社會計，取錢得經他的手。我教林奶奶試到城裡儲蓄所去轉期，因為郊區的儲蓄所同屬北京市。我為她策劃了半天，她才支支吾吾吐出真情。原來新房子已經蓋好了。她講明要另開一門，她兒子卻不肯為她另開一門。她這回不是去撈回那一二百塊錢，卻是借這筆錢逼兒子在新牆上開個門。我問：「你兒子肯嗎？」她說：「他就是不肯！」我說：「那麼，你老來還和他同住？」她發狠說：「非要他開那個門不可。」我再三勸她別再白慪氣，她嘴裡答應，可是顯然早已打定主意。

她回鄉去和兒子大吵，給兒媳婦推倒在地，騎在她身上狠狠地揍了一頓，聽說腰都打折了。不過這都只是傳聞。林奶奶見了我一句沒說，因為不敢承認自己沒聽我的話。她只告訴我經公社調停，撈回了那一小筆存款。我見她沒打傷，也就沒問。

林奶奶的背越來越駝，幹活兒也沒多少力氣了。幸虧街道上照顧她的不止一家。她又舊調重彈「還是女兒好」。她也許怕女兒以為她的錢都花在兒子身上了，所以告訴了女兒自己還有多少存款。從此以後，林奶奶多年沒有動用的存款，不久就陸續花得只剩了一點點。原來她又在為女兒蓋新屋。我末了一次見她，她的背已經彎成九十度。翻開她的大襟，小襟上一只只口袋差不多都是空的，上面卻別著大大小小不少別針。不久林奶奶就病倒了，不知什麼病，吐黑水──血水變黑的水。街道上把她送進醫院，兒子得信立即趕來，女兒卻不肯來。醫院的大夫說，病人已沒有指望，還是拉到鄉下去吧。兒子回鄉找車，林奶奶沒等車來，當晚就死了。我相信這是林奶奶生平最幸運的事。顯然她一輩子的防備都是多餘了。

林奶奶死後女兒也到了，可是不肯為死人穿衣，因為害怕。她說：「她又不是我媽，她不過是我的大媽。我還恨她呢。我十四歲叫我做童養媳，嫁個傻子，生了一大堆傻子……」（我見過兩個並不傻，不過聽說有一個是「缺心眼兒」的）。女兒和兒子領取了林奶奶的遺產：存款所餘無幾，但是城裡的房產聽說落實了。據那位女兒說，他們鄉間的生活現在好得很了，家家都有新房子，還有新家具，大立櫃之類誰家都有，林奶奶的破家具只配當劈柴燒了。

林奶奶火化以後，她娘家人堅持辦喪事得擺酒，所以熱熱鬧鬧請了二十桌。散席以後，她兒子回家睡覺，忽發現鍋裡蟠著兩條三尺多長、滿身紅綠斑紋的蛇。街坊聽到驚叫，趕來幫著打蛇。可是那位兒子忙攔住說「別打，別打」，廣開大門，把蛇放走。林奶奶的喪事如此結束。

鍋裡蟠兩條蛇，也不知誰惡作劇；不過，倒真有點像林奶奶幹的。

一九八四年四月

懷念石華父

石華父是陳麟瑞同志的筆名。他和夫人柳無非同志是我們夫婦的老友。抗戰期間，兩家都在上海，住在同一條街上，相去不過五分鐘的路程，彼此往來很密。我學寫劇本就是受了麟瑞同志的鼓勵，並由他啟蒙的。

在我們夫婦的記憶裡，麟瑞同志是最隨和、最寬容的一位朋友。他曾笑呵呵指著默存對我說：「他打我踢我，我也不會生他的氣。」我們每想到這句話，總有說不盡的感激。他對朋友，有時像老大哥對小孩子那麼縱容，有時又像小孩子對老大哥那麼崇敬。他往往引用這位或那位朋友的話，講來滿面嚴肅，好像是至高無上的權威之論。後來那幾位朋友和我們漸漸熟識，原來他們和麟瑞同志一樣，並不以權威自居。他們的話只是朋友間隨意談論罷了，麟瑞同志卻那麼重視。他實在是少有的忠厚長者、謙和君子。

去年，我在報紙上讀到一篇《陳麟瑞先生二三事》①，作者吳岩是麟瑞同志在暨南大學教過的學生；據說麟瑞同志是最認真、最嚴格的老師。我想，他的溫厚謙虛，也許正出於他對待自己的嚴格認真。他對自己劇作的要求，顯然比他對學生功課上的要求更加嚴格認真。

據吳岩同志的記述，一九六五年，某出版社要求重出他的劇本。他婉拒說，那些舊作還待修改後看看是否值得重版。又據說，他曾告訴學生，他在哈佛大學專攻戲劇，對喜劇尤感興趣，可是他從未透露自己用石華父的筆名寫戲。這都可見他對自己劇作的態度多麼嚴謹。

最近《上海抗戰時期文學叢書》要出版石華父的劇本選集。無非同志請柯靈同志選定劇目。選出的劇本有以下三種：《職業婦女》是創作，《晚宴》是由美國名劇改編的悲劇，《雁來紅》是由英國名劇改編的喜劇。原先打算選入的《尤三姐》或《海葬》都是由小說改編的，可惜稿本遍覓不得，只好作罷。

《職業婦女》是輕巧的四幕喜劇，無非同志說是一九三九年左右寫成的。劇裡諷刺一個假道學的局長把女職員當作玩物，定下規章，只僱用未婚婦女，結婚就解雇。他挪用公款做投機買賣，牟取暴利，打算帶著女秘書到香港去享用，船票都買好了。他的女兒看中一個有志青年，可是他管教很嚴，不許女兒交男友。他的女秘書其實已經結婚，丈夫就是那個有志青年的朋友。局長挪用公款的事差點兒敗露，女秘書乘機對他施加壓力，成全了他女兒的婚姻，並利用現成的船票，讓那一對青年奔赴大後方。劇情演變自然，諷刺的人和事都是很可笑的。麟瑞同志熟諳戲劇結構的技巧，對可笑的事物也深有研究。他的藏書裡有半架子英法語的「笑的心理學」一類的著作，我還記得而且也借看過。

《晚宴》和《雁來紅》都是一九四二年以後上演的，那時上海已經淪陷。麟瑞同志在《晚宴》的序裡說，他當時「心境非常惡劣，除開改編，恐怕什麼都寫不出」。他讀過很多英美的熱門戲劇，這兩個劇本的原作都曾風行一時。可是要把外國的劇情改得適合我國當時的社會，並不容易，還需運用精細的手法，來一番再創造。這兩齣戲都已經改得不像外國戲了。這裡還保存著一份《晚宴》的演員表，上面的主角配角全都是第一流的名演員。由此可見劇本多麼受重視，也可以料想演出多麼成功。

我記得《尤三姐》演出後頗得好評，也記得麟瑞同志改編《海葬》很下功夫。舞台上末一幕裡，大幅的藍色綢子映著燈光幻成海浪，麟瑞同志看了非常欣賞。我希望將來這兩個劇本還能找到。

我們下幹校的前夕，風聞麟瑞同志「暴病」去世。我們從幹校一回來就去看望無非同志，得知麟瑞同志在文化大摧殘的時期，絕望灰心，「劈開生死路，退出是非門」。他生前常對我們講，他打算寫一部有關喜劇和笑的論著，還在繼續收集資料。可是他始終沒有動筆，如今連他已寫成的作品都不齊全了。看到他殘存的三個劇本，我們有無窮感慨；對他沒有心緒寫出的劇本和沒有時間寫出的著作，更有無限嚮往。

一九八五年

注釋

①見《新民晚報》（一九八四年四月二十四日）。

紀念溫德先生

溫德（Robert Winter）先生享年百歲，無疾而終。

五十多年前，我肄業清華研究院外文系，曾選修溫德先生的法國文學課（他的專業是羅曼語系文學）。鍾書在清華本科也上過他兩年課。一九四九年我們夫婦應清華外文系之邀，同回清華。我們拜訪了溫德先生。他家裡陳設高雅，院子裡種滿了花，屋裡養五六隻暹羅貓，許多青年學生到他家去聽音樂，吃茶點，看來他生活得富有情趣。當時，溫先生的老友張奚若先生、吳晗同志等還在清華院內，周培源、金岳霖先生等都是學校負責人。據他們說：溫先生背著點兒「進步包袱」，時有「情緒」；我們夫婦是他的老學生，他和鍾書兩人又一同負責研究生指導工作，我們該多去關心他，了解他。我們並不推辭。不久，鍾書調往城裡工作，溫先生就由我常去看望。

溫先生的「情緒」只是由孤寂而引起的多心，一經解釋，就沒有了。他最大的「情緒」

是不服某些俄裔教員所得的特殊待遇，說他們毫無學問，倒算「專家」，月薪比自己所得高出幾倍。我說：「你憑什麼和他們比呢？你只可以跟我們比呀。」這話他倒也心服，因為他算不得「外國專家」，他只相當於一個中國老知識分子。

據他告訴我：他有個大姐九十一歲了，他是最小的弟弟；最近大姐來信，說他飄零異國，終非了局，家裡還有些產業，勸他及早回國。我問：「你回去嗎？」溫先生說：「我是美國黑名單上的人，怎能回去。況且我厭惡美國，我不願回去。我的護照已過期多年，我早已不是美國人了。」我聽說他在昆明西南聯大的時候，跟著進步師生遊行反美。抗美援朝期間，他也曾公開控訴美國。他和燕京大學的美籍教師都合不來。他和美國大使館和領事館都絕無來往。換句話說，他是一個喪失了美國國籍的人，而他又不是一個中國人。

據溫先生自己說：他是吳宓先生招請到東南大學去的；後來他和吳宓先生一同到了清華，他們倆交情最老。他和張奚若先生交情也很深。我記得他向我談起聞一多先生殉難後，他為張奚若先生的安全擔憂，每天坐在離張家不遠的短牆上遙遙守望。他自嘲說：「好像我能保護他！」國民黨在北京搜捕進步學生時，他倒真的保護過個別學生。北京解放前，吳晗、袁震夫婦是他用小汽車護送出北京的。

溫先生也許是最早在我國向學生和同事們推薦和講述英共理論家考德威爾（Christopher

Caudwell）名著《幻象和現實》（*Illusion and Reality*，一九三七）的人。有一個同事在學生時代曾和我同班上溫先生的課，他這時候一片熱心地勸溫德先生用馬列主義來講釋文學。不幸他的觀點過於偏狹，簡直否定了絕大部分的文學經典。溫德先生很生氣，對我說：「我提倡馬克思主義的時候，他還在吃奶呢！他倒來『教老奶奶嘬雞蛋』！」我那位同事確是過「左」些，可是溫德先生以馬克思主義前輩自居，也許是所謂背了「進步包袱」。

三校合併，溫德先生遷居朗潤園一隅，在荷塘旁邊。吳晗同志花三百元買了肥沃的泥土，把溫德先生屋外的院子墊高一厚層。溫德先生得意地對我說：「你知道嗎？這種泥土，老農放在嘴裡一嚼就知道是好土，甜的！」好像他親自嘗過。他和種花種菜的農民談來十分投合。他移植了舊居的花圃，遷入新屋。他和修屋的工人也交上朋友，工人們出於友情，順著他的意思為他修了一個天窗。溫德先生夏天到頤和園游泳，大概賣弄本領（如仰臥水面看書），吸引了共泳的解放軍。他常自詡「我教解放軍游泳」，說他們渾樸可親。

溫德先生有一兩位外國朋友在城裡，常進城看望。他告訴我們他結識一位英國朋友，人極好。他曾多次說起他的英國朋友。那時候，我們夫婦已調到文學研究所，不和溫德先生同事了。

一九五五年肅反運動，傳聞溫德先生有「問題」，我們夫婦也受到「竟與溫德為友」

的指摘。我們不得不和他劃清界限。偶爾相逢，也不再交談，我們只向他點個頭，還沒做到「站穩立場」，連招呼也不打。後來知道他已沒有「問題」，但界限既已劃清，我們也不再逾越了。

轉眼十年過去。一九六六年晚春，我在王府井大街買東西，正過街，忽在馬路正中碰到扶杖從對面行來的溫德先生。他見了我喜出意外，回身陪我過街，關切地詢問種種瑣事。我們夫婦的近況他好像都知道。他接著講他怎樣在公共汽車上猛摔一跤，膝蓋骨粉碎，從此只能在平地行走，上不得樓梯了。當時，我和一個高大的洋人在大街上說外國語，自覺惹眼。他卻滿不理會，有說有笑，旁若無人。我和他告別，他還依依不捨，仔細問了我的新住址，記在小本子上。我把他送過街，急忙轉身走開。

不久爆發了「文化大革命」。溫德先生不會不波及，不過我們不知道他遭遇的詳情。十一屆三中全會後，忽報載政府招待會上有溫德教授，我們不禁為他吐了一口氣，為他欣喜，也為他放心。溫德先生愛中國，愛中國的文化，愛中國的人民。他的友好裡很多是知名的進步知識分子。他愛的當然是新中國。可是幾十年來，他只和我們這群「舊社會過來的知識分子」共甘苦、同命運。這回他終於得到了我們國家的眷顧。

去年，我偶逢戴乃迪女士，聽說她常去看望溫德，恍然想到溫德先生所說的英國好友，諒必是她。我就和她同去看溫德先生。自從王府井大街上偶然相逢，又二十年不見了。溫德先生見了戴乃迪女士大為高興，對我說：「這是我最好的朋友！」我猜得顯然不錯。至於我，他對我看了又看，卻怎麼也記不起我了。

一九八七年一月

第一次觀禮——舊事拾零

一九五五年四月底，我得到一個綠色的觀禮條，五月一日勞動節可到天安門廣場觀禮。綠條兒是末等的，別人不要，不知誰想到給我。我領受了非常高興，因為是第一次得到的政治待遇。我知道頭等是大紅色，次等好像是粉紅，我記不清了。有一人級別比我低，他得的條兒是橙黃色，比我高一等。反正，我自比《紅樓夢》裡的秋紋，不問人家紅條、黃條，「我只領太太的恩典」。

隨著觀禮條有一張通知，說明哪裡上大汽車、哪裡下車，以及觀禮的種種規矩。我讀後大上心事。得橙黃條兒的是個男同志，綠條兒只我一人。我不認識路，下了大汽車，人海裡到哪兒去找我的觀禮台呢？禮畢，我又怎麼再找到原來的大汽車呢？我一面忙忙開箱子尋找觀禮的衣服，一面和家人商量辦法。

我說：「綠條兒一定不少。我上了大汽車，就找一個最醜的戴綠條子的人，死盯著他。」

「幹嘛找最醜的呢？」

我說：「免得人家以為我看中他。」

家裡人都笑說不妥：「越是醜男人，看到女同志死盯著他，就越以為是看中他了。」

我沒想到這一層，覺得也有道理。我打算上了車，找個最容易辨認的戴綠條兒的人，就死盯著，只是留心不讓他知覺。

「五一」清晨，我興興頭頭上了大汽車，一眼看到車上有個戴綠條兒的女同志，喜出望外，忙和她坐在一起。我彷彿他鄉遇故知；她也很和氣，並不嫌我。我就不用偷偷兒死盯著醜的或不醜的男同志了。

同車有三個戴大紅條兒的女同志，都穿一身套服：窄窄腰身的上衣和緊繃繃的短裙。她們看來是常戴著大紅條兒觀禮的人物。下車後她們很內行地說，先上廁所，遲了就糟了。我們兩個綠條子因為是女同志，很自然的也跟了去。

廁所很寬敞，該稱盥洗室，裡面薰著香，沿牆有好幾個潔白的洗手池子，牆上鑲嵌著一面面明亮的鏡子，架上還掛著潔白的毛巾。但廁所只有四小間。我正在小間門口，出於禮貌，先讓別人。一個戴紅條兒的毫不客氣，直闖進去，撇我在小間門旁等候。我暗想：「她是憋得慌吧？這麼急！」她們一面大聲說笑，說這會兒廁所裡還沒人光顧，一切都乾乾淨淨地等待外賓呢。我進了那個小間，還聽到她們大聲說笑和錯亂的腳步聲，以後就寂然無聲。我動作敏捷，怕她們等我，忙掖好衣服出來。不料盥洗室裡已杳無一人。

我吃一大驚，驚得血液都冷凝不流了。一個人落在天安門盥洗室內，我可怎麼辦呢！我忙洗洗手出來，只見我的綠條兒夥伴站在門外等著我。我感激得舒了一口大氣，冷凝的血也給「階級友愛」的溫暖融化了。可恨那紅條兒不是什麼憋得慌，不過是眼裡沒有我這個綠條子。也許她認為我是僭越了，竟擅敢擠入那個迎候外賓的廁所。我還自以為是讓她呢！

綠條兒夥伴看見那三個紅條子的行蹤，她帶我拐個彎，就望見前面三雙高跟鞋的後跟了。我們趕上去，拐彎抹角，走出一個小紅門，就是天安門大街，三個紅條子也就不知哪裡去了。我跟著綠條兒夥伴過了街，在廣場一側找到了我們的觀禮台。

我記不起觀禮台有多高多大，只記得四圍有短牆。可是我以後沒有再見到那個觀禮台。難道是臨時搭的？卻又不像新搭的。大概我當時竭力四處觀望，未及注意自己站立的地方。我只覺得太陽射著眼睛，曬著半邊臉，越曬越熱。台上好幾排長凳已坐滿了人。我憑短牆站立好久，後來又換在長凳盡頭坐了一會兒。可是，除了四周的群眾，除了群眾手裡擎著的各色紙花，我什麼也看不見。

遠近傳來消息：「來了，來了。」群眾在歡呼，他們手裡舉的紙花，匯合成一片花海，浪潮般升起又落下，想必是天安門上的領袖出現了。接下就聽到遊行隊伍的腳步聲。天上忽然放出一大群白鴿，又迸出千百個五顏六色的氫氣球，飄蕩在半空，有的還帶著長幅標語。遊行隊伍齊聲喊著口號。我看到一簇簇紅旗過去，聽著口號聲和步伐聲，知道遊行隊伍正在前進。我踮起腳，伸長腦袋，遊行隊伍偶然也能看到一瞥。可是眼前所見，只是群眾的紙花，像浪潮起伏的一片花海。

雖然啥也看不見，我在群眾中卻也失去自我，融合在遊行隊伍裡。我雖然沒有「含著淚花」，淚花兒大約也能呼之即來，因為「偉大感」和「渺小感」同時在心上起落，確也「久久不能平息」。「組織起來」的群眾如何感覺，我多少領會到一點情味。

遊行隊伍過完了，高呼萬歲的群眾像錢塘江上的大潮一般捲向天安門。我當然也得隨著擁去，只是注意抓著我的綠條兒夥伴。等我也擁到天安門下，已是「潮打空城寂寞回」。天安門上已空無一人，群眾已四向散去。我猶如濺餘的一滴江水，又回復自我，看見綠條兒夥伴未曾失散，不勝慶幸，忙緊緊跟著她去尋找我們的大汽車。

三個紅條兒早已坐在車上。我跟著綠條兒夥伴一同上了車，回到家裡，雖然腳跟痛，脖子酸，半邊臉曬得火熱，興致還很高。問我看見了什麼，我卻回答不出，只能說：

「廁所是香的，擦手的毛巾是雪白的。」我差點兒一人落在天安門盥洗室裡，雖然只是一場虛驚，卻也充得一番意外奇遇，不免細細敘說。至於身在群眾中的感受，實在膚淺得很，只可供反思，還說不出口。

一九八八年三至四月

大王廟

一九一九年——五四運動那年，我在北京女師大附屬小學上學。那時學校為十二三歲到十五六歲的女學生創出一種新服裝。當時成年的女學生梳頭，穿黑裙子；小女孩子梳一條或兩條辮子、穿褲子。按這種新興的服裝，十二三到十五歲的女學生穿藍色短裙，梳一條辮子。我記得我們在大操場上「朝會」的時候，老師曾兩次叫我姐姐的朋友（我崇拜的美人）穿了這種短裙子，登上訓話台當眾示範。以後，我姐姐就穿短裙子了，辮梢上還繫個白綢子的蝴蝶結。

那年秋天，我家從北京遷居無錫，租居沙巷。我就在沙巷口的大王廟小學上學。

我每和姐姐同在路上走，無錫老老少少的婦女見了短裙子無不駭怪。她們毫不客氣的呼鄰喚友：「快點來看呶！梳則辮子促則腰裙呶！」（無錫土話：「快來看哦！梳著辮子束著裙子哦！」）我悄悄兒拉拉姐姐說：「她們說你呢。」姐姐不動聲色說：「別理會，快走。」

我從女師大附小轉入大王廟小學，就像姐姐穿著新興的服裝走在無錫的小巷裡一樣。

大王廟小學就稱大王廟，原先是不知什麼大王的廟，改成一間大課堂，有雙人課桌四五直行。初級小學四個班都在這一間大課堂裡，男女學生大約有八十左右。我是學期半中間插進去的。我父親正患重病，母親讓老門房把我和兩個弟弟送入最近的小學。我原是三年級，在這裡就插入最高班。

大王廟的教職員只有校長和一位老師。校長很溫和，凍紅的鼻尖上老掛著一滴清水鼻涕。老師是孫先生，剃一個光葫蘆瓢似的頭，學生背後稱他「孫光頭」。他拿著一條籐教鞭，動不動打學生，最愛打腦袋。個個學生都挨打，不過他從不打我，我的兩個不懂事的弟弟也從沒挨過打，大概我們是特殊的學生。校長不打學生，只有一次他動怒又動手了，不過挨打的學生是他的親兒子。這孩子沒有用功作業，校長氣得當眾掀開兒子的開襠褲，使勁兒打屁股。兒子嚎啕大哭，做爸爸的越打越氣越發狠痛打，後來是「孫光頭」跑來勸止了。

我是新學生，不懂規矩，行事往往彆扭可笑。我和女伴玩「官、打、捉、賊」（北京稱為「官、打、巡、美」），我拈鬮拈得「賊」，拔腳就跑。女伴以為我瘋了，拉住我問我幹什麼。我急得說：

「我是賊呀！」

「嗨，快別響啊！是賊，怎麼嚷出來呢！」

我這個笨「賊」急得直要掙脫身。我說：

「我是賊呀！得逃啊！」

她們只好耐心教我：「是賊，就悄悄兒坐著，別讓人看出來。」

又有人說：「你要給人捉出來，就得挨打了。」

我告訴她們：「賊得乘早逃跑，要跑得快，不給捉住。」

她們說：「女老小姑則」（即「女孩子家」）不興得「逃快快」。逃呀、追呀是「男老小」的事。

我委屈地問：女孩子該怎麼？

一個說：「步步太陽」（就是古文的「負暄」，「負」讀如「步」）。

一個說：「到『女生間』去踢踢毽子。」

大廟東廡是「女生間」，裡面有個馬桶。女生在裡面踢毽子。可是我只會跳繩、拍皮球，不會踢毽子，也不喜歡悶在又狹又小的「女生間」裡玩。

不知誰畫了一幅「孫光頭」的像，貼在「女生間」的牆上，大家都對那幅畫像拜拜。我以為是討好孫先生呢。可是她們說，為的是要「鈍」死他。我不懂什麼叫「鈍」。經她們七張八嘴的解釋，又打比方，我漸漸明白「鈍」就是叫一個人倒霉，可是不大明白為什麼拜他的畫像就能叫他倒霉，甚至能「拜死他」。這都是我聞所未聞的。多年後我讀了些古書，才知道「鈍」就是《易經》《屯》卦的「屯」，遭難當災的意思。

女生間朝西。下午，院子裡大槐樹的影子隔窗映在東牆上，印成活動的淡黑影。女生說是鬼，都躲出去。我說是樹影，她們不信。我要證明那是樹影不是鬼，故意用腳去踢。她們嚇得把我都看成了鬼，都遠著我。我一人沒趣，也無法爭辯。

那年我虛歲九歲。我有一兩個十歲左右的朋友，並不很要好。和我同座的是班上最大的女生，十五歲。她是女生的頭兒。女生中間出了什麼糾紛，如吵架之類，都聽她說了算。小女孩子都送她東西，討她的好。一次，有個女孩子送她兩只剛出爐的烤白薯。正打上課鈴，她已來不及吃。我和她的課桌在末排，離老師最遠。我看見她用怪髒的手絹兒包著熱白薯，縮一縮鼻涕，假裝抹鼻子，就咬一口白薯。我替她捏著一把汗直看她吃完。如果「孫光頭」看見，准用教鞭打她腦袋。

在大王廟讀什麼書，我全忘了，只記得國文教科書上有一課是：「子曰，父母之年，不可不知也……」，「孫光頭」把「子曰」解作「兒子說」。念國文得朗聲唱誦，稱為「啦」

（上聲）。我覺得發出這種怪聲挺難為情的。

每天上課之前，全體男女學生排隊到大院西側的菜園裡去做體操。一個最大的男生站在前面喊口令，喊的不知什麼話，彎著舌頭，每個字都帶個「兒」。後來我由「七兒」「八兒」悟出他喊的是「一、二、三、四、五、六、七、八」。彎舌頭又帶個「兒」，算是官話或國語的。有一節體操是揉肚子，九歲、十歲以上的女生都含羞吃吃地笑，停手不做。我傻里傻氣照做，她們都笑我。

我在大王廟上學不過半學期，可是留下的印象卻分外生動。直到今天，有時候我還會感到自己彷彿在大王廟裡。

一九八八年八月

「遇仙」記

事情有點蹊蹺，所以我得把瑣碎的細節交代清楚。

我初上大學，女生宿舍還沒有建好。女生也不多，住一所小洋樓，原是一位美國教授的住宅。我第一年住在樓上朝南的大房間裡，四五人住一屋。第二年的下學期，我分配得一間小房間，只住兩人。同屋是我中學的同班朋友，我稱她淑姐。我們倆清清靜靜同住一屋，非常稱心滿意。

房間很小，在後樓梯的半中間，原是美國教授家男僕的臥室。窗朝東，窗外花木叢密，窗紗上還爬著常青籐，所以屋裡陰暗，不過很幽靜。門在北面，對著後樓梯半中間的平台。房間裡只有一桌兩凳和兩只小床。兩床分開而平行著放：一只靠西牆，床頭頂著南牆；一只在房間當中、門和窗之間，床頭頂著靠門的北牆。這是我的床。

房間的門大概因為門框歪了，或是門歪了，關不上，得用力抬抬，才能關上。關不上卻很方便：隨手一帶，門的下部就卡住了，一推或一拉就開；開門、關門都毫無聲息。鑰匙洞裡插著一把舊的銅鑰匙。不過門既關不上，當然也鎖不上，得先把門抬起關嚴，才能轉動鑰匙。我們睡覺從不鎖門，只把門帶上就不怕吹開。

學期終了，大考完畢，校方在大禮堂放映美國電影。我和淑姐隨同大夥去看電影。可是我不愛看，沒到一半就獨自溜回宿舍。宿舍的電燈昏暗，不宜看書。我放下帳子，熄了燈，先自睡了。

我的帳子是珠羅紗的，沒有帳門，白天掀在頂上，睡時放下，我得先鑽入帳子，把帳子的下圍壓在褥子底下。電燈的開關在門邊牆上，另有個鴨蛋形的「床上開關」，便於上床後熄燈。這種開關有個規律：燈在床上關，仍得床上開，用牆上的開關開不亮。我向來比淑姐睡得晚，床上開關放在我的枕邊。不過那晚上，我因為淑姐還沒回房，所以我用牆上的開關熄了燈，才鑽進帳子。

電影散場，淑姐隨大夥回宿舍。她推門要進屋，卻推不開，發現門鎖上了。她推呀，打呀，叫呀，喊呀，裡面寂無聲息。旁人聽見了也跟來幫她叫門。人愈聚愈多。打門不應，有人用拳頭使勁擂，有人用腳跟狠狠地蹬，吵鬧成一片。舍監是個美國老處女，也聞聲趕來。她說：「光打門不行；睡熟的人，得喊著名字叫醒她。」門外的人已經叫喊多時，聽了她的話，更高聲大喊大叫，叫喊一陣，門上擂打一陣，蹬一陣，踢一陣，有人一面叫喊，一面用整個身子去撞門。宿舍裡的女生全趕來了，後樓梯上上下下擠滿了人。

曾和我同房間的同學都知道我睡覺特別警覺。她們說：「屋裡有誰起夜，她沒有不醒的，你從床上輕輕坐起來，她那邊就醒了。」這時門都快要打下來了。門外鬧得天驚地動，便是善睡的人，也會驚醒。況且我的腦袋就在門邊，豈有不醒的道理，除非屋裡有人是死了。如果我暴病而死，不會鎖門；現在門鎖著，而屋裡的人像是死人，準是自殺。

可是誰也不信我會自殺。我約了淑姐和我的好友和另幾個女伴兒，明晨去走城牆玩呢，難道我是藉機會要自殺？單憑我那副孫猴兒「生就的笑容兒」，也不像個要自殺的人呀。自殺總該有個緣故，大家認為我絕沒有理由。可是照當時的情形推斷，我決計是死了。

有人記起某次我從化學實驗室出來時說：「瞧，裝砒霜的試管就這麼隨便插在架上，誰要自殺，偷掉點兒誰也不會知道。」我大約偷了點兒砒霜吧？又有人記起我們一個同學自殺留下遺書，我說：「都自殺了，還寫什麼遺書；我要自殺就不寫了。」看來我準也考慮過自殺。

這些猜測都是事後由旁人告訴我的。她們究竟打門叫喊了多少時候，我全不知道，因為一聲也沒有聽見。料想她們大家打門和叫喊的間歇裡，足有時間如此這般的猜想並議論。

當時門外的人一致認為屋裡的人已自殺身亡，叫喊和打門只是耽誤時間了。舍監找了兩名校工，抬著梯子到我們那房間的窗外去撬窗。梯子已經放妥，校工已爬上梯子。門外眾人都屏息而待。

我忽然感到附近人喊馬嘶，好像出了什麼大事，如失火之類，忙從枕旁摸出床上開關；可是電燈不亮，立即記起我是在等待淑姐回房，特在牆上開關熄燈的。我忙把床上開關再一下還原，拉開帳子，下地開了電燈。我拉門不開，發現門鎖著，把鑰匙轉了一下，才把門拉開。門縫裡想必已漏出些燈光。外面的人一定也聽到些聲響。可是她們以為是校工撬開窗子進屋了，都鴉雀無聲地等待著。忽見我睡眼惺忪站在門口，驚喜得齊聲叫了一聲「哦！」

一人說：「啊呀！你怎麼啦？」

我看見門外擠滿了人，莫名其妙。我說，「我睡了。」

「可你怎麼鎖了門呀？淑姐沒回來呢。」

我說：「我沒鎖啊！」

屋裡只我一人，我沒鎖，誰鎖的呢？我想了一想說：「大概是我糊塗了，順手把門鎖上了。」（可是，我「順手」嗎？？）

「我們把門都快要打下來了，你沒聽見？看看你的朋友！都含著兩包眼淚等著呢！」

我的好友和淑姐站在人群裡，不在近門處，大概是不忍看見我的遺體。

這時很多人笑起來，舍監也鬆了一大口氣。一場虛驚已延持得夠久了，她驅散眾人各自回房，當然也打發了正待撬窗的校工。

時間已經不早，我和淑姐等約定明晨一早出發，要走城牆一周，所以我們略談幾句就睡覺。她講了打門的經過，還把美國老姑娘叫喚我名字的聲調學給我聽。我連連道歉，承認自己糊塗。我說可能熄燈的時候順手把門鎖上了。

第二天，我們準備走城牆，所以清早起來，草草吃完早點，就結伴出發，一路上大家還只管談論昨晚的事。

我的好友很冷靜，很謹慎持重。男同學背後給她個諢名，稱為「理智化」。她和我同走，和同夥離開了相當距離，忽然對我說：

「你昨晚是沒有鎖門。」

原來她也沒看完電影。她知道我對電影不怎麼愛看，從大禮堂出來望見星月皎潔，回宿舍就想找我出去散步。她到我門外，看見門已帶上。我們那扇關不嚴的門帶上了還留一條很寬的門縫，她從門縫裡看見屋裡沒燈，我的帳子已經放下，知道我已睡下，就回房去了。

我說：「你沒看錯嗎？」

「隔著你的帳子，看得見你帳子後面的紗窗。」——因為窗外比窗內亮些。如果鎖上門，沒有那條大門縫，決計看不見我的帳子和帳子後面的窗子。可是我什麼時候又下床鎖上了門呢？我得從褥子下拉開帳子，以後又得壓好帳子的下圍。這都不是順手的。我懷疑她看慣了那條大門縫，所以看錯了。可是我那位朋友是清醒而又認真的人，她決不牽強附會，將無作有。我又懷疑自己大考考累了，所以睡得那麼死。可是大考對我毫無壓力，我也從不「開夜車」，我的同學都知道。

全宿舍的同學都不信一個活人能睡得那麼死，尤其是我。大家議論紛紛，說神說鬼。據傳說，我們那間屋裡有「仙」。我曾問「仙」是什麼個樣兒。有人說：「美人。」我笑說：「美人我不怕。」有人說：「男人看見的是美人，女人看見的是白鬍子老頭兒。」我說：「白鬍子老頭兒我也不怕。」這話我的確說過，也不是在我那間屋裡說的。難道這兩句話就說不得，冒犯了那個「仙」？

那天我們走完一圈城牆回校，很多人勸我和淑姐換個屋子睡一夜，反正明天就回家過暑假了。我先還不願意。可是收拾好書籍衣物，屋裡陰暗下來，我們倆忽然覺得害怕，就搬了臥具到別人屋裡去胡亂睡了一夜。暑假後，我們都搬進新宿舍了。

回顧我這一輩子，不論多麼勞累，睡眠總很警覺，除了那一次。假如有第二次，事情就容易解釋。可是直到現在，只有那一次，所以我想大概是碰上什麼「仙」了。

一九八八年八月

客氣的日本人

抗戰後期，我和默存一同留在淪陷的上海，住在沿街。晚上睡夢裡，或將睡未睡、將醒未醒的時候，常會聽到沉重的軍靴腳步聲。我們驚恐地悄悄說：「捉人！」說不定哪一天會輪到自己。

朋友間常談到某人某人被捕了。稍懂門路的人就教我們，一旦遭到這類事，可以找某某等人營救；受訊時第一不牽累旁人，同時也不能撒謊。回答問題要爽快，不能遲疑，不能吞吞吐吐，否則招致敵人猜疑。謊話更招猜疑，可是能不說的盡量巧妙地隱瞞。

那時默存正在寫《談藝錄》。我看著稿子上塗改修補著細細密密的字，又夾入許多紙條，多半是毛邊紙上用毛筆寫的。我想這部零亂的稿子雖是學術著作，卻經不起敵人粗暴的翻檢，常為此惴惴不安。

一九四五年四月間，一天上午九十點鐘，默存已到學校上課。我女兒圓圓幼年多病，不上學，由我啟蒙，這時正在臥房裡做功課。我們的臥房是個亭子間，在半樓梯。樓下挨廚房的桌上放著砧板，攤著待我揀挑的菜——我正兼任女傭，又在教女兒功課。忽聽得打門聲，我就去應門；一看二位來客，覺得他們是日本人（其實一個是日本人，一個是朝鮮人，上海人稱為「高麗棒子」）。我忙請他們進來，請他們坐，同時三腳兩步逃上半樓梯的亭子間，把一包《談藝錄》的稿子藏在我認為最妥善的地方，隨即斟了兩杯茶送下去——倒茶是為藏稿子。

他們問：「這裡姓什麼？」

「姓錢。」

「姓錢？還有呢？」

「沒有了。」

「沒有別家？只你們一家？」

「只我們一家。」

他們反覆盤問了幾遍，相信我不是撒謊，就用日語交談，我聽不懂。

「有電話嗎？」

我告訴他們電話在半樓梯（我們臥房的門口）。我就站在桌子旁邊揀菜。

叔父在三樓，聽日本人用日本話打電話，就下樓來。他走到我身邊，悄聲說：

「他們是找你。我看見小本子上寫的是楊絳。你還是躲一躲吧。」

我不願意躲，因為知道躲不了。但叔父是一家之主，又是有閱歷有識見的人，他叫我躲，我還是聽話。由後門出去，走幾步路就是我大姐的朋友家。我告訴叔父「我在五號」，立即從後門溜走。

我大姐的朋友大我十五六歲，是一位老姑娘，一人帶著個女傭住一間底層的大房間。我從小喜歡她，時常到她家去看看她。她見了我很高興，說她恰恰有幾個好菜，留我吃飯。她怕我家裡有事，建議提早吃飯。我和她說說笑笑閒聊著等吃飯。飯菜有炒蝦仁、海參、蹄筋之類。主人慇勤勸食，我比往常多吃了半碗飯。我怕嚇著老人，一字未提家有日本人找，不過一面和她說笑，心上直掛念著該怎麼辦。

飯後，她叫我幫她繞毛線。我一面繞，一面閒閒地說起：家裡有日本人找我呢，我繞完這一股，想回去看看。

她吃一大驚說：「啊呀！你怎麼沒事人兒似的呀？」

我說：「不要緊的，我怕嚇了你。」

正說著，九弟（默存的堂弟）跑來了。他說：「日本人不肯走，他們說嫂嫂不回去，就把我和多哥（默存的另一堂弟）帶走。」

我知道這是叔父傳話，忙說：「我馬上回來。你在大門口附近等著宣哥（默存），叫他別回家，到陳麟瑞先生家去躲一躲。」九弟機靈可靠，托他的事準辦到。

我想：溜出門這半天了，怎麼交代呢。一眼忽見一籃十幾個大雞蛋，就問主人借來用用。我提著籃子，繞到自己家大門口去敲門。我婆婆來開門。她嚇得正連聲噫氣，見了我惶急說：「你怎麼來了？」我偷偷兒對她擺手，一面大步往裡走，一面大聲說：「我給你買來了新鮮大雞蛋！又大又新鮮！」說著已經上樓，到了亭子間門口。只見圓圓還坐在小書桌橫頭，一動不動，一聲不響。櫃子和書桌抽屜裡的東西都倒翻在書桌上、床上和櫃子上。那「高麗棒子」回身指著我大聲喝問：

「楊絳是誰？」

我說：「是我啊。」

「那你為什麼說姓錢？」

「我嫁在錢家，當然姓錢啊！」

我裝出恍然大悟的樣兒說：「原來你們是找我呀？咳！你們怎麼不早說？」我把籃子放在床上，抱歉說：「我婆婆有胃病，我給她去買幾個雞蛋——啊呀，真對不起你們兩位了，耽擱了你們這麼多時間。好了，我回來了，我就跟你們走。」

日本人拿出一張名片給我。他名叫荻原大旭，下面地址是貝當路日本憲兵司令部。

我說：「好吧，我跟你們一起去！」

日本人說：「這會兒不用去了。明天上午十點，你來找我。」

我問：「怎麼找呢？」

「你拿著這個名片就行。」他帶著「高麗棒子」下樓。我跟下去，把他們送出大門。

據家裡人講，我剛溜走，那兩個客人就下樓找「剛才的婦女」。他們從電話裡得知楊絳是女，而我又突然不見，當然得追究。我婆婆說「剛才的婦女」就是她。她和我相差二十三歲，相貌服裝全然不同。日本人又不是傻瓜。他們隨即到我屋裡去搜查，一面追問圓圓，要她交代媽媽哪裡去了。圓圓那時八歲，很乖，隨那兩人嚇唬也罷，哄騙也罷，她木無表情，百問不一答。

日本人出門之後，家裡才擺上飯來。我婆婆已嚇得食不下嚥。我卻已吃了一餐好飯，和默存通過電話，他立即回家。他也吃過飯了。我把散亂在桌上、櫃上和床上的東西細細揀點，發現少了一本通信錄，一疊朋友寄我的剪報，都是宣傳我編的幾個劇本的，還有劇團演員聯名謝我的一封信。這個劇團的演員都很進步，我偶去參觀他們排演，常看到《四大家族》之類的小冊子。不過他們給我的信上並沒有任何犯禁的話。他們都是名演員，不必看了信才知道名字。

那時候李健吾先生已給日本憲兵司令部拘捕多時，還未釋放。我料想日本人找我，大約為了有關話劇的問題，很可能問到李先生。那麼，我就一口咬定和他不熟，他的事我一概不知，我只因和李太太是同鄉又同學，才由她認識了李先生（其實，我是由陳瑞麒先生而認識李先生的）。

聽略有經驗的人說，到日本憲兵司令部去的都要填寫一份表格，寫明自己的學歷、經歷等等。最關鍵的部分是社會關係。我想，我的通信簿既已落在他們手裡，不妨把通信簿上女朋友的姓字填上幾個，反正她們是絕無問題的；李太太的名字當然得填上。至於話劇界的人，導演是人人皆知的名人，劇團的頭兒也是廣告上常見的。如果問到，我只說個名字，有關他們的事，我和他們沒有私交，一概不知。我像準備考試一般，把自己的學歷經歷溫習一下，等著明天去頂就是了。所以我反而一心一意，上床就睡著了。半夜醒來，覺得有件大事，清醒了再想想，也沒有什麼辦法，就把準備回答的問題在心上複習一遍，又閉目入睡。我平時不善睡，這一晚居然睡得相當平靜。

明早起來，吃完早點就準備出門。穿什麼衣服呢？不能打扮，卻也不能肋膩。我穿一身半舊不新的黑衣黑鞋，拿一只黑色皮包。我聽說日本人報復心很強。我害他們等了我半天，就準備他們叫我等待一天。我免得耗費時間，也免得流露出不安的情緒，所以帶本書去看看。我不敢帶洋書，帶了一本當時正在閱讀的《杜詩鏡銓》。那是石印的線裝書，一本一卷，放在皮包裡大小正合適。我告訴家裡：上午別指望我能回家，如果過了一夜不歸，再設法求人營救。我雇了一輛三輪到日本憲兵司令部。

到那裡還早十多分鐘。我打發了三輪，在乾淨而清靜的人行道上慢慢兒走了一個大來回，十點前三分，我拿著荻原大旭的名片進門。

有人指點我到一間大教室似的屋裡去。裡面橫橫豎豎擺著大小各式的桌子和板凳。男女老少各等各樣的人都在那兒等待。我找個空座坐下，拿出書來，一門心思看書。不到半小時，有人來叫我，我就跟他走，也不知是到哪裡去。那人把我領到一間乾淨明亮的小會客室裡，長桌上鋪著白桌布，沙發上搭著白紗巾，太陽從白紗窗簾裡漏進來。那人讓我坐在沙發上，自己抽身走了。我像武松在牢房甲吃施恩家送的酒飯一樣，且享受了目前再說，就拿出書來孜孜細讀。

我恰好讀完一卷，那日本人進來了。我放下書站起身。他拿起我的書一看，笑說：

「杜甫的詩很好啊。」

我木然回答「很好」。

他拿出一份表格叫我填寫，隨後有人送來了墨水瓶和鋼筆。我坐下當著這日本人填寫。填寫完畢，不及再看一遍，日本人就收去了。他一面看，一面還敷衍說：「巴黎很美啊。」

我說：「很美。」

他突然問：「誰介紹你認識李伯龍的？」（李伯龍是同茂劇團的頭頭）

我說：「沒人介紹，他自己找到我家來的。他要我的劇本。」（這是實情）

「現在還和他們來往嗎？」

「我現在不寫劇本，他們誰還來理我呢。」

忽然那「高麗棒子」闖進來，指著我說：

「為什麼你家人說你不在家？」

「我不是去買雞蛋了嗎？」

「說你在蘇州。」

「是嗎？我父親剛去世，我是到蘇州去了一趟，不過早回來了。」

「可是他們說你在蘇州。」

「他們撒謊。」

「高麗棒子」厲聲喝問：「為什麼撒謊？」

我說：「害怕唄。」

日本人說：「以後我們還會來找你。」

我說：「我總歸在家——除非我出去買東西。我家沒有傭人。」

「高麗棒子」問：「為什麼不用傭人？」

我簡單說：「用不起。」

我事後知道，他們找的是另一人，以為「楊絳」是他的化名。傳我是誤傳，所以沒什麼要審問的，他們只強調以後還要來找我。我說我反正在家，儘管再來找。審訊就完畢了。日本人很客氣地把我送到大門口。我回到家裡，正好吃飯。

朋友間談起這件事，都說我運氣好。據說有一位女演員未經審問，進門就挨了兩個大耳光。有人一邊受審問，一邊奉命雙手舉著個凳子不停地滿地走。李健吾先生釋放後講起他經受的種種酷刑，他說，他最受不了的是「灌水」：先請他吃奶油蛋糕，吃飽以後，就把自來水開足龍頭，對著他嘴裡灌水，直灌到七竅流水，昏厥過去。我說，大概我碰到的是個很客氣的日本人，他叫荻原大旭。

李先生瞪著眼說：「荻原大旭？他！客氣！灌我水的，就是他！」

一九八八年八月

闖禍的邊緣——舊事拾零

珍珠港事變後，上海的「孤島」已經「淹沒」——就是說，租界也被日軍控制。可是上海的小學校還未受管轄。我當時正在一個半日小學做代課先生；我貪圖學校每月給的三斗米，雖然不是好米，卻比當局配給的細砂混合的米糆強得多。我也貪圖上課只下午半天，課卷雖多，我很快就能改完。可是學校在公共租界，很遠，我家住法租界。我得乘車坐到法租界的邊緣，步行穿過不屬租界的好一段路，再改乘公共租界的有軌電車。車過黃浦江上的大橋，只許過空車，乘客得步行過橋。橋上有日本兵把守。車上乘客排隊過橋，走過日本兵面前，得向他鞠躬。我不願行這個禮，低著頭就過去了，僥倖沒受注意。後來改變辦法，電車載著乘客停在橋下，由日本兵上車檢查一遍，就開過橋去，免得一車人下車又上車。不過日本兵上車後，乘客都得站起來。

有一次，我站得比別人略晚了些，這也和我不願鞠躬同一道理。日本兵覺察了，他到我面前，瞧我低頭站著，就用食指在我頷下猛一抬。我登時大怒。他還沒發話，我倒發話了。我不會罵人，只使勁咬著一字字大聲說：「豈有此理！」

日本兵一上車，乘客就停止說話，車上原是靜的。可是我這一發作，車上的靜默立即升到最高度，地上如有螞蟻爬，該也能聽見聲音。我自己知道闖禍了。假如日本人動手打我，我能還手嗎？我看見日本兵對我怒目而視。我想，我和他如目光相觸，就成了挑戰。我怎能和他挑戰呢。但事已至此，也不可示弱。我就怒目瞪著前面的車窗。我們這樣相持不知多久，一秒鐘比一分鐘還長。那日本人終於轉過身，我聽他蹬著笨重的軍靴一步步出去，瞥見他幾次回頭看我，我保持原姿態一動都不動。他一步步走出車廂，一級級走下車，電車又緩緩開動。同車廂的乘客好似冰凍的人一個個融化過來，鬧哄哄地紛紛議論。

我旁邊的同事嚇呆了。她喘了口氣說：「啊唷！啊唷！儂嚇殺吾來！儂哪能格？儂發癡啦？」我半晌沒有開口，一肚子沒好氣，恨不能放聲大哭；也覺得羞慚，成了眾人注目和議論的中心。車又走了好一段路，我才慢慢意識到自己僥倖沒闖大禍。那日本兵想必不懂什麼「豈有此理」，這話實在很書呆子氣。不顯得凶狠，連我的怒容也不夠厲害，只是板著臉罷了。那日本兵也許年紀較小，也許比較老實，一時上不知怎麼對付了。可是，我如果明天再碰見他，我就趕緊站起來恭候他嗎？不，我明天決不能再乘這輛車，得換一條路線。

換一條路線道路較遠，下車還得退回半站路，中間還得走過「大世界」一帶閒人、壞人叢集的地段。我走過這段路，經常碰到流氓盯梢，得急急往前走，才能脫身。有一次一個流氓盯得很緊，嘴裡還風言風語。我急了，乾脆停步轉身，迎著他當面站定。這流氓大約是專心要找個對象，看了我的嘴臉，顯然不是他的對象，就揚長走入人群中去。我只怕流氓不見得個個都這麼知趣，還是避開這條遠路為妙。

我早央求我那位同事注意查車的日本兵換了沒有。據她說，好像天天換人。我想，日本兵既沒有固定的崗位，我換了路線保不定還會碰到他。可是每天車來車往，他又怎會記得我呢。一個多星期過去了，假如再相遇，我也不認識他了。我不妨仍走原路。我回復原路線的頭幾天心上還惴惴不安，只恨乘客不夠擁擠。總算不久我教課的小學由日本人接管了，我也就辭職了。

一九八八年九月三日

花花兒

我大概不能算是愛貓的，因為我只愛個別的一隻兩隻，而且只因為它不像一般的貓而似乎超出了貓類。

我從前蘇州的家裡養許多貓，我喜歡一隻名叫大白的。它大概是波斯種，個兒比一般的貓大，渾身白毛，圓臉，一對藍眼睛非常嫵媚靈秀，性情又很溫和。我常胡想，童話裡美女變的貓，或者能變美女的貓，大概就像大白。大白如在戶外玩夠了想進屋來，就跳上我父親書桌橫側的窗台，一隻爪子軟軟地扶著玻璃，輕輕叫喚一聲。看見父親抬頭看見它了，就跳下地，跑到門外蹲著靜靜等待。飯桌上儘管擺著它愛吃的魚肉，它決不擅自取食，只是忙忙地跳上桌上又跳下地，仰頭等著。跳上桌子是說：「我也要吃。」跳下地是說：「我在這兒等著呢。」

默存和我住在清華的時候養一隻貓，皮毛不如大白，智力遠在大白之上。那是我親戚從城裡抱來的一隻小郎貓，才滿月，剛斷奶。它媽媽是白色長毛的純波斯種，這兒子卻是黑白雜色：背上三個黑圓，一條黑尾巴，四隻黑爪子，臉上有勻勻的兩個黑半圓，像時髦人戴的大黑眼鏡，大得遮去半個臉，不過它連耳朵也是黑的。它是圓臉，灰藍眼珠，眼神之美不輸大白。它忽被人抱出城來，一聲聲直叫喚。我不忍，把小貓抱在懷裡一整天，所以它和我最親。

我們的老李媽愛貓。她說：「帶氣兒的我都愛。」小貓來了我只會抱著，餵小貓的是她，「花花兒」也是她起的名字。那天傍晚她對我說：「我已經給它把了一泡屎，我再把它一泡溺，教會了它，以後就不髒屋子了。」我不知道李媽是怎麼「把」、怎麼教的，花花兒從來沒有弄髒過屋子，一次也沒有。

我們讓花花兒睡在客堂沙發上一個白布墊子上，那個墊子就算是它的領域。一次我把墊子雙折著忘了打開，花花兒就把自己的身體約束成一長條，趴在上面，一點也不越出墊子的範圍。一次它聚精會神地蹲在一疊箱子旁邊，忽然伸出爪子一撈，就逮了一隻耗子。那時候它還很小呢。李媽得意說：「這貓兒就是靈。」它很早就懂得不准上飯桌，只伏在我的座後等候。李娟常說：「這貓兒可仁義。」

花花兒早上見了李媽就要她抱。它把一隻前腳勾著李媽的脖子，像小孩兒那樣直著身子坐在李媽臂上。李媽笑說：「瞧它！這貓兒敢情是小孩子變的，我就沒見過這種樣兒。」它早上第一次見我，總把冷鼻子在我臉上碰碰。清華的溫德先生最愛貓，家裡總養著好幾隻。他曾對我說：「貓兒有時候會聞聞你，可它不是吻你，只是要聞聞你吃了什麼東西。」我拿定花花兒不是要聞我吃了什麼東西，因為我什麼都沒吃呢。即使我剛吃了魚，它也並不再聞我。花花兒只是對我行個「早安」禮。我們有一罐結成團的陳奶粉，那是花花兒的零食。一次默存要花花兒也聞聞他，就拿些奶粉做賄賂。花花很懂事，也很無恥。我們夫婦分站在書桌的兩頭，貓兒站在書桌當中。它對我們倆這邊看看，那邊看看，要往我這邊走，一轉念，決然走到拿奶粉罐的默存那邊去，聞了他一下臉。我們都大笑說：「花花兒真無恥，有奶便是娘。」可是這充分說明，溫德先生的話並不對。

一次我們早起不見花花兒。李媽指指茶几底下說：「給我拍了一下，躲在那兒委屈呢。」我忙著要掃地，它直繞著我要我抱，繞得我眼睛都花了。我拍了它一下，瞧它！賭氣了！」花花兒縮在茶几底下，一隻前爪遮著腦門子，滿臉氣苦，我們叫它也不出來。還是李媽把它抱了出來，撫慰了一下，它又照常抱著李媽的脖子，挨在她懷裡。我們還沒看見過貓兒會委屈，那副氣苦的神情不是我們唯心想像的。它第一次上了樹不會下來，默存設法救了它下來，它把爪子軟軟地在默存臂上搭兩下，表示感激，這也不是我們主觀唯心的想像。

花花兒清早常從戶外到我們臥房窗前來窺望。我睡在離窗最近的一邊。它也和大白一樣，前爪軟軟地扶著玻璃，只是一聲不響，目不轉睛地守著。假如我不回臉，它決不叫喚；要等看見我已經看見它了，才叫喚兩聲，然後也像大白那樣跑到門口去蹲著，仰頭等候。我開了門它就進來，跳上桌子聞聞我，並不要求我抱。它偶然也聞聞默存和圓圓，不過不是經常。

它漸漸不服管教，晚上要跟進臥房。我們把它按在沙發上，可是一鬆手它就躥進臥房；捉出來，又躥進去，兩隻眼睛只顧看著我們，表情是懇求。我們三個都心軟了，就讓它進屋，看它進來了怎麼樣。我們的臥房是一長間，南北各有大窗，中間放個大衣櫥，把屋子隔成前後兩間，圓圓睡後間。大衣櫥的左側上方是個小櫥，花花兒白天常進臥房，大約看中了那個小櫥。它仰頭對著小櫥叫。我開了小櫥的門，它一躥就躥進去，蜷伏在內，不肯出來。我們都笑它找到了好一個安適的窩兒，就開著小櫥的門，讓它睡在裡面。可是它又不安分，一會兒又跳到床上，要鑽被窩。它好像知道默存最依順它，就往他被窩裡鑽，可是一會兒又嫌悶，又要出門去。我們給它折騰了一頓，只好狠狠心把它趕走。經過兩三次嚴厲的管教，它也就聽話了。

一次我們吃禾花雀，它吃了些脖子爪子之類，快活得發瘋似的從椅子上跳到桌上，又跳回地上，歡騰跳躍，逗得我們大笑不止。它愛吃的東西很特別，如老玉米，水果糖，花生米，好像別的貓不愛吃這些。轉眼由春天到了冬天。有時大雪，我怕李媽滑倒（她年已六十），就自己買菜。我買菜，總為李媽買一包香煙，一包花生米。下午沒事，李媽坐在自己床上，抱著花花兒，餵它吃花生。花花兒站在她懷裡，前腳搭在她肩上，那副模樣煞是滑稽。

花花兒週歲的時候李媽病了；病得很重，只好回家。她回家後花花兒早晚在她的臥房門外繞著叫，叫了好幾天才罷。換來一個郭媽又凶又狠，把花花兒當冤家看待。一天我坐在書桌前工作，花花兒跳在我的座後，用爪子在我背上一拍，等我回頭，它就跳下地，一爪招手似的招，走幾步又回頭叫我。我就跟它走。它把我直招到廚房裡，然後它用後腳站起，伸前爪去抓菜櫥下層的櫥門——裡面有貓魚。原來花花兒是問我要飯吃。我一看它的飯碗骯髒不堪，半碗剩飯都乾硬了。我用熱水把硬飯泡洗一下，加上貓魚拌好，花花兒就乖乖地吃飯。可是我一離開，它就不吃了，追出來把我叫回廚房。我守著，它就吃，走開就不吃。後來我把它的飯碗搬到吃飯間裡，它就安安頓頓吃飯。我心想：這貓兒又作怪，它得在飯廳裡吃飯呢！不久我發現郭媽作弄它。她雙腳夾住花花兒的腦袋，不讓它湊近飯碗，嘴裡卻說：「吃啊！吃啊！怎不吃呀？」我過去看看，郭媽忙一鬆腿，花花兒就跑了。我才懂得花花兒為什麼不肯在廚房吃飯。

花花兒到我家一二年後，默存調往城裡工作，圓圓也在城裡上學，寄宿在校。他們都要週末才回家，平時只我一人吃飯，每年初夏我總「疰夏」，飯菜不過是西紅柿湯，涼拌紫菜頭之類。花花兒又作怪，它的飯碗在我座後，它不肯在我背後吃。我把它的飯碗挪在飯桌旁邊，它才肯吃；吃幾口就仰頭看著我，等我給它滴上半匙西紅柿湯，它才繼續吃。我假裝不看見也罷，如果它看見我看見它了，就非給它幾滴清湯。我覺得這貓兒太唯心了，難道它也愛喝清湯！

貓兒一歲左右還不鬧貓，不過外面貓兒叫鬧的時候總愛出去看熱鬧。它一般總找最依順它的默存，要他開門，把兩隻前爪抱著他的手腕子輕輕咬一口，然後叼著他的衣服往門口跑，前腳扒門，抬頭看著門上的把手，兩隻眼睛裡全是懇求。它這一出去就徹夜不歸。好月亮的時候也通宵在外玩兒。兩歲以後，它開始鬧貓了。我們都看見它爭風打架的英雄氣概，花花兒成了我們那一區的霸。

有一次我午後上課，半路上看見它「嗷、嗷」怪聲叫著過去。它忽然看見了我，立即回復平時的嬌聲細氣，「啊，啊，啊」一向我走來。我怕它跟我上課堂，直趕它走。可是它緊跟不離，直跟到洋灰大道邊才止步不前，站定了看我走。那條大道是它活動區的邊界，它不越出自定的範圍。三反運動期間，我每晚開會到半夜三更，花花兒總在它的活動範圍內迎候，伴隨我回家。

花花兒善解人意，我為它的聰明驚喜，常胡說：「這貓兒簡直有幾分『人氣』。」貓的「人氣」，當然微弱得似有若無，好比「人為萬物之靈」，人的那點靈光，也微弱得只夠我們惶惑地照見自己多麼愚昧。人的智慧自有打不破的局限，好比貓兒的聰明有它打不破的局限。

花花兒畢竟只是一隻貓。三反運動後「院系調整」，我們併入北大，遷居中關園。花花兒依戀舊屋，由我們捉住裝入布袋，搬入新居，拴了三天才漸漸習慣些，可是我偶一開門，它一道電光似的向鄰近樹木繁密的果園躥去，跑得無影無蹤，一去不返。我們費盡心力也找不到它了。我們傷心得從此不再養貓。默存說：「有句老話：『狗認人，貓認屋』，看來花花兒沒有『超出貓類』。」他的《容安室休沐雜詠》還有一首提到它：「音書人事本蕭條，廣論何心續孝標，應是有情無處著，春風蛺蝶憶兒貓。」

一九八八年九月

控訴大會

三反運動期間，我在清華任教。當時，有的大學舉辦了資產階級腐朽思想的圖書展覽，陳列出一批思想腐朽的書籍。不過參觀者只能隔著繩索圈定的範圍，遙遙望見幾個書題和幾個人名，無從體會書籍如何腐朽，我校舉行的控訴大會就不同了。全校師生員工大約三千人都參加，大禮堂裡樓上樓下坐得滿滿的。講台上有聲有色的控訴，句句都振動人心。

我也曾參與幾個「醞釀會」。那就是背著被控訴的教師，集體搜索可資控訴的材料，例如某教師怎麼宣揚資產階級的生活方式，某教師怎麼傳布資產階級的思想等等。

我當時教一門「危險課」。外文系的「危險課」原有三門：詩歌、戲劇、小說。後來這三門課改為選修，詩歌和戲劇班上的學生退選，這兩門課就取消了。我教的是大三的英國小說，因為仍有學生選修，我只好開課。我有個朋友思想很進步，曾對我說，你那老一套的可不行了，得我來教教你。我沒有虛心受教，只留心迴避思想意識，著重藝術上的分析比較，一心只等學生退選。兩年過去了。到第三年，有些大學二年的學生也選修這門課，可是他們要求精讀一部小說，而大三的學生仍要求普遍的分析討論。我就想乘機打退堂鼓。但不知誰想出一個兩全法：精讀一部小說，同時著重討論這部小說的技巧。當時選定精讀的小說是狄更斯的《大衛・科波菲爾》。狄更斯受到馬克思的讚許，也受到進步評論家的推重，公認為進步小說家。他那部小說精讀太長，只能選出部分，其餘供瀏覽，或由老師講述幾句，把故事聯上就行。

可是狄更斯的進步不免令人失望。比如主人公窮困時在工廠當擦皮鞋的小工，當然很進步，可是他公然說，他最痛苦的是日常與下等人為伍。把工人看作「下等人」，羞與為伍，我可怎麼代作者裝出進步面貌呢？最簡便的辦法是跳過去！小說裡少不了談情說愛的部分。我認為狄更斯喜劇性地描寫中下層社會中年男女談情，實在是妙極了，可是描寫男女主人公的戀愛，往往糟得很，我乾脆把談戀愛的部分全部都跳過拉倒。

跳，有時有絆腳石。一次，精讀的部分裡帶上一句牽涉到戀愛的話。主人公的房東太太對他說：「你覺也不睡，飯也不吃，我知道你的問題。」學生問：「什麼問題？」我得解答：房東大太點出他在戀愛。我說：寫戀愛用這種方式是陳腐的濫調。十八世紀菲爾丁的小說裡，主人公雖然戀愛，照常吃飯，照常睡覺。十九世紀的狄更斯卻還未能跳出中世紀騎士道的「戀愛準則」。我不願在這個題目上多費工夫，只舉了幾條荒謬的例子，表示多麼可笑。我這樣踢開了絆腳石。

醞釀控訴大會的時候，我正為改造思想做檢討。我的問題，學生認為比較簡單。我不屬「向上爬」的典型，也不屬「混飯吃」的典型，我只是滿足於當賢妻良母，沒有新中國人民的主人翁感。我的檢討，一次就通過了。開控訴大會就在通過我檢查的當天晚飯後。我帶著輕鬆愉快的心情，隨我的親戚同去聽控訴。

我那位親戚是活動家。她不知哪裡聽說我的檢討獲得好評，特來和我握手道賀，然後和我同去開會，坐在我旁邊。主席談了資產階級思想的毒害等等，然後開始控訴。

有個我從沒見過的女孩子上台控訴。她不是我班上的學生，可是她咬牙切齒、頓足控訴的卻是我。她提著我的名字說：

「×××先生上課不講工人，專談戀愛。」

「×××先生教導我們，戀愛應當吃不下飯，睡不著覺。」

「×××先生教導我們，見了情人，應當臉發白，腿發軟。」

「×××先生甚至於教導我們，結了婚的女人也應當談戀愛。」

她懷著無比憤恨，控訴我的毒害。我的親戚晚飯後坐在人叢裡已開始打鼾，聽到對我的這番控訴，戛然一聲，停止打鼾，張大了眼睛。大禮堂裡幾千雙眼睛都射著我。我只好效法三十年代的舊式新娘，鬧房時戴著藍眼鏡，裝作不聞不見，木然默坐。接下還有對別人的控訴，可是比了對我的就算不得什麼了。控訴完畢，群眾擁擠著慢慢散去，一面鬧哄哄地議論。我站起身，發現我的親戚已不知去向。

誰這麼巧妙地斷章取義、提綱上線的，確實為控訴大會立了大功。但我那天早上的檢討一字未及「談戀愛」，怎麼就沒人質問，一致通過了呢？不過我得承認，這番控訴非常動聽，只是我給罵得簡直不堪了。

我走出大禮堂，恰似剛從地獄出來的魔鬼，渾身散發著硫磺臭，還帶著熊熊火焰；人人都避得遠遠的。暗昏中，我能看到自己周圍留著一圈空白，群眾在這圈空白之外紛紛議論，聲調裡帶著憤怒。一位女同志（大約是家庭婦女）慨嘆說：「咳！還不如我們無才無能的呢！」好在她們不是當面批評，我只遠遠聽著。

忽然我們的系主任吳達元先生走近前來，悄悄問：「你真的說了那種話嗎？」

我說：「你想吧，我會嗎？」

他立即說：「我想你不會。」

我很感激他，可是我也謹慎地離他遠些，因為我知道自己多麼「臭」。

我獨自一人回到家裡。那個時期家裡只有我和一個女傭，女傭早已睡熟。假如我是一個嬌嫩的女人，我還有什麼臉見人呢？我只好關門上吊啊！季布壯士，受辱而不羞，因為「欲有所用其未足也」。我並沒有這等大志，我只是火氣旺盛，像個鼓鼓的皮球，沒法按下個凹處來承受這份侮辱，心上也感不到絲毫慚愧。我看了一會兒書就睡覺。明早起來，打扮得喜盈盈的，拿著個菜籃子到校內菜市上人最多的地方去招搖，看不敢理我的人怎樣逃避我。

有人見了我及早躲開，有人佯佯不睬，但也有人照常和我招呼，而且有兩三人還和我說話，有一人和我說笑了好一會兒。一星期後，我在大禮堂前稠人廣眾中看見一個老朋友，她老遠的躲開了我。可是另有個並不很熟的女同志卻和我有說有講地並肩走了好一段路。避我只在情理之中，我沒有怨尤。不避我的，我對他們至今感激。

不久《人民日報》上報道了我校對資產階級腐朽思想的控訴大會，還點了我的名為例：「×××先生上課專談戀愛。」幸虧我不是名人，點了名也未必有多少人知道。

我的安慰是從此可以不再教課。可是下一學期我這門選修課沒有取消，反增添了十多個學生。我剛經過轟轟烈烈的思想改造，誠心誠意地做了檢討，決不能再消極退縮。我也認識到大運動裡的個人是何等渺小。我總不能借這點委屈就撂紗帽呀！我難道和資產階級腐朽思想結下了不解之緣嗎？我只好自我譬解：知道我的人反正知道；不知道的，隨他們怎麼想去吧。人生在世，冤屈總歸是難免的。

雖然是一番屈辱，卻是好一番錘煉，當時，我火氣退去，就活像一頭被車輪碾傷的小動物，血肉模糊的創口不是一下子就能癒合的。可是，往後我受批評甚至受鬥爭，總深幸這場控訴大大增強了我的韌勁。

一九八八年九月

憶高崇熙先生——舊事拾零

高先生是清華大學化工系教授，大家承認他業務很好，可是說他脾氣不太好，落落難合。高太太善交際，所以我們夫婦儘管不善交際，也和他們有些來往。我們發現高先生脾氣並不壞，和他很合得來。

大約一九五〇年，清華附近建立了一所化工廠，高先生當廠長。他們夫婦遷進工廠，住在簡陋的辦公室一般的宿舍裡。我們夫婦曾到他新家去拜訪過兩次。

一九五一年秋，一個星期日，正是晴朗的好秋天，我們忽然高興，想出去走走。我記起高太太送了我鮮花，還沒去謝謝她。我們就步出南校門，穿過麥田，到化工廠去。當時三反運動已在社會上發動起來，但是還沒有轉為思想改造運動。學校裡的知識分子以為於己無涉，還不大關心。

我們進了工廠，拐彎曲折，到了高氏夫婦寓所，高太太進城了，家裡只高先生一人。他正獨坐在又像教室又像辦公室的客堂裡，對我們的拜訪好像出乎意外，並不歡迎。他勉強請我們坐，拿了兩只骯髒的玻璃杯，為我們斟了兩個半杯熱水瓶底帶水鹼的剩水。他笑得很勉強，和我們酬答也只一聲兩聲。我覺得來得不是時候，坐不住了，就說我們是路過，順道看看他們，還要到別處去。我們就起身告辭了。

高先生並不挽留，卻慇勤送我們出來：送出客堂，送出那條走廊，送出院子，還直往外送。我們請他留步，他硬是要送，直送到工廠的大門口。我記得大門口站著個看門的，他站在那人旁邊，目送我們往遠處去。

我們倆走入麥田。

我說：「他好像不歡迎我們。」

「不歡迎。」

「所以我不敢多坐了。」

「是該走了。」

我說：「他大概有事呢，咱們打擾他了。」

「不，他沒事，他就那麼坐著。」

「不在看書？」

「我看見他就那麼坐著，也不看書，也不做什麼事。」
「哦，也許因為運動，他心緒不好。」
「我問起他們廠裡的運動，他說沒什麼事，快完了。」
「我覺得他巴不得我們快走。」
「可是他送了又送。」
這話不錯。他簡直依依不捨似的，不像厭惡我們。我說：「也許他簡慢了咱們又抱歉了。」
「他也沒有簡慢。況且，他送出院子不就行了嗎？」
我們倆自作聰明地琢磨來琢磨去，總覺得納悶。他也不是冷淡，也不是板著臉，他只是笑得那麼勉強，那麼怪。真怪！沒有別的字可以形容。
過了一天，星期二上午，傳來消息：化工廠的高先生昨天自殺了。據說星期一上午，工間休息的時候，高太太和廠裡的一些女職工在會客室裡煮元宵吃呢，回隔壁臥房見高先生倒在床上，臉已變黑，他服了氰酸。
我們看見他的時候，他大約正在打主意。或者已經打定主意，所以把太太支使進城。事後回想，他從接待我們到送我們出工廠大門，全都說明這一件事，都是自然的，只恨我們糊塗，沒有及時了解。

冤案錯案如今正一一落實。高先生自殺後，高太太相繼去世，多少年過去了，誰還記得他們嗎？高先生自殺前夕，撞見他的，大概只有我們夫婦倆。

一九八八年九月一日

黑皮阿二

日軍侵華，上海已淪陷。蘇州振華女校特在上海開了個分校，在租界的孤島上開學，掛上學校的牌子。我好比「狗耕田」，當了校長。我們的事務主任告訴我，凡是掛牌子的（包括學校），每逢過節，得向本區地痞流氓的頭兒送節賞。當時我年紀未滿三十，對未曾經歷的事興趣甚濃。地痞流氓，平時逃避都來不及，從不敢正面相看，所以很想見識見識他們的嘴臉。

恰逢中秋佳節，討賞的來了一個又一個。我的模樣既不神氣，也不時髦，大約像個低年級的教師或辦公室的職員，反正絕不像校長。我問事務主任：「我出去看看行不行？」他笑說：「你看看去吧！」

我冒充他手下的職員，跑到接待室去。

來人身材矮小，一張黑皺皺的狹長臉，並不凶惡或狡猾。

我說：「剛開發了某某人，怎麼又來了？」

他說：「××啊？伊是『癟三』！」

「前天還有個××呢？」

他說：「伊是『告化甲頭』。」

我詫異地看著他問：「儂呢？」

他翹起大拇指說：「阿拉是白相人啦！」接著一口氣列舉上海最有名的「白相人」，表示自己是同夥。然後伸手從懷裡掏出一張名片，這張名片紙質精良，比通常用的窄四分之一，名字印在上方右側，四個濃黑的字：「黑皮阿二」。

我看著這枚別緻的名片，樂得心上開花。只聽他解釋說：「阿拉專管搶帽子、搶皮包。」「專管」云云，可以解作專幹這件事，也可以解作保管不出這種事。我當時恰似小兒得餅，把別的都忘了，沒再多聽聽他的宏論，忙著進裡間去向事務主任匯報，讓他去對付。

我把這枚稀罕的名片藏在皮包裡，心想：我這皮包一旦被搶，裡面有這張名片，說不定會有人把皮包還我。他們得講「哥兒們義氣」呀！可惜我幾番拿出來賣弄，不知怎麼把名片丟了。我也未及認清那位黑皮阿二。

一九八八年十二月

記楊必

楊必是我的小妹妹，小我十一歲。她行八。我父親像一般研究古音韻學的人，愛用古字。楊必命名「必」，因為「必」是「八」的古音：家裡就稱阿必。她小時候，和我年齡差距很大。她漸漸長大，就和我一般兒大。後來竟顛倒了長幼，阿必搶先做了古人。她是一九六八年睡夢裡去世的，至今已二十二年了。

楊必一九二二年生在上海。不久我家搬到蘇州。她的童年全是在蘇州度過的。

她性情平和，很安靜。可是自從她能自己行走，成了媽媽所謂「兩腳眾生」（無錫話「眾生」指「牲口」），就看管不住了。她最愛貓，常一人偷偷爬上樓梯，到女傭住的樓上去看小貓。我家養貓多，同時也養一對哈叭狗，所以貓兒下仔總在樓上。一次，媽媽忽見阿必一臉狼狽相，鼻子上抹著一道黑。問她怎麼了，她裝作若無其事，只說：「我囫圇著跌下來的。」「囫圇著跌下來」，用語是幼稚的創造，意思卻很明顯，就是整個人從樓上滾下來了。問她跌了多遠，滾下多少級樓梯，她也說不清。她那時才兩歲多，還不大會說，也許當時驚魂未定，自己也不知道滾了多遠。

她是個乖孩子，只兩件事不乖：一是不肯洗臉，二是不肯睡覺。

每當傭人端上熱騰騰的洗臉水，她便覺不妙，先還慢悠悠地輕聲說：「逃——逃——逃——」等媽媽擰了一把熱毛巾，她兩腳急促地逃跑，一迭連聲喊「逃逃逃逃逃！」總被媽媽一把捉住，她哭著洗了臉。

我在家時專管阿必睡午覺。她表示要好，盡力做乖孩子。她乖乖地躺在搖籃裡，乖乖地閉上眼，一動都不動，讓我唱著催眠歌搖她睡。我把學校裡學的催眠歌都唱遍了，以為她已入睡，停止了搖和唱。她睜開眼，笑嘻嘻地「點戲」說：「再唱《喜日妻》（*Sweet and low*，丁尼生詩中流行的《搖籃曲》）。」原來她直在品評，選中了她最喜愛的歌。我火了，沉下臉說：「快點睏！」（無錫話：「快睡！」）阿必覺得我太凶了，乖乖地又閉上了眼。我只好耐心再唱。她往往假裝睡著，過好一會兒才睜眼。

有時大家戲問阿必，某人對她怎麼凶。例如：「三姐姐怎麼凶？」

「這是『田』字啊！」（三姐教她識字。）

「絳姐怎麼凶？」

「快點睏！」

阿必能逼真地摹仿我們的聲音語調。

「二伯伯（二姑母）怎麼凶？」

「著得裡一記！」（霹呀的打一下）

她形容二姑母暴躁地打她一下，也非常得神。二姑母很疼她，總怪我媽媽給孩子洗臉不得其法，沒頭沒腦地悶上一把熱毛巾，孩子怎麼不哭。至於阿必的不肯睡覺，二姑母更有妙論。她說，這孩子前世准是睡夢裡死的，所以今生不敢睡，只怕睡眠中又死去。阿必去世，二姑母早歿了，不然她必定說：「不是嗎？我早就說了。」

我記得媽媽端詳著懷抱裡的阿必，抑制著悲痛說：「活是個阿同（一九一七年去世的二姐）！她知道我想她，所以又來了。」

阿必在小學演《小小畫家》的主角，媽媽和二姑母以家長身分去看孩子演劇。阿必平時剪「童化」頭，演戲化裝，頭髮往後掠，面貌宛如二姐。媽媽抬頭一見，淚如雨下。二姑母回家笑我媽媽真傻，看女兒演個戲都心痛得「眼淚嗒嗒滴」（無錫土話）。她哪裡能體會媽媽的心呢。我們忘不了二姐姐十四歲病在上海醫院裡，日夜思念媽媽，而家在北京，當時因天災人禍，南北路途不通，媽媽好不容易趕到上海醫院看到二姐，二姐瞳孔已散，拉著媽媽的手卻看不見媽媽了，直哭。我媽媽為此傷心得哭壞了眼睛。我們懂事後，心上都為媽媽流淚，對眼淚不流的爸爸也一樣了解同情。所以阿必不僅是「最小偏憐」，還因為她長得像二姐，而失去二姐是爸爸媽媽最傷心的事。或許為這緣故，我們對阿必倍加愛憐，也夾帶著對爸爸媽媽的同情。

阿必在家人偏寵下，不免成了個嬌氣十足的孩子。一是脾氣嬌，一是身體嬌。身體嬌只為媽媽懷她時身體虛弱，全靠吃藥保住了孩子。阿必從小體弱，一輩子嬌弱。脾氣嬌是慣出來的，連爸爸媽媽都說阿必太嬌了。我們姊妹也嫌她嬌，加上弟弟，大夥兒治她。七妹妹（家裡稱阿七）長阿必六歲，小姐妹倆從小一起玩，一起睡在媽媽大床的腳頭，兩人最親密。治好阿必的嬌，阿七功勞最大。

阿七是媽媽親自餵、親自帶大的小女兒，當初滿以為她就是老女兒了。爸爸常說，人生第一次經受的傷心事就是媽媽生下間的孩子，因為就此奪去了媽媽的專寵。可是阿七特別善良忠厚，對阿必一點不妒忌，分外親熱。媽媽看著兩個孩子湊在一起玩，又心疼又得意地說：「看她們倆！真要好啊，從來不吵架，阿七對阿必簡直千依百順。」

無錫人把「逗孩子」稱作「引老小」。「引」可以是善意的，也可以帶些「欺」和「惹」的意思。比如我小弟弟「引」阿必，有時就不是純出善意。他催眠似的指著阿必說：

「哦！哭了！哭了！」阿必就應聲而哭。爸爸媽媽說：「勿要引老小！」同時也訓阿必：「勿要嬌！」但阿七「引」阿必卻從不挨罵。

阿七喜歡畫（這點也許像二姐）。她幾筆便勾下一幅阿必的肖像。阿必眉梢向下而眼梢向上。三姑母寵愛阿必。常說：「我俚阿必鼻頭長得頂好，小圓鼻頭。」（我們聽了暗笑，因為從未聽說鼻子以「小圓」為美。）阿必常嘻著嘴笑得很淘氣。她的臉是蛋形。她自別於貓狗，說自己是圓耳朵。阿七一面畫，口中念念有詞。

她先畫兩撇下搭的眉毛，嘴裡說：「搭其眉毛。」

又畫兩隻眼梢向上的眼睛：「豁（無錫話，指上翹）其眼梢。」

又畫一個小圓圈兒：「小圓其鼻頭。」

又畫一張嘻開的大寬嘴：「薄闊其嘴。」

然後勾上童化頭和蛋形的臉：「鴨蛋其臉。」

再加上兩隻圓耳朵：「大圓其耳。」

阿必對這幅漫畫大有興趣，拿來仔細看，覺得很像自己，便「哇」地哭了。我們都大笑。

阿七以後每畫「搭其眉毛，豁其眼梢」，未到「鴨蛋其臉」，阿必就哭。以後不到「小圓其鼻」她就哭。這幅漫畫愈畫愈得神，大家都欣賞。一次阿必氣呼呼地忍住不哭，看阿七畫到「鴨蛋其臉」，就奪過筆，在臉上點好多點兒，自己說：「皮蛋其臉！」——她指帶拌糠泥殼子的皮蛋，隨後跟著大夥一起笑了。這是阿必的大勝利。她殺去嬌氣，有了幽默感。

我們仍以「引阿必」為樂。三姑母曾給我和弟弟妹妹一套《童謠大觀》，共四冊，上面收集了全國各地的童謠。我們背熟很多，常挑可以刺激阿必嬌氣的對她唱。可惜現在我多半忘了，連唱熟的幾隻也記不全了。例如：「我家有個嬌妹子，洗臉不洗殘盆水，戴花選大朵，要簸箕大的鯉魚鱗，要……要……要……要……要十八個羅漢守轎門，這個親才說成。」阿必不嬌了，她跟著唱，搶著唱，好像與她無關。她漸漸也能跟著阿七同看翻譯的美國小說《小婦人》。這本書我們都看了，大家批評小說裡的艾妹（最小的妹妹）最討厭，接下就說：「阿必就像艾妹！」或「阿必就是艾妹！」阿必笑嘻嘻地隨我們說，滿不在乎。以後我們不再「引阿必」，因為她已能克服嬌氣，巍然不動了。

阿必有個特殊的本領：她善摹仿。我家的哈叭狗雌性的叫「白克明」，遠比雄性的聰明熱情。它一見主人，就從頭到尾——尤其是腰、後腿、臀、尾一個勁兒的又扭又擺又搖，大概只有極少數的民族舞蹈能全身扭得這麼靈活而猛烈，散發出熱騰騰的友好與歡忻。阿必有一天忽然高興，趴在二姑母膝上學「白克明」。她雖然是個小女孩，又沒有尾巴，學來卻神情畢肖，逗得我們都大樂。以後我們叫她學個什麼，她都能，也都像。她尤其喜歡學和她完全不像的人，如美國電影《勞來與哈代》裡的胖子勞來。她那麼個瘦小女孩兒學大胖子，正如她學小狗那樣惟妙惟肖。她能摹仿方言、聲調、腔吻、神情。她講一件事，只需幾句敘述，加上摹仿，便有聲有色，傳神逼真。所以阿必到哪裡，總是個歡笑的中心。

我家搬到蘇州之後，媽媽正式請二姑母做兩個弟弟的家庭教師，阿七也一起由二姑母教。這就是阿必「囫圇著跌下來」的時期。那時我上初中，寄宿在校，週末回家，聽阿七順溜地背《蜀道難》，我連這首詩裡的許多字都不識呢，很佩服她。我高中將畢業，阿必漸漸追上阿七。一次阿必忽然出語驚人，講什麼「史湘雲睡覺不老實，兩彎雪白的膀子掠在被外，手腕上還戴著兩只金鐲子」。原來她睡在媽媽大床上，晚上假裝睡覺，卻在帳子裡偷看媽媽床頭的抄本《石頭記》。不久後爸爸買了一部《元曲選》，阿七阿必大高興。她們不讀曲文，單看說白。等我回家，她們爭著給我講元曲故事，又告訴我丫頭都叫「梅香」，壞丫頭都叫「臘梅」，「弟子孩兒」是罵人，更凶的是罵「禿驢弟子孩兒」等等。我每週末回家，兩個妹妹因五天不相見，不知要怎麼親熱才好。她們有許多新鮮事要告訴，許多新鮮本領要賣弄。她們都上學了，走讀，不像我住校。

「絳姐，你吃『冷飯』嗎？」阿必問。

「『冷飯』不是真的冷飯。」阿七解釋。

（默存告訴我，他小時走讀，放晚學回家總吃「冷飯」。飯是熱的，菜是午飯留下的。「吃冷飯」相當於吃點心。）

「絳姐，你吃過生的蠶豆嗎？吃最嫩的，沒有生腥味兒。」

「絳姐，我們會摘豌豆苗。」

「絳姐，蠶豆地裡有地蠶，肥極了，你看見了準肉麻死！」她們知道我最怕軟蟲。

我媽媽租下貼鄰一畝荒園，帶著女傭開墾為菜園。兩個妹妹帶我到菜園裡去摘最嫩的豆角，剝出嫩豆，叫我生吃，眼睜睜地看著我吃，急切等我說聲「好」。她們摘些豆苗，摘些嫩豌豆，胡亂洗洗，放在鍋裡，加些水，自己點火煮給我吃。（這都是避開了大人幹的事。她們知道廚房裡什麼時候沒人。）我至今還記得那鍋亂七八糟的豆苗和豆角，煮出來的湯十分清香。那時候我已上大學，她們是妹妹，我是姐姐。如今我這個姐姐還在，兩個妹妹都沒有了，是阿必最小的打頭先走。

也不知什麼時候起，她們就和我差不多大了。我不大看電影，倒是她們帶我看，介紹某某明星如何，什麼片子好看。暑假大家在後園乘涼，儘管天還沒黑，我如要回房取些什麼東西，單獨一人不敢去，總求阿七或阿必陪我。她們不像我膽小。寒假如逢下雪，她們一老早便來叫我：「絳姐，落雪了！」我趕忙起來和她們一起玩雪。如果雪下得厚，我們還吃雪；到後園石桌上舀了最乾淨的雪，加些糖，爸爸還教我們擠點橘子汁加在雪裡，更好吃。我們三人凍紅了鼻子，凍紅了手，一起吃雪。我發現了爸爸和姑母說切口的秘訣，就教會阿七阿必，三人一起練習。我們中間的年齡差距已漸漸拉平。但阿必畢竟還小。我結了婚離家出國，阿必才十三歲。

一九三八年秋，我回上海看望爸爸。媽媽已去世，阿必已變了樣兒，人也長高了。她在工部局女中上高中。爸爸和大姐跟我講避難經過，講媽媽彌留時借住鄉間的房子恰在敵方炮火線上，四鄰已逃避一空，爸爸和大姐準備和媽媽同歸於盡，力勸阿必跟隨兩位姑母逃生，阿必卻怎麼也不肯離去。阿必在媽媽身邊足足十五年，從沒有分離過。以後，爸爸就帶著改扮男裝的大姐和阿必空身逃到上海。

逃難避居上海，生活不免艱苦。可是我們有爸爸在。彷彿自己還是包在竹籜裡的筍，嵌在松球裡的松子。阿必仍是承歡膝下的小女兒。我們五個姊妹（弟弟在維也納學醫）經常在爸爸身邊相聚，阿必總是個逗趣的人，給大家加添精神與活力。

阿必由中學而大學。她上大學的末一個學期，爸爸去世，她就寄宿在校。畢業後她留校當助教，兼任本校附中的英語教師。阿必課餘就忙著在姐姐哥哥各家走動，成了聯絡的主線。她又是上下兩代人中間的橋樑，和下一代的孩子年齡接近，也最親近。不論她到哪裡，她總是最受歡迎的人，因為她逗樂有趣，各家的瑣事細故，由她講來都成了趣談。她手筆最闊綽，四面分散實惠。默存常笑她「distributing herself」（分配自己）。她總是一團高興，有說有講。我只曾見她虎著臉發火，卻從未看到她愁眉苦臉、憂憂鬱鬱。

阿必中學畢業，因不肯離開爸爸，只好在上海升學，考進了震旦女子文理學院。主管這個學校的是個中年的英國修女，名Mother Thornton，我女兒譯為「方凳媽媽」。我不知她在教會裡的職位，只知她相當於這所大學的校長。她在教員宿舍和學生宿舍裡和教員、學生等混得相當熟。「方凳」知道楊必嚮往清華大學，也知道她有親戚當時在清華任職。大約是阿必畢業後的一年——也就是勝利後的一年，「方凳」要到北京（當時稱北平）開會。她告訴楊必可以帶她北去，因為買飛機票等等有方便。阿必不錯失時機，隨「方凳」到了北京。「方凳」開完會自回上海，阿必留在清華當了一年助教，然後如約回震旦教課。

阿必在震旦上學時，恰逢默存在那裡教課，教過她。她另一位老師是陳麟瑞先生。解放後我們夫婦應清華大學的招聘離滬北上，行前向陳先生夫婦辭行。陳先生當時在國際勞工局兼職，要找個中譯英的助手。默存提起楊必，陳先生覺得很合適。阿必接受了這份兼職，勝任愉快。大約兩三年後這個局解散了，詳情我不清楚，只知道那裡報酬很高，阿必收入豐富，可以更寬裕地「分配自己」。

解放後「方凳」隨教會撤離，又一說是被驅逐回國了。「三反」時阿必方知「方凳」是「特務」。阿必得交代自己和「特務」的關係。我以為只需把關係交代清楚就完了，阿必和這位「特務」有什麼不可告人的關係呢！可是阿必說不行，已經有許多人編了許多謊話，例如一個曾受教會照顧、免交學費的留校教師，為了表明自己的立場，說「方凳」貪污了她的錢等等離奇的話。阿必不能駁斥別人的謊言，可是她的老實交代就怎麼也「不夠」或「很不夠」了。假如她也編謊，那就沒完沒了，因為編開了頭也是永遠「不夠」的。她不肯說謊，交代不出「方凳」當「特務」的任何證據，就成了「拒不交代」，也就成了「拒不檢討」，也就成了「拒絕改造」。經過運動的人，都會了解這樣「拒絕」得有多大的勇敢和多強的堅毅。阿必又不是天主教徒，憑什麼也不必回護一個早已出境的修女。而且阿必留校工作，並非出於這位修女的賞識或不同一般的交情，只為原已選定留校的一位虔誠教徒意外地離開上海了，楊必湊巧填了這個缺。我當時還說：「他們（教會）究竟只相信『他們自己人』。」阿必交代不出「方凳」當「特務」的證據，當然受到嫌疑，因此就給「掛起來」了——相當長期地「掛」著。她在這段時期翻譯了一本小說。阿必正像她兩歲半「囫圇著跌下」時一樣的「若無其事」。

傅雷曾請楊必教傅聰英文。傅雷鼓勵她翻譯。阿必就寫信請教默存指導她翻一本比較短而容易翻的書，試試筆。默存盡老師之責，為她找了瑪麗亞·埃傑窩斯的一本小說。建議她譯為《剝削世家》。阿必很快譯完，也很快就出版了。傅雷以翻譯家的經驗，勸楊必不要翻名家小說，該翻譯大作家的名著。阿必又求教老師。默存想到了薩克雷名著的舊譯本不夠理想，建議她重譯，題目改為《名利場》。阿必欣然準備翻譯這部名作，隨即和人民文學出版社訂下合同。

楊必的「拒不交代」終究獲得理解。領導上讓她老老實實做了檢討過關。全國「院系調整」，她分配在上海復旦大學外文系，評定為副教授。該說，她得到了相當高的重視；有些比她年紀大或資格好或在國外得到碩士學位的，只評上講師。

阿必沒料到自己馬上又要教書。翻譯《名利場》的合同剛訂下，怎麼辦？阿必認為既已訂約，不能拖延，就在業餘翻譯吧。她向來業餘兼職，並不為任務超重犯愁。

阿必這段時期生活豐富，交遊比前更廣了。她的朋友男女老少、洋的土的都有。她有些同事比我們夫婦稍稍年長些，和她交往很熟。例如高君珊先生就是由楊必而轉和我們相熟的；徐燕謀、林同濟、劉大傑各位原是和我們相熟而和楊必交往的。有一位鄉土味濃厚而樸質可愛的賈植芳，曾警告楊必：她如不結婚，將來會變成某老姑娘一樣的「殭屍」。阿必曾經繪聲繪色地向我們敘說並摹仿。也有時髦漂亮而洋派的夫人和她結交。也許我對她們只會遠遠地欣賞，阿必和她們卻是密友。阿必身材好，講究衣著，她是個很「帥」的上海小姐。一九五四年她因開翻譯大會到了北京，重遊清華。溫德先生見了她笑說：「Eh，楊必！smart as ever！」默存毫不客氣地當面批評「阿必最vain」，可是阿必滿不在乎，自認「最虛榮」，好比她小時候自稱「皮蛋其臉」一樣。

爸爸生前看到嫁出的女兒辛勤勞累，心疼地讚嘆說：「真勇！」接下就說阿必是個「真大小姐」。阿必心虛又淘氣地嬉著嘴笑，承認自己無能。她說：「若叫我縫衣，準把手指皮也縫上。」家事她是不能幹的，也從未操勞過。可是她好像比誰都老成，也有主意。我們姐妹如有什麼問題，總請教阿必。默存因此稱她為「西碧兒」（Sibyl，古代女預言家）。阿必很幽默地自認為「西碧兒」。反正人家說她什麼，她都滿不在乎。

阿必和我雖然一個在上海，一個在北京，但因通信勤，彼此的情況還比較熟悉。她偶來北京，我們就更有說不完的話了。她曾學給我聽某女同事背後議論她的話：「楊必沒有『it』。」（「it」指女人吸引男人的「無以名之」的什麼東西）阿必樂呵呵地背後回答：「你自己有就行了，我要它幹嘛！」

楊必翻譯的《名利場》如期交卷，出版社評給她最高的稿酬。她向來體弱失眠，工作緊張了失眠更厲害，等她趕完《名利場》，身體就垮了。當時她和大姐三姐住在一起。兩個姐姐悉心照料她的飲食起居和醫療，三姐每晚還為她打補針。她自己也努力鍛煉，打太極拳，學氣功，也接受過氣功師的治療，我也曾接她到北京休養，都無濟於事。阿必成了長病號。阿七和我有時到上海看望，心上只是惦念。我常後悔沒及早切實勸她「細水長流」，不過阿必也不會聽我的。工作拖著不完，她決不會定下心來休息。而且失眠是她從小就有的老毛病，假如她不翻譯，就能不失眠嗎？不過我想她也許不至於這麼早就把身體拖垮。

勝利前夕，我爸爸在蘇州去世。爸爸帶了姐姐等人去蘇州之前，曾對我說：「阿必就托給你了。」——這是指他離開上海的短期內，可是語氣間又好像自己不會再回來似的。爸爸說：「你們幾個，我都可以放心了，就只阿必。不過，她也就要畢業了，馬上能夠自立了。那一箱古錢，留給她將來做留學費吧，你看怎樣？」接著爸爸說：「至於結婚——」他頓了一下，「如果沒有好的，寧可不嫁。」爸爸深知阿必雖然看似隨和，卻是個剛硬的人，要馴得她柔順，不容易。而且她確也有幾分「西碧兒」氣味，太曉事，欠盲目。所以她真個成了童謠裡唱的那位「我家的嬌妹子」，誰家說親都沒有說成。曾幾次有人為她向我來說媒，我只能婉言辭謝，不便直說阿必本人堅決不願。如果對方怨我不出力、不幫忙，我也只好認了。

有人說：「女子結婚憂患始。」這話未必對，但用在阿必身上倒也恰當。她雖曾身處逆境，究竟沒經歷多少人生的憂患。阿必最大的苦惱是拖帶著一個脆弱的身軀。這和她要好、要強的心志調和不了。她的病總也無法甩脫。她身心交瘁，對什麼都無所留戀了。《名利場》再版，出版社問她有什麼要修改的，她說：「一個字都不改。」這不是因為自以為盡善盡美，不必再加工修改；她只是沒有這份心力，已把自己的成績都棄之如遺。她用「心一」為筆名，曾發表過幾篇散文。我只偶爾為她留得一篇。我問她時，她說：「一篇也沒留，全扔了。」

文化大革命初期，她帶病去開會，還曾得到表揚。到「清隊」階段，革命群眾要她交代她在國際勞工局兼職的事。她寫過幾次交代。有一晚，她一覺睡去，沒有再醒過來。她使我想起她小時不肯洗臉，連聲喊「逃逃逃逃逃！」兩腳急促地逃跑，總被媽媽捉住。這回她沒給捉住，乾淨利索地跑了。為此她不免蒙上自殺的嫌疑。軍醫的解剖檢查是徹底的，他們的診斷是急性心臟衰竭。一九七九年，復旦大學外語系為楊必開了追悼會。

阿必去世，大姐姐怕我傷心，先還瞞著我，過了些時候她才寫信告訴我。據說，阿必那晚臨睡還是好好的。早上該上班了，不見她起來。大姐輕輕地開了她的臥房門，看見她還睡著。近前去看她，她也不醒。再近前去撫摸她，阿必還是不醒。她終究睡熟了，連呼吸都沒有了。姐姐說：「她臉上非常非常平靜。」

一九九〇年六月

趙佩榮與強英雄

趙佩榮拿起電話聽筒，不論是收聽或打出去，必定先切實介紹自己：「我是廟堂巷楊家的門房。我叫趙佩榮。趙——就是走肖趙——走肖趙……」他的聲調至今還在我耳朵裡呢。我爸爸常在自己臥室的廂房裡工作，電話安在廂房牆外。爸爸每逢佩榮再三反覆地說「走肖趙——走肖趙……」就急得撂下正在做的事，往媽媽屋裡躲，免得自己爆炸。我們聽了佩榮的「走肖趙，走肖趙」又著急，又要笑；看到爸爸冒火，要笑又不敢笑。可是誰也不好意思告訴趙佩榮，他沒有必要介紹自己。幸虧接電話不是他的任務，除非他經過那裡恰逢電話鈴響。不過，打電話向肉店訂貨等等是他的事。

趙佩榮是無錫安鎮人，自說曾任村塾老師，教過《古文觀止》，也曾在寺院裡教和尚念經。他的毛筆字雖然俗氣，卻很工整。他能為人用朱筆抄佛經。

他五十來歲，瘦瘦的中等個兒，背微駝，臉容消瘦，嘴上掛著兩撇八字鬍子，「八」的一撇一捺都往下垂。他走路邁方步，每說話，總賠著抱歉似的笑，把嘴唇尖呀尖的，然後先說聲「這個這個」——安鎮土音是「過個是個……」。平時他坐在門房裡，有客來，他只需叫經常在他身邊的阿福到裡面去通報，他只管倒茶。女傭買菜回來，坐在門房裡請他記帳。他有許多印得字細行密的小說，如《濟公傳》、《包公傳》、《說岳》之類，閒時就戴上花鏡看看。他什麼事都能幹。他為我們磨墨，能磨得濃淡適宜。打毛衣的竹針往往粗細不勻，他能磨得光滑勻稱。他也能做蚊香的架子。他簡直像堂吉訶德所形容的騎士那樣，家常瑣事件件都能。件件都能，其實也就是一無所長。他顯然是個典型的平庸人。

夏天他買只新的籐躺椅，有抽屜能抽出擱腳，比我爸爸的舊躺椅講究也舒服。他坐在外邊大柏樹大院裡乘涼，隔著長廊是一片三十多棵梅樹的院子，綠葉成蔭，透著涼意。我兩個弟弟喜歡跟佩榮一起乘涼，聽他講自己的往事。

佩榮說，他本姓強，叫強英雄。他是過繼給趙家做兒子的。他可是個真正的「浪子回頭金不換」。嚇！他「從前的荒唐啊」，簡直獨一無二！往常抽大煙的不酗酒，酗酒的不抽大煙，他卻又是煙鬼，又是酒鬼。嚇！他「從前真是作盡了孽」！

我們聽了弟弟的轉述，不能相信。佩榮那麼個好人，能作什麼孽！我們懷疑他自愧窩囊而嚮往英雄，所以學著浪漫派的小說家，對著鏡子把自己描繪成英雄，而且像浪漫主義的角色，賣弄自己並沒有的罪過。我們教弟弟盤問他怎麼荒唐，怎麼作孽。

佩榮說：他喝醉了酒，夜深回家，在荒墳野地裡走，把露出地面的棺材踩得嘎嘎地響，有些棺材板都給他踩穿了。

也許他當著我的弟弟，說話有顧忌，但我們只笑他想像有限，踩破幾塊棺材板算什麼大不了的事呢！他就創造不出更離奇的荒唐史或作孽的事了。

他又講起自己的兒子，更坐實了我們的懷疑——他在編故事。他說有四個兒子。大兒子是種田的，二兒子是木匠，三兒子當兵，四兒子做官，是個縣知事，這個兒子最壞。他最喜歡當兵的老三。這種故事中國外國都很普通。

趙佩榮大概真的抽過大煙。一次，他告訴我爸爸：打官司的某某當事人準有煙癮，在屏門前掉落一個煙泡。他把煙泡呈給我爸爸看，爸爸不在意，叫他扔了。佩榮哪裡肯扔，他後來向家裡女傭人承認，他倒杯茶把煙泡吞了。我媽媽背後笑說：這真是所謂「熟煤頭一點就著」。可是他並不因此又想抽大煙。他連香煙都不抽，酒也不喝。

自從佩榮來我家當門房，我家的傭人逐漸都是安鎮人了。他經常為鎮上的倒霉人向媽媽求情：「太太，讓他（或她）來幹幹活兒，給口飯吃就行。」他盡給我家招些沒用的人。門口來了「強橫叫化子」，他大把的銅板施捨——雖然不是他自己的錢。這類行徑大概也帶些浪子氣息。可是他連「生病」二字都忌諱，他如果病了，只說「有點嘸不力」（土話，沒力氣）。我們暗笑他真是好個「英雄」。

他在我家十多年，從沒聽說他和家裡人有什麼來往。直到日軍入侵，蘇州淪陷的前夕，他那個做官的兒子忽派人來接了他到任所去。當時我不在家。我一再問爸爸：「佩榮真有個做官的兒子嗎？」爸爸說，確是真的，那兒子是一個小縣的縣知事。

想到趙佩榮的做官兒子，常使我琢磨「強英雄」是否也是真的？「英雄」這名字是誰給起的？大概浪漫故事總根據民間實事，而最平凡的人也會有不平凡的胸襟。

一九九〇年六月

阿福和阿靈

阿福也不知是十幾歲，看來只像七八歲的小孩，因為從小挨餓，發育到此為止了。他家窮，爹死了，娘養不活大群孩子，就把最小的給別人家做兒子。可是收養他的人又死了；那家把他又給別家，後來收養他的人又死了。人人都說他是個苦命人。我家門房趙佩榮是他同鄉，就向我媽媽說：「太太行個好事吧，收留了他，給口飯吃，叫他打打雜也好。」他就到我家來了。媽媽因他命苦，為他取名「阿福」，借吉祥字兒去防禦厄運。

不記得媽媽給了阿福什麼好東西，他說要留給他娘。媽媽說這阿福是個好孩子，有良心，得了好東西就想到娘；所以媽媽處處護著他。媽媽平時吃什麼東西，總留些給阿福吃，常說：「阿福，你放在嘴裡吃了吧。」我們都笑媽媽：「不放在嘴裡，叫他哪兒吃呀！」其實媽媽的意思很明顯，無非說：這不過是一點點，一口兩口就沒了。

阿福在我家可樂了。趙佩榮有一副小型的木匠家具（可能是他那個木匠兒子給置備的）：小斧子、小刨子、小鋸子、小斜鑿，一應俱全。阿福揀些硬木，鋸呀，刨呀，做成大大小小的匣子，有的還帶著匣蓋，蓋上還嵌一塊玻璃。他玩得很有意思。如叫他後園去拔草，他就在後園捉蚱蜢，摘野花。阿福有個特殊的笑，不是嘻嘻哈哈，而是塌塌實實的傻笑，笑聲如「格以啊」的切音，那是「阿福笑」。一次有客人來了。阿福進來通報完畢，就擅自去招待客人。我們偶在外面聽見，他就像豬八戒見了妖精直呼「妖精」那樣，大聲說：「客人，你請坐呀」（他的鄉音是「能請坐嚧」），說得字字著實，然後賠上一聲「阿福笑」，得意而出。我們誰也沒責怪他，不過那位客人一定很詫異。

媽媽要為阿福攢錢娶一房媳婦，還要教他學一門手藝。我們說阿福手巧，叫他學「小木匠」吧。「小木匠」不是蓋房子的木匠，而是做木器家具的。蘇州的小木匠有極精巧的工藝，阿福遠不夠格兒。他也永遠沒長大成人。他來我家幾年後，只長大了一圈，仍然是個發育不全的孩子。

從前在人家幫傭，工錢之外，還有別的收入，例如節賞、年賞、送禮的腳錢、端茶送點心的賞錢等等。尖利的傭工往往搶幹這類「巧宗兒」。我媽媽把這類的錢一律歸公，過節時按勞分配。阿福雖呆，總也分得一份，加上工資，很快就攢滿百把塊銀元了。可是阿福每逢他的財富將近百元，就要大病一場。從前的規矩，幫傭的人小病在東家休息，大病或長病就回家。阿福大病回家，錢用完，病就好，又回我家來。媽媽詫怪說：「阿福怎麼這樣命薄，連一百塊錢都招不住。」

我家廚子結婚走了。媽媽就教阿福做廚子，讓他上街買菜。他一下子攢了三百元。他在市上活動，結交了三朋四友，準是他向人炫耀了自己的財富，就有人要招他去當「小少爺」。媽媽叫他勿上當，他卻執意要去做人家的「小少爺」。他怕媽媽攔阻，竟半夜跑到女傭住的樓上，掀起小阿妹的帳子，要上她的床。這分明是有人教唆的。媽媽沒奈何，只好叫佩榮把阿福送到那家去做「小少爺」。

過了兩三天，媽媽叫佩榮去看看。佩榮回來說，阿福穿了花緞袍子、黑緞馬褂，戴著個紅結子瓜皮帽，在做「小少爺」呢。

隨後趙佩榮被他的小兒子接走了。隨後我家也逃難下鄉。但逃難前夕，忽收到阿福鄉里人來信，信上是半通不通的文言，大意說：阿福的錢已全給騙光，身上的衣服也剝掉了，趕在地裡幹重活，阿福就此「生有神經之病」。看來阿福已被趕回鄉去。我家也逃難出城了，竟不知阿福如何下落。

按童話故事的慣例，阿福那樣混沌未鑿的癡兒，往往特邀天佑。阿福不該落到如此下場。也許他混沌初辟，便熱衷於做「小少爺」，以致我媽媽的回護都無用了。

阿靈是個極愚蠢的村婦。阿福比了阿靈，可算「靈童」了。阿靈身軀榔槺，面目黧黑，相貌遠不如電視劇裡的豬八戒那樣「俊」。她一雙昏昏的小眼睛，一張大嘴巴。她數數只能數到二。她生了個兒子，自己睡熟，把兒子壓死了。因此丈夫也打她，公婆也打她，打得她無處容身。於是趙佩榮又來求媽媽：「做個好事收容了她吧。」阿靈就到我家來了。那時正當盛暑，她穿一身又厚又粗的藍布衣褲。她不會掃地，叫她拔草，她就搬個小凳子坐在草叢裡，兩手胡亂抓把草揪揪。我們學媽媽為阿福取名的道理，就叫她阿靈。

廚房裡都是她的同鄉。她們教她掃地抹桌，還教她做一份最低賤的工作：倒馬桶。她居然都學會了。蘇州城裡的小家小戶，每晨等糞擔來了就倒馬桶。大戶人家都有個大缸儲糞。糞是值錢的。阿靈倒馬桶，糞錢就全歸她，別人不能分潤。有一天早上，我媽媽偶到後園，只見後門大開，藏糞缸的屋門也大開，許多挑糞的搶也似的搶著挑。阿靈儼然主人，站在一旁看著。她很得意地告訴媽媽：「他們肯出十二個銅板一擔，我說不行，我要一百個銅錢一擔！」一百個銅錢只是十個銅板，怪不得那些擔糞的忙不迭的擔，幾乎把那口大缸都挑空了。媽媽無法向她講明她吃了虧。反正她很得意，把錢都交給媽媽為她收藏。

有一次，她聽同夥傳說，某家在物色一個姨娘，主要條件是要能生育。阿靈對我媽媽說：「我去吧。我會生。我生過。」大家笑她，她也不知有何可笑。

一次她忽聽到買獎券中獎的事，一本正經告訴媽媽她要買獎券。媽媽說：「好啊，你有的是錢啊。」她說：「不，我要借太太的錢買。中了獎呢，是我買的；不中呢，就是太太買的。」媽媽笑說：「你要這麼多錢幹什麼呀？」她說：「橫在枕頭邊，看看，數數，摸摸。」她倒好像挖苦守財奴呢。

一兩年後，她丈夫來接她回去。她已學到些本領，起碼的家務事都能幹了，臉色也紅潤了，人也不像以前那麼呆木了。媽媽已為她添了幾套衣服，還攢下許多錢。阿靈回鄉很風光，不再挨打。她簡直像舊時代的「衣錦還鄉」或近代的留學回國！

至於阿福阿靈兩人的「後事如何」，我無從作「下回分解」了。

一九九〇年六月

車過古戰場——追憶與錢穆先生同行赴京

讀報得知錢穆先生以九十六歲高齡在台北逝世的消息，默存和我不免想到往日和他的一些接觸，並談起他《憶雙親》一書裡講他和默存父親交誼的專章。那章裡有一節講默存，但是記事都錯了。九月五日晚，我忽得台北《中國時報》《人間副刊》季季女士由台北打來電話（季季女士前曾訪問舍間），要我追記錢穆先生和我「同車赴北京」（當時稱「北平」）的事。雖然事隔多年，我還約略記得。我問季季女士：「我說他記錯了事可以嗎？」她笑說：「當然可以。」不過我這裡記他，並不是為了辨錯，只是追憶往事而已。

錢穆先生在一篇文章裡提及曾陪「錢鍾書夫人」同赴北京。他講的是一九三三年初秋的事。我還沒有結婚，剛剛「訂婚」，還算不得「錢鍾書夫人」。五十、六十年代的青年，或許不知「訂婚」為何事。他們「談戀愛」或「搞對象」到雙方同心同意，就是「肯定了」。我們那時候，結婚之前還多一道「訂婚」禮。而默存和我的「訂婚」，說來更是滑稽。明明是我們自己認識的，明明是我把默存介紹給我爸爸，爸爸很賞識他，不就是「肯定了」嗎？可是我們還顛顛倒倒遵循「父母之命，媒約之言」。默存由他父親帶來見我爸爸，正式求親，然後請出男女兩家都熟識的親友做男家女家的媒人，然後，（因我爸爸生病，諸事從簡）在蘇州某飯館擺酒宴請兩家的至親好友，男女分席。我茫然全不記得「訂」是怎麼「訂」的，只知道從此我是默存的「未婚妻」了。那晚，錢穆先生也在座，參與了這個訂婚禮。

我那年考取清華大學研究院外文系，馬上就要開學。錢穆先生在燕京大學任職，不日也將北上。我未來的公公在散席後把我介紹給「賓四先生」，約定同車北去，請他一路照顧。其實這條路我單獨一人也走過一次，自以為夠老練了。動身那天，默存送我到火車站和賓四先生相會，一同把行李結票，各自提著隨身物件上車。

那時候從蘇州到北京有三十七八個小時的旅程。輪渡還在準備中。到那年冬天，我從北京回蘇州，才第一次由輪船載了車廂過江（只火車頭不過江）。但那年秋天，火車到南京後，已不復像以前那樣需換站到下關擺渡，再上津浦段的車。南北兩站隔江相對。車廂裡的人和貨車裡的貨全部離開火車，擺渡過江。記得好像是貨物先運過去，然後旅客渡江，改乘北段的火車。賓四先生和我同坐在站上的椅子裡等待，看著站上人夫像螞蟻搬家似的把大件、小件、軟的、硬的各項貨物（包括一具廣漆棺材）抬運過去。賓四先生忽然對我說：「我看你是個有決斷的人。」我驚問：「何以見得？」他說：「只看你行李簡單，可見你能抉擇。」我暗想，你沒看見我前一次到北京時帶的大箱子、大鋪蓋呢，帶的全是無用之物。我這回有經驗了。可是我並沒有解釋，也沒有謙遜幾句，只笑了笑。

我們買的是三等坐席，對坐車上，彼此還陌生，至多他問我答，而且大家感到疲憊，沒什麼談興。不過成天對坐，不熟也熟了。到吃飯時，我吃不慣火車上賣的油膩膩、硬生生的米飯或麵條，所以帶匣兒餅乾和一些水果。賓四先生很客氣，我請他吃，他就躲到不知哪裡去了。後來我發現他吃的是小包的麻片糕之類，那是當點心的。每逢停車，站上有賣油豆腐粉湯之類的小販。我看見他在那裡捧著碗吃呢，就假裝沒看見。我是一個學生，向來胃口不佳，食量又小，並不覺得自己儉樸。可是看了賓四先生自奉菲薄，很敬重他的儉德。

車過了「蔚然而深秀」的琅玡山，窗外逐漸荒涼，沒有山，沒有水，沒有樹，沒有莊稼，沒有房屋，只是綿延起伏的大土墩子。火車走了好久好久，窗外景色不改。我嘆氣說：「這段路最乏味了。」賓四先生說：「此古戰場也。」經他這麼一說，歷史給地理染上了顏色，眼前的景物頓時改觀。我對綿延多少里的土墩子發生了很大的興趣。賓四先生對我講，哪裡可以安營（忘了是高處還是低處），哪裡可以衝殺。儘管戰死的老百姓朽骨已枯、磷火都曬乾了，我還不免油然起了吊古之情，直到泰山在望，才離開這片遼闊的「古戰場」。

車入山東境，車站迫近泰山，山好像矗立站邊。等火車開動，賓四先生談風健了。他指點著告訴我臨城大劫案的經過（可惜細節我已忘記），又指點我看「抱犢山」。山很陡。賓四先生說，附近居民把小牛犢抱上山崗，小牛就在山上吃草——我忘了小牛怎麼下崗，大約得等長成大牛自己下山。

我對賓四先生已經不陌生了。不過車到北京，我們分手後再也沒有見面。我每逢寒假暑假總回蘇州家裡度假，這條旅途來回走得很熟，每過「古戰場」，常會想到賓四先生談風有趣。

一九八五年，蘇州市舉行建城二千五百年紀念大會。默存應主辦單位的要求，給賓四先生寫了一封信，邀請他回大陸觀禮。默存的信寫錯了年份，把「明年」寫成「今年」，把「二千五百年」寫成「二千年」，主辦單位把信退回，請他改正重寫。我因而獲得這封作廢的信。我愛他的文字，搶下沒讓他撕掉（默存寫信不起草稿，也不留這類廢稿）。賓四先生沒有回信，也沒有赴請。如果他不憶念故鄉，故鄉卻沒有忘記他，所以我把此信附錄於後。

一九九一年一月

附錄

錢鍾書致錢穆書

賓四宗老大師道座：契闊睽違，忽五十載。泰山仰止，魯殿歸存，遠播芳聲，時殷遐想。前歲獲睹大著憶舊一編，追記先君，不遺狂簡，故誼親情，感均存歿。明年蘇州市將舉行建城二千五百年紀念大會。此間人士僉以公雖本貫吾邑，而梓鄉與蘇接壤，處廉讓之間，又卜宅吳門，乃古方志所謂「名賢僑寓」。且於公欽心有素，捧手無緣，盛會適逢，良機難得，竊思屈時奉屈賁臨，以增光寵，俾遂瞻對。區區之私，正復齊心同願。「舊國舊鄉，望之暢然，而況於聞聞見見」，莊生至言，當蒙忻許，渴盼惠來。公家別具專信邀請，敬請片楮，聊申勸駕之微忱。襯拳邊鼓，力薄而意則深也。即叩春安不備。

宗末鍾書上

楊　絳同候

一九八五年二月三日

順姐的「自由戀愛」

那天恰是春光明媚的好天氣，我在臥房窗前伏案工作。順姐在屋裡拖地，墩布杵在地下，她倚著把兒，一心要引誘我和她說話。

「太太，（她很固執，定要把這個過時的尊稱強加於我）你今晚去吃喜酒嗎？」

我說：「沒請我。」

「新娘子已經來了，你沒看見嗎？」

「沒看。」

「新郎五十，新娘子才十九！」

我說：「不，新郎四十九。」我還是埋頭工作。

順姐嘆息一聲，沒頭沒腦地說：「新娘子就和我一樣呢！」

我不禁停下筆，抬頭看著她發愣。人家是年輕漂亮、華衣美服的風流人物，順姐卻是個衣衫襤褸、四十來歲的粗胖女傭，怎麼「一樣」呢？

順姐看出她已經引起我的興趣，先拖了幾下地，緩緩說：

「我現在也覺悟了呢！就是貪享受呢！」（順姐的鄉音：「呢」字用得特多。）

我認為順姐是最勤勞、最肯吃苦的人。重活兒、髒活兒她都幹，每天在三個人家幫傭，一人兼挑幾人的擔子。她享受什麼？

順姐曾告訴我，她家有個「姐姐」。不久我從她的話裡發現：她和「姐姐」共有一個丈夫，丈夫已去世。「姐姐」想必是「大老婆」的美稱。隨後我又知道，她夫家是大地主——她家鄉最大的地主。據她告訴我，她是隨她媽媽逃荒要飯跑進那個城市的。我不免詫怪：「『姐姐』思想解放，和順姐姐妹相稱了？」可是我後來漸漸明白了，所謂「姐姐」，只是順姐對我捏造的稱呼，她才不敢當面稱「姐姐」。

我說：「你怎麼貪享受啊？」

她答非所問，只是繼續說她自己的話：

「我自己願意的呢！我們是自由戀愛呢！」

我忍不住要笑。我詫異說：「你們怎麼自由戀愛呢？」我心想，一個地主少爺，一個逃荒要飯的，哪會有機會「自由戀愛」？

她低頭拖幾下地，停下說：

「是我自己願意的呢。我家裡人都反對呢。我哥哥、我媽媽都反對。我是早就有了人家的，可是我不願意——」

「你定過親？怎麼樣的一個人？」

「就那麼個人呢。我不願意，我是自由戀愛的。」

「你怎麼自由戀愛呢？」我想不明白。

「嗯，我們是自由戀愛的。」她好像怕我不信，加勁肯定一句。

「你們又不在一個地方。」

「在一塊兒呢！」她立即回答。

我想了一想，明白了，她準是在地主家當丫頭的。我沒有再問，只覺得很可笑：既說「貪享受」，又說什麼「自由戀愛」。

我認識順姐，恰像小孩子玩「拼板」：把一幅圖板割裂出來的大小碎片湊拼成原先的圖面。零星的圖片包括她自己的傾訴，我歷次和她的問答，旁人的傳說和她偶然的吐露。我由這一天的談話，第一次拼湊出一小部分圖面。

她初來我家，是我們搬到干面胡同那年的冬天。寒風凜冽的清早，她拿著個隔宿的冷饅頭，頂著風邊走邊吃。這是她的早飯。午飯也是一個乾冷的饅頭，她邊走邊吃，到第二家去，專為這家病人洗屎褲子，因為這家女傭不肯幹這事。然後她又到第三家去幹一下午活兒，直到做完晚飯，洗過碗，才回自己家吃飯。我問她晚上吃什麼。她說「吃飯吃菜」。什麼菜呢？葷的素的都有，聽來很豐盛。

「等著你回家吃嗎？」

她含糊其辭。經我追問，她說回家很晚，家裡已經吃過晚飯了。

「給你留著菜嗎？」

她又含含糊糊。我料想留給她的，只是殘羹冷炙和剩飯了。

我看不過她冷風裡啃個乾饅頭當早飯。我家現成有多餘的粥、飯、菜餚和湯湯水水，我叫她烤熱了饅頭，吃煮熱的湯菜粥飯。中午就讓她吃了飯走。這是她和我交情的開始。她原先每星期的上午分別在幾家做，逐漸把每個上午都歸併到我家來。

她家人口不少。「姐姐」有個獨生女，最高學府畢業，右派分子，因不肯下鄉改造，脫離了崗位。這位大小姐新近離婚，有一個女兒一個兒子，都歸她撫養，離異的丈夫每月給贍養費。順姐自己有個兒子已高中畢業，在工廠工作；大女兒在文工團，小女兒在上學。

我問順姐：「你『姐姐』早飯也吃個饅頭嗎？」

「不，她喝牛奶。」
「白牛奶？」
「加糖。」
「還吃什麼呢？」
「高級點心。」
那時候還在「三年困難」期間，這些東西都不易得。我又問別人吃什麼，順姐支吾其辭，可是早飯、午飯各啃一個冷饅頭的，顯然只順姐一人。
「你的錢都交給『姐姐』？」
「我還債呢，我看病花了不少錢呢。」
我當時沒問她生什麼病，只說：「她們都不幹活兒嗎？」
她又含含糊糊，只說：「也幹。」
有一天，她忽從最貼身的內衣口袋裡掏出一個破爛的銀行存摺給我看，得意地說：
「我自己存的錢呢！」
我一看存摺是「零存零取」，結餘的錢不足三元。她使我想起故事裡的「小癲子」把私房錢藏在嘴裡，可惜存摺不能含在嘴裡。

我說：「你這存摺磨得字都看不清了，還是讓我給你藏著吧。」

她大為高興，把存摺交我保管。她說，她只管家裡的房租、水電、煤火，還有每天買菜的開銷；多餘的該是她的錢。她並不花錢買吃的，她只想攢點兒錢，夢想有朝一日攢得一筆錢，她就是自己的主人了。我因此為她加了工資，又把過節錢或大熱天的雙倍工資等，都讓她存上。她另開了一個「零存整取」的存單。

每逢過節，她照例要求給假一天。我說：「你就在我家過節不行嗎？」她又大為高興，就在我家過節，還叫自己的兩個女兒來向我拜節。她們倆長得都不錯，很斯文，有點拘謹，也帶點矜持。順姐常誇她大女兒刻苦練功，又笑她小女兒「虛榮呢」。我給順姐幾只半舊的手提包，小女兒看中一只有肩帶的，掛在身上當裝飾。我注意到順姐有一口整齊的好牙齒，兩頰兩笑渦，一對耳朵肥厚伏貼，不過鼻子太尖瘦，眼睛太混濁，而且眼睛是橫的。人眼當然是橫生的，不知為什麼她的眼睛叫人覺得是橫的，我也說不明白。她的大女兒身材苗條，面貌秀麗；小女兒是嬌滴滴的，都有一口好牙齒。小女兒更像媽媽；眼神很清，卻也橫。

順姐常說我喝水太多，人都喝胖了。

我笑問：「你胖還是我胖？」

她說：「當然你胖啊！」

我的大棉襖罩衣，只能作她的緊身襯衣。我瞧她褲子單薄，給了她一條我嫌太大的厚毛褲，她卻伸不進腿去，只好拆了重結。我笑著拉了她並立在大鏡子前面，問她誰胖。她驚奇地望著鏡子裡的自己，好像從未見過這種發胖的女人。我自從見了她的女兒，才悟到她心目中的自己，還像十幾歲小姑娘時代那麼苗條、那麼嬌小呢。

我為她攢的錢漸漸積到一百元。順姐第一次見到我的三姐姐和七妹妹，第一句話都是「太太給我攢了一百塊錢呢！」說是我為她攢的也對，因為都是額外多給的。她名義上的工資照例全交給「姐姐」。她的存款逐漸增長，二百，三百，快到四百了，她家的大小姐突然光臨，很不客氣，岸然進來，問：

「我們的順姐在你家做吧？」

她相貌端莊，已是稍微發福的中年人了，雖然家常打扮，看得出她年輕時準比順姐的大女兒還美。我請她進來，問她有什麼事。

她傲然在沙發上一坐，問我：「她每月工錢多少？」

我說：「你問她自己嘛。」

「我問她了，她不肯說。」她口齒清楚斬截。

我說：「那麼，我沒有義務向你報告，你也沒有權利來調查我呀。」

她很無禮地說：「唷！你們倒是相處得很好啊！」

我說：「她工作好，我很滿意。」

她瞪著我，我也瞪著她。她坐了一會兒，只好告辭。

這位大小姐，和順姐的大女兒長得比較相像。我因此猜想：她們的爸爸準是個文秀的少爺。順姐年輕時準也是個玲瓏的小丫頭。

據順姐先後流露，這位大小姐最厲害，最會折磨人。順姐的「姐姐」曾給她兒子幾件新襯衫。大小姐想起這事，半夜三更立逼順姐開箱子找出來退還她。順姐常說，她幹活兒不怕累，只求晚上睡個好覺。可是她總不得睡。這位大小姐中午睡大覺，自己睡足了，晚上就折騰順姐，叫她不得安寧。順姐睡在她家堆放箱籠什物的小屋裡。大小姐隨時出出進進，開亮了電燈，翻箱倒櫃。據同住一院的鄰居傳出來，這位小姐經常半夜裡罰順姐下跪、打她耳光。我料想大小姐來我家調查順姐工資的那天晚上，順姐準罰跪並吃了耳光。可是她沒有告訴我。

順姐常強調自己來北京之前，在家鄉勞動多年，已經脫掉地主的帽子。據她後來告訴我，全國解放時，她家大小姐在北京上大學，立即把她媽媽接到北京（她就是個逃亡地主婆）。她丈夫沒有被鎮壓，只是拘捕入獄，死在監牢裡了。順姐頂缸做了地主婆。當時她的小女兒出生不久，她就下地勞動，得了子宮高度下垂症。這就是她治病花了不少錢的緣故。她雖然動了手術，並沒有除淨病根。順姐不懂生理學，只求乾脆割除病根，就可以輕輕鬆鬆幹活兒，她還得了靜脈曲張的病，當時也沒理會，以為只需把曲曲彎彎的筋全部抽掉就行。

我常誇順姐幹活勤快利索，可當勞模。她嘆氣說，她和一個寡婦親戚都可以當上勞模，只要她們肯改嫁。她們倆都不肯。想娶順姐的恰巧是管她勞動的幹部，因為她拒絕，故意刁難她，分配她幹最重的活兒，她總算都頂過來了。我問她當時多少年紀。她才三十歲。

她稱丈夫為「他」，有時怕我不明白，稱「他們爹」或「老頭子」。她也許為「他」開脫地主之罪，也許為了賣弄「他」的學問，幾次對我說，「他開學校，他是校長呢！」又說，她的「公公」對待下人頂厚道，就只「老太婆」厲害。（順姐和我逐漸熟了，有時不稱「姐姐」，乾脆稱「老太婆」或「老婆子」）這位太太是名門之女，有個親妹妹在英國留學，一直沒有回國。

有一天，順姐忽來向我報喜，她的大女兒轉正了，穿上軍裝了，也升了級，加了工資。我向她賀喜，她卻氣得淌眼抹淚。

「一家人都早已知道了，只瞞我一個呢！」

她的子女，一出世就由大太太抱去撫養：孩子只認大太太為「媽媽」，順姐稱為「幺幺」（讀如「夭」），連姨娘都不是。他們心上怎會有什麼「幺幺」啊！

不久後，她告訴我，她家大小姐倒運了，那離了婚的丈夫犯下錯誤，降了級，工資減少了，判定的贍養費也相應打了折扣。大小姐沒好氣，順姐難免多受折磨。有一天，她滿面憂慮，又對我說起還債，還給我看一份法院的判決書和一份原告的狀子。原來她家大小姐向法院告了一狀，說自己現在經濟困難，她的弟弟妹妹都由她撫育成人，如今二人都已工作，該每月各出一半工資，償還她撫養的費用。這位小姐筆頭很健，狀子寫得頭頭是道。還說自己政治上處於不利地位，如何處處受壓。法院判令弟妹每月各將工資之半，津貼姐姐的生活。我仔細看了法院的判決和原告的狀子，真想不到會有這等奇事。我問順姐：

「你的孩子是她撫養的嗎？」

順姐說，大小姐當大學生時期，每年要花家裡多少多少錢；畢業後以至結婚後，月月要家裡貼多少多少錢，她哪裡撫養過弟弟妹妹呢！她家的錢，她弟弟妹妹就沒份嗎？至於順姐欠的債，確是欠了。她頂缸當地主婆，勞累過度，得了一身病；等到脫掉地主的帽子，她已經病得很厲害，當時丈夫已經去世，她帶了小女兒，投奔太太和大小姐。她們把她送進醫院，動了一個不小的手術，花了不少錢——這就是她欠的債，天天在償還。

順姐敘事交代不清，代名詞所指不明，事情發生的先後也沒個次序，得耐心聽，還得費很多時間。經我提綱挈領地盤問，知道她在地主家當丫頭時，十四歲就懷孕了。地主家承認她懷的是他們家的子息，拿出三十元給順姐的男家退婚，又出三十元給順姐的媽，把她買下來。順姐是個「沒工錢、白吃飯的」。她為主人家生兒育女，貼身伺候主人主婦，也下地勞動。主人家從沒給過工資，也沒有節賞，也沒有月例錢，只為她做過一身綈料的衣褲。（這大約是生了兒子以後吧？）她吃飯不和主人同桌，只站在桌旁伺候，添湯添飯，熱天還打扇。她是個三十元賣掉終身的女奴。我算算她歷年該得的最低工資，治病的費用即使還大幾倍，還債還綽有餘裕。她一天幫三家，賺的錢（除了我為她存的私房）全供家用開銷。撫育她兒女的，不是她，倒是她家的大小姐嗎？

看來，大小姐準料定順姐有私蓄，要逼她吐出來；叫她眼看兒女還債，少不得多拿出些錢來補貼兒女。順姐愁的是，二經法院判決，有案可稽，她的子女也就像她一樣，老得還債了。

我問順姐，「你說的事都有憑有據嗎？」

她說：「都有呢。」大小姐到手的一注注款子，何年何月，什麼名目，她歷歷如數家珍。

我說：「順姐，我給你寫個狀子，向中級人民法院上訴，怎麼樣？我也能寫狀子。」

她快活得像翻譯文章裡常說的「不敢相信自己的耳朵」。

我按她的意思替她上訴。我擺出大量事實，都證據確鑿，一目了然。擺出了這些事實，道理不講自明。中級法院駁回大小姐的原訴，判定順姐的子女沒有義務還債；但如果出於友愛，不妨酌量對他們的姐姐給些幫助。

我看了中級法院的判決，十分愜意，覺得吐了一口氣。可是順姐並不喜形於色。我後來猜想：順姐為這事，一定給大小姐罰跪，吃了狠狠的一頓嘴巴子呢。而且她的子女並不感謝她。他們自願每月貼大姐一半工資。

我設身處地，也能體會那位大小姐的恚恨，也能替她暗暗咒罵順姐：「我們好好一個家！偏有你這個死不要臉的賤丫頭，眼睛橫呀橫的，扁著身子擠進我們家來。你算掙氣，會生兒子！我媽媽在封建壓力下，把你的子女當親生的一般撫養，你還不心足？財產原該是我的，現在反正大家都沒有了，你倒把陳年宿帳記得清楚？」

不記得哪個節日，順姐的兒女到我家來了。我指著順姐問他們：「她是你們的生身媽媽，你們知道不知道？」

他們愕然。他們說不知道。能不知道嗎？我不能理解。但他們不知道，順姐當然不敢自己說啊。

順姐以後曾說，要不是我當面說明，她的子女不會認她做媽。可是順姐仍然是個「ㄠㄠ」。直到文化大革命，順姐一家（除了她的一子二女）全給趕回家鄉，順姐的「姐姐」去世，順姐九死一生又回北京，她的子女才改口稱「媽媽」。不過這是後話了。

順姐日夜勞累，又不得睡覺，腿上屈曲的靜脈脹得疼痛，不能站立。我叫她上協和醫院理療，果然有效。順姐覺得我花了冤錢，重活兒又不是我家給她幹的。所以我越叫她休息，她越要賣命。結果，原來需要的一兩個療程延伸到兩三個療程才見效。我說理療當和休息結合，她怎麼也聽不進。

接下就來了「文化大革命」。院子裡一個「極左大娘」叫順姐寫我的大字報。順姐說：寫別的太太，都可以，就這個太太她不能寫。她舉出種種原因，「極左大娘」也無可奈何。我陪鬥給剃了半個光頭（所謂陰陽頭），「極左大娘」高興得對我們鄰居的阿姨說：「你們對門的美人子，成了禿瓢兒了！公母倆一對禿瓢兒！」那位阿姨和我也有交情，就回答說：「這個年頭兒，誰都不知道自己怎樣呢！」順姐把這話傳給我聽，安慰我說：「到這時候，你就知道誰是好人、誰是壞人了。不過，還是好人多呢。」我常記著她這句話。

紅衛兵開始只剪短了我的頭髮。順姐為我修齊頭髮，用爽身粉撣去頭髮楂子，一面在我後頸和肩背上輕輕摩挲，摩挲著自言自語：

「『他』用的就是這種爽身粉呢。藍腰牌，就是這個牌子呢。」

大約她聞到了這種爽身粉的香，不由得想起死去的丈夫，忘了自己摩挲的是我的皮肉了。我當時雖然沒有心情喜笑，卻不禁暗暗好笑，又不忍笑她。從前聽她自稱「我們是自由戀愛」，覺得滑稽，這時我只有憐憫和同情了。

紅衛兵要到她家去「造反」，同院住戶都教她控訴她家的大小姐。順姐事先對我說：「趕下鄉去勞動我不怕，我倒是喜歡在地裡勞動。我就怕和大小姐在一塊兒。」那位大小姐口才很好，紅衛兵去造反，她出來侃侃而談，把順姐一把拖下水。結果，大小姐和她的子女、她的媽媽，連同順姐，一齊給趕回家鄉。順姐沒有控訴大小姐，也沒為自己辯白一句。

「文革」初期，我自忖難免成為牛鬼蛇神，乘早把順姐的銀行存單交還她自己保管。她已有七百多元存款。我教她藏在身邊，別給家人知道，存單的帳號我已替她記下，存單丟失也不怕，不過她至少得告知自己的兒子（她兒子忠厚可靠，和順姐長得最像）。我下幹校前曾偷偷到她家去探看，同院的人說「全家都給轟走了」。我和順姐失去了聯繫。

有一天，我在街上走，忽有個女孩子從我後面竄出來，叫一聲「錢姨媽」。我回臉一看，原來是順姐的小女兒，她畢業後沒升學，分配在工廠工作。據說，他們兄妹三個都在工作的單位寄宿。我問起她家的人，說是在鄉下。她沒給我留個地址就走了。

我從幹校回京，順姐的兩個女兒忽來看我，流淚說：她們的媽病得要死了，「那個媽媽」已經去世，大姐跑得不知去向了。那時，他們兄妹三個都已結婚。我建議她們姐妹下鄉去看看（因為她們比哥哥容易請假），如有可能，把她們的媽接回北京治病。她們回去和自己的丈夫、哥嫂等商量，三家湊了錢（我也搭一份），由她們姐妹買了許多贈送鄉村幹部的禮品，回鄉探母。不久，她們竟把順姐接了出來。順姐頭髮全都灰白了，兩目無光，橫都不橫了，路也不能走，由子女用自行車推著到我家。她當著兒女們沒多說話。我到她住處去看她，當時家裡沒別人，經我盤問，才知道她在鄉間的詳細情況。

大小姐一到鄉間，就告訴村幹部順姐有很多錢。順姐只好拿出錢來，蓋了一所房子，置買了家具和生活必需品，又分得一塊地，順姐下地勞動，養活家裡人。沒多久，「姐姐」投水自盡了，大小姐逃跑幾次，抓回來又溜走，最後她帶著女兒跑了，在各地流竄，撂下個兒子給順姐帶。順姐幹慣農活，交了公糧，還有餘裕，日子過得不錯。只是她舊病復發，子宮快要脫落，非醫治不可。這次她能回京固然靠了禮品，她兩個女兒也表現特好。雖然從沒下過鄉，居然下地去勞動。順姐把房子連同家具半送半賣給生產隊，把大小姐的兒子帶回北京送還他父親。村幹部出一紙證明，表揚順姐勞動積極，樂於助人等等。

順姐在鄉間重逢自己的哥哥。哥哥詫怪說：「我們都翻了身，你怎麼倒翻下去了呢？」村幹部也承認當初把她錯劃了階級，因為她並非小老婆，只是個丫頭，當地人都知道的。這個地主家有一名轎夫、一名廚子還活著，都可作證。「文革」中，順姐的大女兒因出身不好，已退伍轉業。兒子由同一緣故，未得申請入黨。兒女們都要為媽媽要求糾正錯劃，然後才能把她的戶口遷回北京。

他們中間有「筆桿子」，寫了申請書請我過目。他們筆下的順姐，簡直就是電影裡的「白毛女」。順姐對此沒發表意見。我當然也沒有意見。他們為了糾正錯劃的階級，在北京原住處的居委會和鄉村幹部兩方雙管齊下，送了不少「人事」。兒子女兒還特地回鄉一次。但事情老拖著。村幹部說：「沒有問題，只待外調，不過一時還沒有機會。」北京街道上那位大娘滿口答應，說只需到派出所一談就妥。我懷疑兩方都是受了禮物，空口敷衍。一年、兩年、三年過去，事情還是拖延著。街道上那位大娘給人揭發了受賄的劣跡；我也看到村裡一個不知什麼職位的幹部寫信要這要那。順姐進醫院動了手術，病癒又在我家幹活。她白花了兩三年來攢下的錢，仍然是個沒戶口的「黑人」。每逢節日，街道查戶口，她只好聞風躲避。她嘆氣說：「人家過節快活，就我苦，像個沒處藏身的逃犯。」

那時候我們住一間辦公室，順姐住她兒子家，每天到我家幹活，早來晚歸。她一天早上跑來，面無人色，好像剛見了討命鬼似的。原來她在火車站附近看見了她家的大小姐。我安慰她說，不要緊，北京地方大，不會再碰見。可是大小姐晚上竟找到她弟弟家裡，揪住順姐和她吵鬧，怪她賣掉了鄉間的房子家具。她自己雖是「黑人」，卻毫無顧忌地向派出所去告順姐，要找她還帳。派出所就到順姐兒子家去找她。順姐是積威之下，見了大小姐的影子都害怕的。派出所又是她逃避都來不及的機關。可是逼到這個地步，她也直起腰板子來自衛了。鄉間的房子是她花錢造的，家具什物是她置備的，「老太婆」的遺產她分文未取，因為「剝削來的財物她不要」。順姐雖然鈍口笨舌，只為理直氣壯，說話有力。她多次到派出所去和大小姐對質，博得了派出所同志的了解和同情。順姐轉禍為福，「黑人」從此出了官，也就不再急於恢復戶籍了。反正她在我們家，足有糧食可吃。到「四人幫」下台，她不但立即恢復戶籍，她錯劃的階級，那時候也無所謂了。

我們搬入新居，她來同住，無憂無慮，大大發福起來，人人見了她就說她「又胖了」。我說：「順姐，你得減食，太胖了要多病的。」她說：「不行呢，我是餓怕了的，我得吃飽呢！」

順姐對我不再像以前那樣愛面子、遮遮掩掩。她告訴我，她隨母逃荒出來，曾在別人家當丫頭，可是她都不樂意，她最喜歡這個地主家，因為那裡有吃有玩，最自在快活。她和同夥的丫頭每逢過節，一同偷酒喝，既醉且飽，睡覺醒來還暈頭暈腦，一身酒氣，不免討打，可是她很樂。

原來她就是為貪圖這點「享受」，「自由戀愛」了。從此她喪失了小丫頭所享受的那點子快活自在，成了「幺幺」。她說自己「覺悟了」，確也是真情。

她沒享受到什麼，身體已壞得不能再承受任何享受。一次她連天不想吃東西。我急了。我說：「順姐，你好好想想，你要吃什麼？」

她認真想了一下，說：「我想吃個『那交』（辣椒）呢。」

「生的？還是乾的？」

「北陽台上，泡菜罈子裡的。」

我去撈了一隻最長的紅辣椒，她全吃下，說舒服了。不過那是暫時的。不久她大病，我又一次把她送入醫院。這回是割掉了膽囊。病癒不到兩年，曲張的靜脈裂口，流了一地血。這時她家境已經很好，她就告老回家了。

現在她的兒女輩都工作順利，有的是廠長，有的是經理，還有兩個八級工。折磨她的那位大小姐，「右派」原是錯劃；她得到落實政策，飛往國外去了。順姐現在是自己的主人了，逢時過節，總做些我愛吃的菜餚來看望我。稱她「順姐」的，只我一人了。也許只我一人，知道她的「自由戀愛」；只我一人，領會她「我也覺悟了呢」的滋味。

一九九一年一月

小吹牛

我時常聽人吹牛，豪言壯語，使我自慚渺小。我也想吹吹牛「自我偉大」一番，可是吹來卻「鬼如鼠」。因為只是沒發酵的死麵，沒一點空氣。記下三則，聊供一笑。

第一則

我小時，在天主教會辦的啟明女塾上學，住宿在校。我們一群小女孩兒對嬤嬤（修女）的衣著頗有興趣。據說她們戴三只帽子，穿七條裙子。我恨不能看看三只帽子和七條裙子是怎麼穿戴的。

啟明稱為「外教學堂」，專收非教徒學生。天主教徒每年春天上佘山瞻禮，啟明也組織學生上佘山。我兩個姐姐都去，可是小孩子是不參加的。我當時九歲，大姐姐不放心扔下我一人在校，教我找「校長嬤嬤」去「問准許」——就是要求去，問准不准。校長嬤嬤很高興，一口答應。我就跟著穿裙子的大同學同去。

帶隊的是年老的錦嬤嬤，她很喜歡我，常叫我「小康康」。我們乘小船到佘山，上山「拜苦路」等等，下山回船休息，第二天就回校。當晚沿著船艙搭鋪，兩人合睡一鋪，錦嬤嬤帶我睡。她等大夥都睡下，才在洋油燈下脫衣服。我裝睡，瞇著眼偷看。她脫下黑帽子，裡面是雪白的襯帽，下面又有一只小黑帽。黑衣黑裙下還有一條黑襯裙，下面是雪白的襯衣襯裙，裡面是黑衣黑褲。帽子真有三只，裙子卻沒有七條，至多三條。以後我就睡著了。

錦嬤嬤第二天關心地說：「小康康跑累了，晚上直踢被窩，我起來給她蓋了三次被子。」我有點心虛。我忍著睏不睡，為的是要看她脫衣脫帽，她卻直憐我累了。

事後我很得意。誰會跟嬤嬤一個被窩睡覺呢？只有我呀！

第二則

我剛進東吳大學，女生不多，排球隊裡我也得充當一員。我們隊第一次賽球是和鄰校的球隊，場地選用我母校的操場。大群男同學跟去助威。母校球場上看賽的都是我的老朋友。輪到我發球。我用盡力氣，握著拳頭擊過一球，大是出人意外。全場歡呼，又是「啦啦」，又是拍手，又是喜笑叫喊，那個球乘著一股子狂喊亂叫的聲勢，竟威力無窮，砰一下落地不起，我得了一分（當然別想再有第二分）。

當時兩隊正打個平局，增一分，而且帶著那麼熱烈的威勢，對方氣餒，那場球賽竟是我們勝了。

至今我看到電視螢屏上的排球賽，想到我打過網去的一個球，忍不住悄悄兒吹牛說：

「我也得過一分！」

第三則

上海淪陷期間，我擔任校長的中學停辦，我在一所小學裡當代課教師。我同夥的幾個小學教師都二十來歲。我年長些，不過看來也差不多。我們都很要好，下學總等齊了一同乘有軌電車回家。那是第一站的空車，上車的只我們幾個。司機淘氣，故意把車開得搖搖晃晃，逗得我同夥又驚又叫又笑。我卻是沒有放下架子，端坐一旁，不聲不響。這路車的頭幾站沒有旁的乘客，司機和售票員和我的同夥有說有笑，我總是默默無言。有一次，售票員忍著笑，無限同情地講他同事某某：「伊肚皮痛啦」，一天找錯了不知多少錢，又不能下車。我忽然覺得他們不是什麼「開車的」、「賣票的」，而是和我一樣的人。我很自然地加入了他們的圈子。他們常講今天某人家裡有什麼事，待會兒得去替他；或是某人不善心算，老找錯錢，每天賠錢；又講查帳的洋人怎麼厲害等等。我說話不多，也許他們覺得我斯文些，不過我已成了他們的同夥。

這路車漸入鬧市，過大馬路永安公司是最熱鬧的一段。我有一次要到永安公司買東西，預先站在司機背後等下車。車到站，我卻忘了下車；等車開了，我忽然「啊呀」一聲。司機並不回頭，只問「那能啦？」我說忘了下車。他說：「勿要緊，送儂到門口。」永安公司的大門在交叉路口，不准停車的。可是司機把車開得很慢，到了那裡，似停非停的停了一下。他悄悄兒把鐵柵拉開一縫，讓我溜下車，電車就開了。我曾由有軌電車送到永安公司門口，覺得大可自詡。

一九九一年三月

第一次下鄉

一　受社會主義教育

我們初下鄉，同夥一位老先生遙指著一個農村姑娘說：「瞧！她像不像蒙娜．麗莎？」

「像！真像！」

我們就稱她「蒙娜．麗莎」。

打麥場上，一個三角窩棚旁邊，有位高高瘦瘦的老者，撐著一支長竹竿，撅著一撮鬍子，正仰頭望天。另一位老先生說：

「瞧！堂吉訶德先生！」

「哈！可不是！」

我們就稱他「堂吉訶德」。

那是一九五八年「拔白旗」後、「大躍進」時的十月下旬，我們一夥二十來人下鄉去受社會主義教育，改造自我。可是老先生們還沒脫下資產階級知識分子的眼鏡，反而憑主觀改造農村人物呢！

據說四十五歲以上的女同志免於下鄉。我不敢相信，也不願相信。眼看年輕同志們「老張」、「小王」彼此好親近，我卻總是個尊而不親的「老先生」，我也不能自安呀！

下鄉當然是「自願」的。我是真個自願，不是打官腔；只是我的動機不純正。我第一很好奇。想知道土屋茅舍裡是怎樣生活的。第二，還是好奇。聽說，能不能和農民打成一片，是革命、不革命的分界線。我很想瞧瞧自己究竟革命不革命。

下鄉當然有些困難。一家三口，女兒已下廠煉鋼。我們夫婦要下鄉自我鍛煉，看家的「阿姨」偏又是不可靠的。默存下鄉比我遲一個月，我不能親自為他置備行裝，放心不下。我又有點顧慮，怕自己體弱年老，不能適應下鄉以後的集體生活。可是，解放以前，艱苦的日子也經過些，這類雞毛蒜皮算不得什麼。

十月下旬，我們一行老老少少約二十人，由正副兩隊長帶領下鄉。我很守規矩，行李只帶本人能負擔提攜的，按照三個月的需要，盡量精選。長途汽車到站，把我們連同行李撇在路旁。我跟著較年輕的同夥，掮起鋪蓋卷，一手拿提包，一手拿網袋，奮勇追隨；可是沒走幾步，就落在後面，拚命趕了一程，精疲力竭，只好停下。前面的人已經不見了，路旁守著行李的幾位老先生和女同志也不見了。找不敢放下鋪蓋卷，怕不能再舉上肩頭。獨立在田野裡，大有「前不見古人，後不見來者」之慨。幸喜面前只有一條路。我咬著牙一步步慢慢走，不多遠就看見拐彎處有一所房屋，門口掛著「人民公社」的牌子，我那些同夥正在門口休息。我很不必急急忙忙，不自量力。後面幾位老先生和女同志們，留一二人看守行李，他們大包小件扛著抬著慢慢搬運，漸漸地都齊集了。

那半天我們在公社休息，等候正副隊長和公社幹部商定如何安插我們。我們分成兩隊。一隊駐在富庶的稻米之鄉，由副隊長帶領；一隊駐在貧瘠的山村，由正隊長帶領。我是分在山村的，連同隊長共五男二女。男的都比我年長，女的比我小，可是比我懂事，我把她當姊姊看待。隊長是一位謙虛謹慎的老黨員。當晚我們在公社打開鋪蓋，胡亂休息一宵，第二天清晨，兩隊就分赴各自的村莊。「蒙娜．麗莎」和「堂吉訶德」就是我們一到山村所遇見的。

我們那村子很窮，沒一個富農。村裡有一條大街或通道，連著一片空場。公社辦事處在大街中段，西盡頭是天主教堂，當時作糧庫用，東盡頭是一眼深井，地很高，沒有井欄，井口四周凍著厚厚的冰，村民大多在那兒取水。食堂在街以北，托兒所在街以南。沿村東邊有一道沒有水的溝，旁邊多半是小土房。磚瓦蓋的房子分布在村子各部。村北是陡峭的山，據說得乘了小驢兒才上得去。出村一二里是「長溝」，那兒有些食用品商店，還有一家飯館。

那時候吃飯不要錢。每戶人家雖各有糧櫃，全是空的。各家大大小小的醃菜缸都集中在食堂院子裡，缸裡醃的只是些紅的白的蘿蔔。牆腳下是大堆的生白薯，那是每餐的主食。

村裡人家幾乎全是一姓，大概是一個家族的繁衍，異姓的只三四家。

二 「過五關，斬六將」

我們早有心理準備，下鄉得過幾重關。我借用典故，稱為「過五關，斬六將」。

第一關是「勞動關」。公社裡煞費苦心，為我們這幾個老弱無能的人安排了又不累、又不髒、又容易的活兒，叫我們砸玉米棒子。我們各備一條木棍，在打麥場上席地坐在一堆玉米棒子旁邊，舉棒拍打，把玉米粒兒打得全脫落下來，然後掃成一堆，用蓆子蓋上。和我們同在場上幹活的都是些老大娘們，她們砸她們的，和我們也攀話談笑。八點開始勞動，實際是八點半，十點就休息，稱為「歇攀兒」，該歇十分鐘，可是一歇往往半小時。「歇攀兒」

的時候，大家就在場上坐著或站著或歪著，說說笑笑。再勞動不到一個多鐘頭又「歇攀兒」了！大家拿著家具——一根木棍，一只小板凳或一方墊子，各自回家等待吃飯。這些老大娘只賺最低的工分。

有時候我們推獨輪車搬運地裡的秫秸雜草。我們學會推車，把穩兩手，分開兩腳，腳跟使勁登登地走，把襪跟都踩破。我能把秫秸雜草堆得高過自己的腦袋，然後留心推車上坡，拐個彎，再推下坡，車不翻。

有一次叫我們捆草：把幾莖長草捻成繩子，繞住一堆乾草，把「繩子」兩端不知怎麼的一扭一塞，就捆好了。我不會一扭一塞。天都快黑了，我站在亂草堆裡直發愁。可是生產隊副隊長（大家稱為「大個兒」的）來了，他幾下子就把滿地亂草全捆得整整齊齊。

有幾次我們用小洋刀切去蘿蔔的纓子並挖掉長芽的「根據地」，然後把蘿蔔搬運入窖。我們第一天下鄉，就是幹這個活。我們下鄉幹的全是輕活兒，看來「勞動關」，對我們是虛掩著的，一走就「過」，不必衝殺。

第二關是「居住關」。記得看過什麼《清宮外史》，得知伺候皇上，每日要問：「進得好？出得好？歇得好？」「進」、「出」、「歇」在鄉間是三道重關。「歇」原指睡眠，在我們就指「居住」；「進」和「出」就指下文的「飲食」和「方便」。

農民讓出一個大炕，給五位老先生睡。後來天氣轉冷，村裡騰出一間空房，由我們打掃了糊上白綿紙，買了煤，生上火，我們一夥就有了一個家。但我和女伴兒只是「打游擊」。社裡怕凍了我們，讓我們睡在一位工人大嫂家。工人有錢買煤，她家睡的是暖炕。可是沒幾天，工人回家度假，黨支部書記肖桂蘭連夜幫我們搬走，在一間空屋裡塵土撲鼻的冷炕上暫宿一宵，然後搬入公社縫紉室居住。縫紉室裡有一張竹榻，還有一塊放衣料什物的木板，寬三尺，長六七尺，高高架在牆頂高窗底下，離地約有二米。得登上竹榻，再蹬上個木椿子，攀援而上；躺下了當然不能翻身，得挨著牆一動不動，否則會滾下來。我的女伴說：「對不起，我不像你身體輕，我又睡得死，而且也爬不上；我只好睡下鋪。」我想，假如她睡上鋪，我準為她愁得徹夜不眠。所以，理所當然，我睡了上鋪。反正我經常是半睡半醒地過夜。窗隙涼風拂面，倒很清新，比悶在工人大嫂家煤味、人味、孩子屎尿味的屋裡舒服得多。每天清早，我能從窗裡看到下面空場上生產隊排隊出發，高聲唱著「社會主義好」。後不久，村裡開辦了托兒所。托兒所的教室裡擺著一排排小桌子小凳子，前頭有個大暖炕。我和女伴兒以及另單位的兩個女同志同睡這個大炕。她們倆起得早，不及和我們見面就去勞動了。我每晨擂著拳頭把女伴打醒，急急穿衣洗漱，一個個娃娃已站滿炕前，目不轉睛地瞪著我們看，我感到自己成了動物園裡的猴子。同炕四人把鋪蓋捲上，沿牆安放。娃娃們都上炕遊戲。一次，我女伴的鋪蓋卷兒給一個娃娃騎在上面撒了一大泡溺，幸虧沒透入鋪蓋內部。四人睡這麼一個大炕，夠舒服的，儘管被褥有溺濕的危險。

第三關是「飲食關」。我們不屬於生產隊，吃飯得交錢。我們可以加入幹部食堂，每日兩餐，米飯、炒菜，還加一湯；如加入農民食堂，飯錢便宜些，一日三餐，早晚是稀的，中午是窩頭白薯。我們願意接近老鄉們，也不慣吃兩頓乾飯，所以加入了農民食堂。老鄉們都打了飯回家吃。我們和食堂工作人員在食堂吃。我們七人，正好一桌。早晚是玉米糙兒煮白薯塊，我很欣賞那又稀又膩的粥。窩頭也好吃，大鍋煮的白薯更好吃。廚房裡把又軟又爛的白薯剝了皮，揉在玉米麵裡，做成的窩頭特軟。可是據說老鄉們嫌「不經飽」。默存在昌黎鄉間吃的是發霉的白薯乾磨成的粉，摻合了玉米麵做的窩頭，味道帶苦。相形之下，我們的飯食該說是很好了。廚師們因我喜愛他們做的飯食，常在開飯前揀出最軟最甜的白薯，堆在灶台上，讓我像貪嘴孩子似的站著盡量吃，我的女伴兒也同吃。可是幾位老先生吃了白薯，肚裡產生了大量氣體，又是噫氣，又是洩氣。有一次，一位老先生洩的氣足有一丈半長，還搖曳多姿，轉出幾個調子來。我和女伴兒走在背後，忍著不敢笑。後來我揀出帶下鄉的一瓶食母生，給他們「消氣」。

我那時還不貪油膩。一次夢裡，我推開一碟子兩個荷包蛋，說「不要吃。」醒來告訴女伴，她直埋怨我不吃。早飯時告訴了同桌的老先生，他們也同聲怪我不吃，恨不得叫我端出來放在桌上呢！我們吃了整一個月素食，另一單位的年輕同志淘溝，捉得一大面盆的小活魚。廚房裡居然燒成可口的乾炙小魚，也給我們開了葷。沒料到貓魚也成了時鮮美味。我們吃了一個月粗糲之食，想到大米白麵，不勝嚮往。分在稻米之鄉的那一隊得知我們的饞勁，忙買些白米，煩房東做了米飯請我們去吃。我像豬八戒似的一口一碗飯，連吃兩碗，下飯只是一條罐頭裝的鳳尾魚（我們在「長溝」共買得二罐）和半塊醬豆腐。我生平沒吃過那麼又香又軟的白米飯。

以後，我們一夥都害了饞癆——除了隊長，因為他不形於色，我不敢冤他。他很體察下情，每一二星期總帶我們到長溝的飯館去吃一頓豆漿油條當早飯。我有時直想吃個雙份才飽，可是吃完一份，肚子也填得滿滿的了。我們曾買得一只大沙鍋，放在老先生住的屋裡當炊具，煮點心用。秋天收的乾鮮果子都已上市，我們在長溝買些乾棗和山楂，加上兩小包配給賣的白糖，煮成酸甜兒的酪，各人拿出大大小小的杯子平均分配一份。隊長很近人情，和大家同享。我的女伴出主意，買了核桃放在火上燒，燒糊了容易敲碎，核桃仁又香又脆，很好吃。反正什麼都很好吃。每晚燈下，我們空談好吃的東西，叫做「精神會餐」，又解饞，又解悶，「吃」得津津有味。「飲食關」該算是過了吧？

第四關是「方便關」。這個關，我認為比「飲食關」難過，因為不由自主。我們所裡曾有個年輕同事，下了鄉只「進」不「出」，結果出不來的從嘴裡出來了。瀉藥用量不易掌握，輕了沒用，重了很危險，因為可方便的地方不易得。漚「天然肥」的缸多半太滿，上面擱的板子又薄又滑，登上去，大有跌進缸裡的危險，令人「戰戰慄慄，汗不敢出」——汗都不敢出，何況比汗更重濁的呢！

有一次，食堂供綠豆粉做的麵條。我撈了半碗，不知道那是很不易消化的東西，半夜鬧肚子了。那時我睡在縫紉室的高鋪上。我盡力綏靖，胃腸卻不聽調停。獨自半夜出門，還得走半條街才是小學後門，那裡才有「五穀輪迴所」。我指望鬧醒女伴，求她陪我。我穿好衣服由高處攀援而下，重重地踩在她鋪上。她睡得正濃，一無知覺。我不忍叫醒她，硬著頭皮，大著膽子，帶個手電悄悄出去。我摸索到通往大廳的腰門，推一推紋絲不動，打開手電一看，上面鎖著一把大鎖呢。只聽得旁邊屋裡雜亂的鼾聲，嚇得我一溜煙順著走廊直往遠處跑，經過一個院子，轉進去有個大圓洞門，進去又是個院子，微弱的星光月光下，只見落葉滿地，闃無人跡。我想到了學習貓咪，摸索得一片碎瓦，權當爪子，刨了個坑。然後我掩上土，鋪平落葉。我再次攀援上床，竟沒有鬧醒一個人。這個關也算過了吧？

第五關是「衛生關」。有兩員大將把門：一是「清潔衛生」，二是「保健衛生」。清潔衛生容易克服，保健衛生卻不易制勝。

清潔離不開水。我們那山村地高井深，打了水還得往回挑。我記得五位老先生搬離第一次借居的老鄉家，隊長帶領我們把他家水缸打滿，院子掃淨。我們每人帶個熱水瓶，最初問廚房討一瓶開水。後來自家生火，我和女伴湊現成，每晚各帶走一瓶，連喝帶用。除了早晚，不常洗手，更不洗臉。我的手背比手心乾淨些，飯後用舌頭舔淨嘴角，用手背來回一抹，就算洗臉。我們整兩個月沒洗澡。我和女伴承老先生們照應，每兩星期為我們燒些熱水，讓我們洗頭髮，洗換襯衣。我們大夥罩衣上的斑斑點點，都在開會時「乾洗」——就是搓搓刮刮，能下的就算洗掉。這套「骯髒經」，說來也怪羞人的，做到卻也是逐點熬煉出來。

要不顧衛生，不理會傳染疾病，那就很難做到，除非沒有知識，不知提防。食堂裡有個害肺癆的，嗓子都啞了。街上也曾見過一個爛掉鼻子的。我們吃飯得用公共碗筷，心上嫌惡，只好買一大瓣蒜，大家狠命吃生蒜。好在人人都吃，誰也不嫌誰臭，壓根兒聞不到蒜臭了。有一次，我和女伴同去訪問一家有兩個重肺病的女人。主人用細瓷茶杯，沏上好茶待客。我假裝喝茶，分幾次把茶潑掉。我的女伴全喝了。她可說是過了關，我卻只能算是夾帶過去的。

所謂「過五關、斬六將」，其實算不得「過關斬將」。可是我從此頗有自豪感，對沒有這番經驗的還大有優越感。

三　形形色色的人

我在農村安頓下來。第一件事，就是認識了一個個老大爺、老大媽、小伙子、大姑娘、小姑娘，他們不復是抽象的「農民階級」。他們個個不同，就像「知識分子」一樣的個個不同。

一位大媽見了我們說：「真要感謝毛主席他老人家！沒有毛主席，你們會到我們這種地方來嗎！」我仔細看看她的臉。她是不是在打官腔呀？

縫紉室裡有個花言巧語的大媽。她對我說：

「呀！我開頭以為文工團來了呢！我看你拿著把小洋刀挖蘿蔔，直心疼你。我說：瞧那小眉毛兒！瞧那小嘴兒！年輕時候準是個大美人兒呢！我說：我們多說說你們好話，讓你們早點兒回去。」她是個地道的「勞動懲罰論」者。

有個裝模作樣的王嫂，她是村上的異姓，好像人緣並不好。聽說她是中農，原先夫婦倆幹活很歡，成立了公社就專會磨洋工，專愛嘀嘀咕咕。她抱怨秫秸稈兒還沒分發到戶，嚷嚷說：「你們能用冷水洗手，我可不慣冷水洗手！」我是慣用冷水洗手的，沒料到農村婦女竟那麼嬌。

我們分隊下鄉之前，曾在區人民公社胡亂住過一宵。我們清出一間屋子，搬掉了大堆大堆的農民公費醫療證。因為領導人認為這事難行，農民誰個不帶三分病，有了公費醫療，大家不幹活，盡去瞧病了。這件事空許過願，又取消了。我們入村後第一次開會，就是通知目前還不行公費醫療。我們下鄉的一夥都受到囑咐，注意農民的反映，向上匯報。可是開會時群眾啞默悄靜，一個個呆著臉不吭一聲。我一次中午在打麥場上靠著窩棚打盹兒，我女伴不在旁。有個蒼白臉的中年婦女來坐在我旁邊，我們就閒聊攀話。她自說是寡婦，有個十七歲的兒子。她說話斯文得出人意外。她嘆息說：「朝令夕改的！」（她指公費醫療吧？）「我對孩子說，你可別傻，什麼『深翻三尺』！你翻得一身大汗，風一吹，還不病了！病了你可怎麼辦？」我不知該怎麼回答。我的女伴正向場上跑來，那蒼白臉的寡婦立即抽身走了。

有一位大媽，說的話很像我們所謂「怪話」。她大談「人民公社好」，她說：

「反正就是好唄！你說這把茶壺是你的，好，你就拿去。你說這條板凳是你的，好，你就搬走。你現在不搬呢，好，我就給你看著唄。」

沒人駁斥他，也沒人附和。我無從知道別人對這話的意見。

有個三十來歲的大嫂請我到她家去。她悄悄地說：「咳，家裡來了客，要攤張餅請請人也不能夠。」她家的糊窗紙都破了，破紙在風裡瑟瑟作響。她家只有水缸裡的水是滿的。

有個老大媽初次見我，一手伸入我袖管，攢著我的手，一手在我臉上摩挲。十幾天後又遇見我，又照樣摩挲著我的臉，笑著惋嘆說：「來了沒十多天吧？已經沒原先那麼光了。」我不知她是「沒心沒肺」，還是很有心眼兒。

我們所見的「堂吉訶德」並非老者。他理髮順帶剃掉鬍子，原來是個三四十歲的青壯年，一點不像什麼堂吉訶德。廚房裡有親兄弟倆和他相貌有相似處，大概和他是叔伯兄弟。那親兄弟倆都是高高瘦瘦的，眉目很清秀，一個管廚房，一個管食堂。我上食堂往往比別人早。一次我看見管食堂的一手按著個碟子，一手拿著個瓶子在碟子上很輕巧地一轉。我問他：「幹什麼呢？」他很得意，變戲法似的把手一抬，拿出一碟子白菜心。他說：「淋上些香油，給你們換換口味。」這顯然是專給我們一桌吃的。我很感激，覺得他不僅是孝順的廚子，還有點慈母行徑呢。

食堂左右都是比較高大的瓦房，大概原先是他家的房子。一次，他指著院子裡圈著的幾頭大豬，低聲對我說：「這原先都是我們家的。」

「現在呢？」

他仍是低聲：「歸公社了——她們妯娌倆當飼養員。」

這是他對我說的「悄悄話」吧？我沒說什麼。我了解他的心情。

食堂鄰近的大媽請我們去看她養的小豬。母豬小豬就養在堂屋裡，屋子收拾得乾乾淨淨。母豬和一窩小豬都乾淨，黑亮黑亮的毛，沒一點垢污。母豬一躺下，一群豬仔子就直奔媽媽懷裡，享受各自的一份口糧。大媽說。豬仔子從小就占定自己的「飯碗兒」，從不更換。我才知道豬可以很乾淨，而且是很聰明的家畜。

大媽的臉是圓圓的，個兒是胖胖的。我忽然想到她準是食堂裡那個清秀老頭兒的老婆，也立即想到一個趕車的矮胖小伙子準是他們的兒子。考試一下，果然不錯。我忙不迭地把新發現報告同夥。以後我經常發現誰是誰的誰：這是伯伯，這是叔叔，這是嬸子，這是大媽，這是姐姐，這是遠房的妹妹等等。有位老先生笑我是「包打聽」，其實我並未「打聽」，不過發現而已。發現了他們之間的親屬關係，好像對他們就認識得更著實。

「蒙娜·麗莎」的爸爸，和管廚房、食堂的兩兄弟大概是貧窮的遠房兄弟。他家住兩間小土屋。「蒙娜·麗莎」的真名，和村上另幾個年齡相近的大姑娘不排行。她面貌並不像什麼「蒙娜·麗莎」。她梳一條長辮子，穿一件紅紅綠綠的花布棉襖，幹活兒的時候脫去棉襖，只穿一件單布褂子，村上的大姑娘都這樣。她的爸爸比較矮小，傴著背老是乾咳嗽。據他告訴我：一次「毛主席派來的學生」派住他家，他把暖炕讓給學生，自己睡在靠邊的冷炕上，從此得了這個咳嗽病。我把帶下鄉的魚肝油丸全送了他，可是我怕他營養不良，那兩瓶丸藥起不了多大作用。他的老伴兒已經去世，大兒子新近應兵役入伍了，家裡還有個美麗的小女兒叫「大芝子」，「蒙娜・麗莎」是家裡的主要勞動力。她很堅決地聲明：「我不聘，我要等哥哥回來。」她那位帶病的父親告訴我：他當初苦苦思念兒子，直放心不下；後來他到部隊去探親一次，受到軍官們熱情招待，又看到兒子在部隊的生活，也心上完全踏實了。

「大芝子」才八歲左右，比她姐姐長得姣好，皮膚白嫩，雙眼皮，眼睛大而亮，眼珠子烏黑烏黑。一次她摔一大跤，腦門子上破了個相當大的窟窿，又是泥，又是血。我見了很著急，也心疼，忙找出我帶下鄉的醫藥品，給她洗傷、敷藥，包上紗布。我才知道他們家連一塊裹傷的破布條兒都沒有。「蒙娜・麗莎」對我說：「不怕的，我們家孩子是摔跌慣了的，皮肉破了腫都不腫，一下子就長好。」大芝子的傷處果然很快就長好了，沒留下疤痕。我後來發現，農村的孩子或大人，受了傷都癒合得快，而且不易感染。也許因為農村的空氣特別清新，我國農民的血液是最健康的。

我有一次碰到個纖眉修目的小姑娘，很甜淨可愛。她不過六七歲。我問她名字，她說叫

「小芝子」。我拉著她們手問她是誰家的孩子。

「我是我們家的孩子。」

「你爸爸叫什麼呀？」

「我管我爸爸叫爸爸。」

「你哥哥叫什麼呢？」

「我管我哥哥叫哥哥。」

我這個「包打聽」，認真「打聽」也打聽不出她是誰來，只能料想她和「大芝子」是排行。

大批蘿蔔急需入窖的時候，我們分在稻米之鄉的分隊也請來幫忙了。蘿蔔剛出土，帶著一層泥，我們凍僵的手指沾了泥更覺寒冷。那個分隊裡一個較年輕的同夥瞧我和老鄉們比較熟，建議我去向他們借只臉盆，討一盆水洗洗手，我撞見個老大爺，就問他借臉盆洗手。他不慌不忙，開了鎖，帶我進屋去。原來是一間寬敞的瓦房，有個很大的炕，房裡的家具都整齊。他拿出一只簇新的白底子紅花的鼓墩式大臉盆，給我舀了半盆涼水。我正要端出門，他說：「你自己先洗洗」，一面就為我兌上熱水。我把凍手握在熱水裡，好舒服！他又拿出一塊雪白的香皂，一條雪白的毛巾，都不是全新，可也不像家常天天使用的。我怕弄髒了他的香皂，只摸了兩下；又怕擦髒了他的毛巾，乘他為我潑水，把沒洗乾淨的濕手偷偷兒在自己罩衣上抹個半乾，才象徵性地使用了毛巾。主人又給舀了半盆冷水，讓我端給大夥兒洗。他是怕那面盆大，水多了我端不動，或一路上潑潑灑灑吧？十幾雙泥手洗那半盆水，我直為潑掉的那大半盆熱水可惜，只是沒敢說。大家洗完了我送還面盆，盆底盡是泥沙。

村民房屋的質量和大小，大約標識著上一代的貧富；當前的貧富全看家裡的勞動力。副隊長「大個兒」家裡勞動力多，生活就富裕，老鄉們對他都很服帖。正隊長家是新蓋的清涼瓦屋，而且是樓房。老鄉們對那座樓房指指點點，好像對這位隊長並不喜歡；說到他，語氣還帶些輕鄙。他提倡節制生育，以身作則，自己做了絕育手術。村裡人稱他是「劁了的」。我不懂什麼「劁」，我女伴忙拉拉我的衣襟不讓我問，過後才講給我聽。我只在大會上聽過他做報告，平時從不見面。大躍進後期，我們得了一個新任務：向村民講解《農村十條》。生產隊長卻遲遲不傳達。關於政策多少年不變以及自留地等問題，村民不放心，私下向我們打聽，聽了還不敢相信。我很驚奇，怎麼生產隊長遲遲不傳達中央的文件，他是否怕有損自己的威信。

黨支部書記肖桂蘭是一位勤勞不懈的女同志，才三十七歲，小我十歲呢，已生了四個孩子，顯得很蒼老，兩條大長辮子是枯黃色的。她又要帶頭勞動，又要做動員報告，又要開會，又要傳達，管著不知多少事。她苦於不識字。她說，所有的事都得裝在腦袋裡。我和女伴兒的居住問題，當然也裝在她的腦袋裡。我們每次搬個住處，總是她及時想到，還親自幫著我們搬。我女伴的鋪蓋很大，她自己不會打；我力氣小，使足了勁也捆不緊。如果搬得匆忙，我連自己的小鋪蓋也捆不上了。肖桂蘭看我們搬不動兩個鋪蓋，乾脆把一個大的掮在肩上，一個小的夾在腋下，在前領路，健步如飛。我拿著些小件東西跟在後面還直怕趕不上，心上又是感激，又是慚愧。肖桂蘭直爽真摯，很可愛。她講自己小時候曾販賣布匹等必需品給解放軍，經常把錢塞在炕洞裡。一次客來，她燒熱了炕，忘了藏著的錢；等她想到，紙幣已燒成灰。她老實承認自己「階級意識」不強，鎮壓地主時她嚇得發抖，直往遠處躲，看都不敢看。當了支書，日夜忙碌，自己笑說：「我圖個啥呀？」她正是螢屏上表揚的「默默奉獻」者。她大約「默默奉獻」了整一輩子，沒受過表揚。

村上還有個「掛過彩」的退伍軍人。他姓李，和村上人也不是同姓。我忘了他的名字，也不記得他是否有個官銜。他生活最受照顧，地位也最高。他老伴兒很和氣，我曾幾次到過他家。這位軍人如果會吹吹牛，準可以當英雄。可是他像小孩兒一樣天真樸質，問他過去的事，得用「逼供信」法，「擠牙膏」般擠出一點兩點。誘得巧妙，他也會談得眉飛色舞。他常挨我的「逼供信」，和我是相當好的朋友。我離開那個村子一年後，曾寄他一張賀年片。

他卻回了我一封長信，向我「匯報」村上的情況。尤其可感的是他本人不會寫信，特地央人代寫的。

村裡最「得其所哉」的是「傻子」。他食腸大，一頓要吃滿滿一面盆的食。好在吃飯不要錢，他的食量不成問題。他專管掏糞，不嫌髒，不嫌累，幹完活兒倒頭大睡。他是村裡最心滿意足的人。

最不樂意的大約是一個瘋婆子。村上那條大街上有一處旁邊有口乾井，原先是菜窖。那老大娘不慎跌下乾井，傷了腿。我看見她蓬頭垢面，踞坐地上，用雙手拿著兩塊木頭代腳走路。兩手挪前一尺，身子也挪前一尺。她怪費力地向前挪動，一面哭喊叫罵。過路的人只作不聞不見。我問：「她罵誰？」人家不答，只說她是瘋子。我聽來她是在罵領守，不知罵哪一位，還是「海罵」。罵的話我不能全懂，只知道她罵得很臭很毒。她天天早上哭罵著過街一趟，不知她往哪裡去，也不知她家在哪裡。

四　椿椿件件的事

有一天，我們分組到村裡訪病問苦，也連帶串門兒。我們撞到了瘋婆子家裡。一間破屋，一個破炕，炕頭上坐著個臉黃皮皺的老大媽，正是那「瘋婆子」。我原先有點害怕，懦怯地近前去和她招呼。她很友好，請我們坐，一點不兒像瘋子。我坐在炕沿上和她攀話，她就打開了話匣子。她的話我聽不大懂，只知是連篇的「苦經」。我問起她的傷腿，她就解開褲腿，給我看傷疤。同組的兩位老先生沒肯坐，見那「瘋婆子」解褲腿，慌忙逃出門去。我怕一人落單，忙著一面撫慰，一面幫她繫上褲腿，急急辭出。我埋怨那兩位老先生撇了我逃跑，他們只鬼頭鬼腦地笑，說是怕她還要解衣解帶。

下午我要求和女伴兒同組，又訪問了幾家。我們倆看望生肺病的女人就是那天。後來我們跑到僻遠地區，聽到個婦女負痛呼號。我很緊張。我的女伴說，沒準兒是假裝的。我們到了她家，病人停止了呼號勉強招待我們。她說自己是發胃病。我們沒多坐，辭出不久又聽到她那慘痛的叫號。我的女伴斷定她是不願出勤，裝病。可是我聽了那聲音，堅信是真的。到底什麼病，也許她自己都不知道。

我們又看望了一個患風濕病的小伙子。有一次大暑天淘井，他一身大汗跳下井去，寒氣一逼，得了這個病，渾身關節疼痛，惟有虎骨酒能治。虎骨酒很貴。他攢了錢叫家人進城買得一瓶，將到家，不知怎麼的把瓶子砸了，酒都流了。他說到這瓶砸掉的酒，還直心疼。但他毫無怨意，只默默忍受。我以後每見虎骨酒，還直想到他。

我們順便串門兒，看望了不常到的幾個人家，村上很少小伙子，壯健的多半進城當工人了。有個理髮師不肯留在鄉間，一心要進城去。但村上理髮的只他一個，很賺錢，我們幾位老先生都請他理髮。那天他的老伴兒不在家，我們看見牆上掛的鏡框裡有很多她的小照片，很美，也很時髦，一張照上一套新裝。我估計這對夫婦不久就要離村進城的。

有些老大媽愛談東家長、西家短：誰家有個「破鞋」，誰家有個「倒踏門」的女婿，誰家九十歲的公公溺了炕說是「貓兒溺的」，誰家捉姦仇殺，門外小胡同裡流滿了血。我聽了最驚心的是某家腹壁裡窩藏了一名地主（本村沒有地主，想必是村上人的親戚）。初解放，家家戶戶經常調換房屋：住這家的忽然調往那家，住那家的忽又調到這家。腹壁裡的人不知房子裡已換了人家，早起上廁所，就給捉住了。

村裡開辦幼兒園，我們一夥七人是贊助者。我們大家資助些錢，在北京買了一批玩具和小兒書；隊長命我做「友好使者」向村公社送禮。我不會說話，老先生們教了我一套。我記得村裡還舉行了一個小小的典禮接受禮物，表示感謝。村裡的大媽起初都不願把孩子「圈起來」，寧可讓孩子自由自在地「野」。曾招待我和女伴同炕睡覺的工人大嫂就表示過這種意見。可是幼兒園的伙食好，入園的孩子漸漸多起來。工人大嫂家的二娃子後來也入幼兒園了。我問她吃了什麼好早飯，她說吃了「苟兒勾」（豆兒粥），我聽了很饞。

掃盲也是我們的一項工作。「蒙娜・麗莎」等一群大姑娘都做出拿笤帚掃地的姿勢，笑說：「又要來掃我們了！」她們說：「幹活兒我們不怕，就怕『掃』我們。幹了一天活兒，坐下直瞌睡，就是認不進字去！」我曾親身經歷，領會到體力、腦力並不分家，同屬於一個身體；耗盡體力，腦力也沒有多餘了。

我女伴兒和我得到一項特殊任務：專為黨支書肖桂蘭掃盲。因為她常說：「我若能把事情一項項寫下來，不用全裝在腦袋裡，該多輕鬆啊！」可是她聽到「掃盲」，就和村裡的大姑娘們一樣著急說：「又來掃咱們了！」她當然沒工夫隨班上課。我們的隊長讓我和女伴兒自動找她，隨她什麼時候方便，就「送貨上門」式教她。我們已跟她說好，可是每到她家，總撲個空，我懷疑她是躲我們。

不知誰的主意，提倡「詩畫上牆」。我們那個貧窮的山村，連可以題詩作畫的白牆也沒有幾堵。我們把較為平整的黃土牆也刷白了利用。可是詩和畫總不能都由外來受教育的知識分子一手包辦啊。我們從本村的小學校裡要了些男女學生的作文，雖有錯別字，而且多半不完整，意思卻還明白。我們把可用的作文變成「詩」，也就是「順口溜」，署上作者的名字。每首「詩」都配上一幅「畫」，有些牆上剩留些似畫非畫的圖痕，我們添補成「畫」，再配上一首「詩」。我們一隊七個老人，沒一人能畫。村上有一個能畫的小伙子，卻又不是閒著沒事的，只能乘他有空，請來畫幾筆。我和女伴兒掇一條長板凳，站在上面，大膽老面皮一同揮筆畫了一棵果實纍纍的大樹，表示「豐收」。村裡人端詳著說：「不賴。」這就是很好的鼓勵了。天氣嚴寒，捧著硯台、顏色缸的手都凍僵了，可是我們穿街走巷，見一堵平整的牆，就題詩作畫，牆上琳琅滿目，村子立即成了個「詩畫村」。有一幅「送公糧」的畫，大約出於那位能畫的小伙子之手，我們配上了詩，卻捏造不出作者的名字，就借用了一位村幹部的大名。我們告訴了那位幹部，並指點他看了「詩」、「畫」和署名。他喜得滿面歡笑，宛如小兒得餅。我才知道不僅文人好名，老農也一個樣兒。村裡的小學校長命學生把牆上的「詩」抄在紅紅綠綠的紙上，貼在學校門口，算是他們那學校的成績。我們有幾位老先生認為那是「剽竊」。就算是「剽竊」，不也名正言順嗎！牆上都明寫著作者的大名呢！有的村裡彙集了幾個村的「詩」，印成小冊子。上面的順口溜竟是千篇一律，都是什麼「心裡亮堂堂」呀，「衛星飛上天」之類。我自己編造的時候，覺得純出「本店自造」，竟不知是抄襲了人——或者竟是別的村子抄襲了我們？不過這陣風不久就刮過了。

我們串門兒的時候，曾見到有幾家的條桌上擺著一只鐘，罩在玻璃罩下。可是一般人家都沒有鐘表。如要開會，說明八點開，至早要等到九點或九點半，甚至十點。有一次是在一個較遠的禮堂開一個什麼報告會。我們準時到會，從七點半直等到近十一點，又累又急又無聊又餓。不記得那次的會是否開成，還是草草走過場的；我懷疑這是否相當於「怠工」的「怠會」。一般學習會在食堂附近開，老鄉們在一個多小時裡陸續到齊，發言倒也踴躍。老大媽老大爺一個個高聲嚷：「我說說！」說的全是正確的話，像小學生上課回答教師他學到了什麼。如果以為他們的發言反映他們的意見，那就錯了。他們不過表示：「你教的我明白了。」他們很簡單地重複了教導他們的話，不把這句話做成花團錦簇的文章，也不參加自己的什麼意見。「怪話」我只聽到上文提起的那一次。也許是我「過敏」，覺得語氣「不大對頭」。我回京談體會時，如實報導了那幾句話，誰也沒聽出什麼「怪話」，只說我下鄉對農民有了感情，學他們的話也腔吻畢肖。我常懷疑，我們是否把農民估計得太簡單了？

村子附近的山裡出黏土，經火一燒，變得很堅硬，和一般泥土燒成的東西不同。黏土值錢，是村民增加收入的大財源。我們曾去參觀他們挖掘。肖桂蘭帶著一群小伙子和大姑娘鏟的鏟，挖的挖，裝在大筐裡，背著倒在小車上堆聚一處。我們六個老人（我們的隊長好像是有事到北京去了）象徵性地幫著搬了幾團泥塊。這是掛過彩的那位退伍軍人請我們去的。他還要款待我們吃飯，我們趕緊餓著肚子溜回自己的食堂。

我們還打算為這個山村寫一部村史。可是掛過彩的軍人和肖桂蘭都是務實派，不善空談。我的任務是「誘供」，另有幾人專司記錄。我一心設法哄他們談過去的事，因此記不得他們談了些什麼。反正「村史」沒有寫成。

陽曆元旦村裡過節，雖然不是春節，村裡也要演個戲熱鬧一番。我才知道這麼個小小荒村裡，也人才濟濟。嗓子好、扮相好的姑娘多得很。我才了解古代無道君王下鄉選美確有道理。

五　整隊回京

我們原定下鄉三個月，後來減縮成兩個月。

陽曆年底，村上開始過節。我們不好意思分享老鄉們過節的飯食，所以買了兩隻雞、兩瓶酒送給廚房。我又一次做送禮的「友好使者」，向他們致謝意。那個村子出廚師，專給人家辦酒席。他們平時「英雄無用武之地」，這回廚房宰了豬，又加上兩隻雞，就做出不少拿手好菜，有的竟是我們從未吃過的。例如把正方形的五花肉，轉著切成薄薄的一長條，捲上仍是正方形，燉得稀爛，入口消融。我們連日吃白麵饅頭和花卷，都是難得的細糧，我們理應迴避。這或許也是促成我們早歸的原因吧？因為再過一個月就是春節了。

我們回京之前，得各自總結收獲，互提意見。意見多半是芝麻綠豆，例如說我不懂民間語言等等，我不甚在意，聽完就忘了。但有一句話是我最得意的：隊長評語中說我能和老鄉們「打成一片」。一位黨外的「馬列主義老先生」不以為然，說我不過是「婆婆媽媽」而已，並未能與農民在無產階級的立場上打成一片。他的話也許完全正確。我理論水平低，不會和他理論。但是隊長並未取消他的評語。我還是心服有修養的老黨員，不愛聽「馬列老先生」的宏論。我覺得自己和農民之間，沒什麼打不通的；如果我生在他們村裡，我就是他們中間的一個。我下鄉前的好奇心，就這樣「自以為是」、「自得其樂」地算是滿足了。

下鄉兩個月，大體說來很快活，惟有一個陰影：那就是與家人離散，經常牽心掛肚。我同炕有個相貌端好的女伴，偶逢旁邊沒別人，她就和我說「悄悄話」。第一次的「悄悄話」是她對我說的。她湊近我低聲問：

「你想不想你的老頭兒？」

我說：「想。你想不想你的老頭兒？」

她說：「想啊！」

兩人相對傻笑；先是自嘲的笑，轉而為無可奈何的苦笑。我們眼睛裡交換了無限同情。以後，見面彼此笑笑，也成安慰。她是我同炕之友，雖然我們說「悄悄話」的機會不多。

默存留在家裡的時候，三天來一信，兩天來一信，字小行密，總有兩三張紙。同夥惟我信多，都取笑我。我貼身襯衣上有兩只口袋，絲綿背心上又有兩只，每袋至多能容納四五封信（都是去了信封的，而且只能插入大半，露出小半）。我攢不到二十封信，肚子上左邊右邊儘是硬邦邦的信，雖未形成大肚皮，彎腰很不方便，信紙不肯彎曲，稀哩嘩啦地響，還有掉出來的危險。其實這些信誰都讀得，既不肉麻，政治上也絕無見不得人的話。可是我經過幾次運動，多少有點神經病，覺得文字往往像解放前廣告上的「百靈機」，「有意想不到之效力」；一旦發生了這種效力，白紙黑字，百口莫辯。因此我只敢揣在貼身的衣袋裡。衣袋裡實在裝不下了，我只好抽出信藏在提包裡。我身上是輕了，心上卻重了，結果只好硬硬心腸，信攢多了，就付之一炬。我記得曾在縫紉室的泥地上當著女伴燒過兩三次。這是默存一輩子寫得最好的情書。用他自己的話：「以離思而論，行者每不如居者之篤」，「惆悵獨歸，其『情』更悽戚於踽涼長往也」。用他翻譯洋人的話：「離別之惆悵乃專為居者而設」，「此間百凡如故，我仍留而君已去耳。行行生別離，去者不如留者神傷之甚也。」（見《談藝錄》五四一頁）他到了昌黎天天搗糞，仍偷空寫信，而囑我不必回信。我常後悔焚燬了那許多寶貴的信。惟一的安慰是：「過得了月半，過不了三十」，即使全璧歸家，又怎逃得過丙丁大劫。況且那許多信又不比《曾文正公家書》之類，旨在示範同世，垂訓後人，那是專寫給我一個人看的。罷了，讓火神菩薩為我收藏著吧。

村裡和我友情較深的是「蒙娜・麗莎」和她的爸爸。我和女伴同去辭行。「蒙娜・麗莎」攙著大芝子送一程，又一程，末了她附著大芝子的耳朵說了一句話，大芝子學舌說：「想著我們哪！」我至今想著他們，還連帶想到一個不知誰家的小芝子。

總結完畢，我們山村的小隊和稻米之鄉的小隊一起結隊回北京，我和許多同夥擠在一個拖廂裡。我們不能像沙丁魚伸直了身子平躺，站著也不能直立，因為車頂太低，屈的不能伸腰，因為擠得太緊。我坐在一條長凳盡頭，身上壓滿了同伴的大包小包，兩腿漸漸發麻，先是像針戳，後來感覺全無，好像兩條腿都沒有了。全伙擠上車不是容易，好半天曲屈著也不易忍耐，黃昏時分，我們終於安抵北京。我們乖乖地受了一番教育，畢業回家了。

一九九一年四月

記似夢非夢

這裡我根據身經的感覺，寫幾樁想不明白的事。記事務求確實，不容許分毫想像。

我六七歲上小學的時候，清早起床是苦事，因為還瞌睡呢，醒都醒不過來。有一次，我覺得上下眼皮膠住了，掰也掰不開。我看見帳外滿室陽光，床前椅上搭著衣服，桌上有理好的書包，還有三姐臨睡吹滅的燈——有大圓燈罩的洋油燈。隔著眼皮都看得清清楚楚，只是睜不開眼。後來姐姐叫醒了我。我睜眼只見身在帳中，帳外的東西什麼也看不見，因為帳子是布做的。我從未想到核對一下帳外所見和閉眼所見是否相同，也記不起那是偶然一次還是多次。只因為我有了以後的幾次經歷，才想到這個問題。

一九三九年夏，我住在爸爸避難上海時租居的寓所。那是兩間大房間、一個樓面和一個盥洗室。朝南的一大間爸爸住。朝北的一大間我大姐和阿必住，我帶著女兒阿圓也擠在她們屋裡。房子已舊，但建築的「身骨」很結實。厚厚的牆，厚厚的門，門軸兩端是圓圓的大銅球，開門關門可以不出聲響。

一次，阿必半夜到盥洗室去。她行動很輕，我並未覺醒——也許只醒了一半。我並未聽見她出門，只覺得自己醒著。我看見門後有個黑鬼想進門，正在轉動門球，慢慢地，慢慢地，慢慢地，這黑鬼在偷偷兒開門。於是門開了一縫，開了一寸、二寸、三寸、半尺、一尺，黑鬼挨身進門來了。我放聲大叫，叫了才知道自己是從夢中醒來。大姐立即亮了燈。爸爸從隔室也聞聲趕來。

我說：「看見門背後一個黑鬼，想進來，後來真進來了。」

阿必在門邊貼牆站著，兩手護著胸，怪可憐地說：「絳姐，你把我嚇死了！我知道你警醒，我輕輕地、輕輕地……」

她形容自己怎麼慢慢兒、慢慢兒轉動門球，正像我看見的那樣。黑鬼也正是阿必的身量。

爸爸對我說：「你眼睛看到門背後，太靈了，可是連阿必都不認識，又太笨了！」

大家失驚之餘，禁不住都笑起來。爸爸放心回房，我們姊妹重又安靜入睡。事後大家都忘了。

可是我想不明白。我夢中看見門背後的黑鬼，怎麼正是黑地裡的阿必呢？我看見黑鬼的動作，怎麼恰恰也是阿必的動作呢？假如是夢，夢裡的境界是不符真實的。假如不是夢，我怎麼又能看到門的背後呢？

一九四二和一九四三年，鍾書和我住在他叔父避難上海時租賃的寓所，我們夫婦和女兒阿圓住二樓亭子間。亭子間在一樓和二樓之間，又小又矮，夏天悶熱，鍾書和阿圓受不了，都到我婆婆的朝北大房間裡打地舖去了。我一人睡大床。大床幾乎占了亭子間的全部面積。床的一頭和床的一側都貼著牆壁。另一側的床沿，離門框只有一寸之地。我敞著門，不停地揮扇，無法入睡。天都濛濛亮了。我的臉是朝門的，忽然看見一個賊從樓上下來。他一手提著個包裹，一手拿著一根長長的東西，弓著身子，躡足一級一級下樓，輕輕地，輕輕地，怕驚醒了人似的。我看出他是要到我屋裡來。我眼看著他一級一級下樓，眼看著他走到我的門口。他竟跨進房間，走到我床前來了。我驚駭失聲，恍惚從夢中醒來，只聽得鍾書的聲音說：「是我，是我，別嚇著。」我一看，可不是他！一手提著個草芯枕頭，一手拿著一卷蓆子。他睡了一覺來看看我。朝北的大房間，早上稍有涼意，他想回房在自己大床上躺會兒。可是想不到亭子間照樣悶熱，他還是待不住，帶著枕蓆還是逃走了。

我躺在床上，一面揮扇，一面直在琢磨。我睡著了嗎？我夢裡看見的賊不正是鍾書嗎？假如我不是做夢，那麼，我床頭的那堵牆，恰好擋住樓道。樓梯有上下兩折，下樓十幾級，上樓七八級。亭子間牆外是樓梯轉折處的一個小平台，延伸過來有一小方地，是打電話的立足之地。亭子間的門對著一小片牆，牆上安著電話機。我躺在床上，只能看到門外的電話機，無論如何看不見上樓下樓的人，除非我的眼睛能透過牆壁。我到底是做夢，還是醒著呢？我想不明白。

一九五四年夏，文化部召開全國翻譯會議。我妹妹楊必以代表身分到北京開會，住在我家。我家那時住中關園的小平房。中間是客廳，東側擋上一個屏風，算書房。西側是朝南、朝北的兩間臥房。當時朝南臥房裡放一張大床，是我和鍾書的臥房，朝北是阿圓的臥房。鍾書怕熱，我特為他買一張藤繃的小床，放在東側書房裡。阿必來了，我們很開心。我有個外甥女兒正在北京上大學，知道必阿姨來，也來趁熱鬧。她也是我們全家非常喜愛的人，大家叫她「妹妹」，阿圓稱她「妹妹姐姐」。「妹妹」和阿必都是最受歡迎的人。她們倆都來歡聚，我家十分快樂。晚上「妹妹」也留宿我家。

「妹妹」有點兒發燒，不知什麼病，體溫高了一度左右。我讓阿必睡在阿圓房裡，叫「妹妹」睡在我的大床上，我便於照顧，同時也不怕傳染那兩個身體嬌弱的阿必和阿圓。

天晚了，大家回房睡覺。各房的燈都已經滅了。「妹妹」央求說：「四阿姨，講個鬼故事。」

我講了一個。「妹妹」聽完說：「四阿姨，再講一個。」

我講完第二個，就說：「得睡了，不講了。」「妹妹」很聽話。我們兩人都靜靜躺著。

忽然，我看見鍾書站在門外。我就說：「你要什麼？」

他說：「還沒睡嗎？我怕你們睡了。」

他要的什麼東西我記不得了，大約是花露水、爽身粉之類。我開了燈，起床開了門，把東西給他。然後關上門，又滅燈睡覺。

「妹妹」說：「四阿姨，四阿姨。」

我以為她還要我講鬼故事，她卻是認真地追問：「你怎麼知道四姨夫在外面？」

我是看見的。可是我怎麼能看見呢？不用說黑地裡看不見，即使亮著燈也看不見，門上雖有玻璃，我掛著兩重窗簾呢。因為這間是臥室，我不願客廳裡的人能望見臥室。

我想了想，自己給自己解釋似的說：「大概我聽見了腳步聲。」

「沒有聲音。一點都沒有。真的，四阿姨，沒一點聲音。」

穿了布底鞋在客廳的水泥地上輕輕地走，可以沒有腳步聲，可以沒一點聲音。我實驗過。

「四阿姨，我覺得你睡著了。後來你一跳，就問四姨夫要什麼。」

那麼，是我做夢看見他了？可是他確實是站在門外啊。

當時我沒法回答，只擺出長輩的架勢，命令說：「不多話了，睡！」「妹妹」乖乖地翻身朝裡睡了。第二天她也忘了，沒有追問。

我倒是問了鍾書：「你在門口站了多久？」

他說：「才站一站，聽聽。」他也沒追問我怎麼知道他在門外。

我心上卻時常琢磨自己的夢和醒的分界。我設想，大約我將醒未醒，將睡未睡的時候，感官不堅守崗位，而是在我的四周浮動。我記得一九三五年我沒到清華放暑假就趕早回蘇州老家，人未到家，爸爸午睡時忽然感覺到我回家了，也該是半睡半醒中感到的吧？只是我並不在他身邊，我還在火車站，或是由車站回家的途中。我的心已飛回家中。爸爸稱為「心血來潮」，和我以上所說的經驗稍有不同。

這都是我想不明白的事，所以據實記下，供科學家做研究資料。

一九九三年十月二十一日

（時在病中）

記章太炎先生談掌故

大約是一九二六年，我上高中一、二年級的暑假期間，我校教務長王佩諍先生辦了一個「平日學社」（我不清楚是否他主辦），每星期邀請名人講學。我參與了學社的活動，可是一點也記不起誰講了什麼學。惟有章太炎先生談掌故一事，至今記憶猶新。

王佩諍先生事先吩咐我說：「季康，你做記錄啊。」我以為做記錄就是做筆記。聽大學者講學，當然要做筆記。我一口答應。

我大姐也要去聽講，我得和她同去。會場是蘇州青年會大禮堂。大姐換了衣裳又換鞋，磨磨蹭蹭，我只好耐心等待，結果遲到了。會場已座無虛席。沿牆和座間添置的板凳上挨挨擠擠坐滿了人。我看見一處人頭稍稀，正待擠去，忽有辦事人員招呼我，叫我上台，我的座位在台上。

章太炎先生正站在台上談他的掌故。他的左側有三個座兒，三人做記錄；右側兩個座兒，一位女士占了靠裡的座位。靠台邊的記錄席空著等我。那個禮堂的講台是個大舞台，又高又大，適於演戲。

我沒想到做記錄要上台，有點膽怯，尤其是遲到了不好意思。我撇下大姐，上台去坐在記錄席上。章太炎先生詫異地看了我一眼，又繼續講他的掌故。我看到自己的小桌子上有硯台，有一疊毛邊紙，一支毛筆。我看見講台左側記錄席上一位是王佩諍先生，一位是我的國文老師馬先生，還有一位是他們兩位老師的老師金松岑先生，各據一只小桌。我旁邊的小桌是金松岑先生的親戚，她是一位教師，是才女又是很美的美人。現在想來叫我做記錄大概是陪伴性質。當時我只覺得她好幸運，有我做屏障。我看到我的老師和太老師都在揮筆疾書，旁邊桌上的美人也在揮筆疾書，心上連珠也似叫苦不迭。我在作文課上起草用鉛筆，然後用毛筆抄在作文簿上。我用毛筆寫字出奇地拙劣，老師說我拿毛筆像拿掃帚。即使我執筆能合規範，也決不能像他們那樣揮灑自如地寫呀。我磨了點兒墨，拿起筆，蘸上墨，且試試看。

章太炎先生談掌故，不知是什麼時候的，也不知是何人何事。且別說他那一口杭州官話我聽不懂，即使他說的是我家鄉話，我也一句不懂。掌故豈是人人能懂的！國文課上老師講課文上的典故，我若能好好聽，就夠我學習的了。上課不好好聽講，倒趕來聽章太炎先生談掌故！真是典型的名人崇拜，也該說是無識學子的勢利眼吧。

我那幾位老師和太老師的座位都偏後，惟獨我的座位在講台前邊，最突出。眾目睽睽之下，我的一舉一動都無法掩藏。我拿起筆又放下。聽不懂，怎麼記？坐在記錄席上不會記，怎麼辦？假裝著亂寫吧，交卷時怎麼交代？況且亂寫寫也得寫得很快，才像。冒充張天師畫符吧，我又從沒畫過符。連連的畫圈圈、豎槓槓，難免給台下人識破。罷了，還是老老實實吧。我放下筆，乾脆不記，且悉心聽講。

我專心一意地聽，還是一句不懂。說的是什麼人什麼事呢？完全不知道。我只好光著眼睛看章太炎先生談——使勁地看，恨不得一眼把他講的話都看在眼哩，這樣把他的掌故記住。我挨章太炎先生最近。看，倒是看得仔細，也許可以說，全場惟我看得最清楚。

他個子小小的，穿一件半舊的藕色綢長衫，狹長臉兒。臉色蒼白，戴一副老式眼鏡，左鼻孔塞著些東西。他轉過臉來看我時，我看見他鼻子裡塞的是個小小的紙卷兒。我曾聽說他有「腦漏」的病。塞紙卷是因為「腦漏」吧？腦子能漏嗎？不可能吧？也許是流鼻血。也許他流的是膿？也許只是鼻涕？……據說一個人的全神注視會使對方發癢，大概我的全神注視使他臉上癢癢了。他一面講，一面頻頻轉臉看我。我當時十五六歲，少女打扮，梳一條又粗又短的辮子，穿一件淺湖色紗衫，白夏布長褲，白鞋白襪。這麼一個十足的中學生，高高地坐在記錄席上，呆呆地一字不記，確是個怪東西。

可是我只能那麼傻坐著，假裝聽講。我只敢看章太炎先生，不敢向台下看。台下的人當然能看見我，想必正在看我。我如坐針氈，卻只能安詳地坐著不動。一小時足有十小時長。好不容易掌故談完，辦事人員來收了我的白卷，叫我別走，還有個招待會呢。反正大姐已經走了，我且等一等吧。我雜在人群裡，看見主要的陪客是張仲仁、李印泉二老，李老穿的是寶藍色亮紗長衫，還罩著一件黑紗馬褂。我不知道自己算是主人還是客人，趁主人們忙著斟茶待客，我「夾著尾巴逃跑了」。

第二天蘇州報上登載一則新聞，說章太炎先生談掌故，有個女孩子上台記錄，卻一字沒記。

我出的洋相上了報，同學都知道了。開學後，國文班上大家把我出醜的事當笑談。馬先生點著我說：「楊季康，你真笨！你不能裝樣兒寫寫嗎？」我只好服笨。裝樣兒寫寫我又沒演習過，敢在台上嘗試嗎！好在報上只說我一字未記，沒說我一句也聽不懂。我原是去聽講的，沒想到我確是高高地坐在講台上，看章太炎先生談掌故。

一九九三年十一月十日於病中

臨水人家

我在蘇州上大學的時候，因學校近在城牆邊，課餘常上城牆去繞全城走一圈，觀賞城內城外的景色。離葑門城樓不遠，有一處河，河水清湛，岸上幾棵古老的垂楊柳樹，長條蘸拂水面。水邊有一塊石凳，從這裡沿著土階土坡，有個小門，有堵粉牆。我從城牆高處，可望見牆內整齊的青竹籬笆和一座建築猶新的瓦房。我每過這裡，總駐足遙望，讚賞「好個臨水人家！」沒想到我竟有緣走進這個人家，而且見識到自己嚮往之處，原來是唐僧取經路上的一個小西天。

當時我正自習法文。我大姐假期裡教了我基本讀音，開學後她有工作，叫我自習。我學文法，記生詞，作練習，私心希望有老師指點指點。那時候蘇雪林先生在我們大學教課。她和我大姐是好友，知道我有意求師，就給我介紹一位比利時夫人。據我大姐說，這比利時女人嫁了一個留學比利時的中國學生。這人回國當了一個玻璃廠的廠長。他大哥是一位將軍，二哥是旅社的老板；三兄弟同居一宅。洋夫人不習慣大家庭生活，另立小家庭；平居寂寞，很願意和女大學生來往。經蘇雪林先生約定日子，我就按地址找到她家去相見。

我一人膽怯，攛掇了同房的朋友同去學法文。我們從學校側門出去，沒幾步就走離城市的街道，走入鄉間的泥土小徑。我們以為迷失了道路，可是經村人指點，很順利地找到了大門——不是大門，只是個小小的籬笆門。入門有兩隻大白鵝揚著脖子迎來，一面叫，一面揮著腦袋啄人。原來大白鵝可充看門狗！我走入院子，一看，呀！這不是我神往已久的臨水人家嗎！

主婦聽到鵝叫就迎出來。她年輕時大概漂亮，可是蒼白憔悴。我當時自己年輕，在我眼裡，她就像三四十歲的中年婦女了；身材太瘦些，卻還挺秀。她穿一件褪色過時的花綢子洋服，腳上是一雙中國土式布鞋。我們在院子裡互相介紹了自己。

那裡並不栽竹種花。籬內圍著幾畦不知什麼菜。籬下種的想是瓜豆之類，青藤細葉還沒爬上半籬笆高。我們進入堂屋，裡面是泥土地，沒有壓平。堂屋裡有一只舊方桌，幾條白木板凳，幾只舊椅子凳子，凳子也當茶几用。我們送上禮物，主婦攏出茶點——粗茶、粗點心，我當時只覺得別具風味。

洋夫人不會說中國話，也不通英語。我帶去的教科書是英文法文對照的，她不能用。

我們又不會說法語。她大概也從沒教過學生。我們的上課很滑稽。她指點著一件件東西說出法文名詞，如「椅子」、「茶杯」、「茶壺」等。她說的「茶杯」實際上是小飯碗。她說的「茶壺」和法語的「茶壺」口音不同。我們只會說「謝謝」。

她有個剛會走路的女兒，很像媽媽，臉色也蒼白，眼睛也藍色，只是更淡些。她乖得叫人不覺得屋裡有個她。我只記得這位洋夫人當著客人，端起女兒，在泥土地上把了一泡尿。我還從未見過這麼老土的洋夫人。

一會兒她丈夫回家了。他非常和氣，滿臉堆笑——不是「堆」，他的笑深深嵌在皺紋裡。他滿面皺紋，不知是怎麼使勁地笑，才會笑出這麼深的褶子來。我覺得這位皺面先生該有四五十歲那麼老了。他很熱情地請我們參觀他的玻璃廠，我們也很客氣地接受了邀請。

我們每星期到洋夫人家去一兩次，照例是下午；第三或第四次去，只上了半堂課，那位玻璃廠長就來迎我們到他的廠裡去參觀。洋夫人說，她一會兒要去送飯，讓我們跟著廠長同去。我們一起步行了好一段路，過了一座橋，走進一堆亂七八糟的小房子；其中一間破陋的大屋，泥土地，三面有牆，上面有頂，就是玻璃廠。一個角落裡堆著些破玻璃瓶、破玻璃杯、破玻璃片。廠長說，沒有原料，只能用破碎的玻璃再生產。沿著左右二牆各有個爐子：一個閒著，一個燒得正旺，熬著一鍋玻璃漿。據說這爐子晝夜不熄，工人得輪班看守。我記不清工人有三個或四個。他們像小孩子吹肥皂泡那樣吹起一個大玻璃泡，我們看著那泡泡越吹越長，帶著火紅色。據廠長解釋，這長圓形的泡泡定型後截去兩端，就成為底部相連的兩個洋燈罩。他立即指點我們看那底部相連的一雙雙燈罩，晾在泥土平地上，已經冷卻。據說鄉僻的村子裡還都用洋燈，而出產洋燈的只此一家，銷路很好。我們很想看看火紅的玻璃泡如何定型，碎玻璃怎會熬成漿，脆薄的連體雙燈罩又如何分割等等。也許這都是秘方，也許是偶爾不巧，我們未有機會看到。因為廠長夫人正佝著腰，拓開雙臂，抱著個有小圓桌面大小的籠屜進來了。有人幫她把籠屜抬上屋內僅有的一只方桌。屜內是一個個匀匀的大饅頭。洋夫人轉身又提上一洋鐵桶的粉絲湯。我和我的朋友連忙告辭。

我們在回校的路上，直猜測：這餐晚飯，廠長是和工人同吃？還是回家和夫人同吃？這一籠屜大饅頭，是就近買現成的？還是自己發麵做的？饅頭和粉絲湯，是由水路運來？還是由陸路運來？搬運的也許只是一桶粉絲湯？反正這位廠長夫人是夠辛苦、夠勞累的。我們曾參觀過些工廠，如蘇州的火柴廠、磚瓦廠，卻從未見過這麼簡陋的工廠。玻璃廠如此簡陋，那麼，廠長的大哥是怎麼樣的將軍，二哥是怎麼樣的旅社老板，好像也可想而知。

我的朋友不想再跟洋夫人學法文。她說：「下回你自己去吧，我不陪你了。」

以後我就抱了一本字典去上課。我能胡亂造幾句不合文法的句子。洋夫人對我說話，一個字一個字說。我不懂就查字典，這個字不合用再另查一個。我們一面反反覆覆地講，一面查字典，還手腳並用地比劃，表達語言所不達的意思，居然也能通話。例如我說：「你這兒很美。」她就有一肚子話要告訴我。她說：「我不愛大家庭，」「大家庭不好，奢侈，懶惰，不工作，一天到晚打麻將。」她說，她丈夫有個離了婚的夫人也住在大家庭裡。她講自己生了孩子，頓頓只吃粉絲湯（她家牆上就掛著兩卷乾粉絲，指一指我就明白）。不知虐待她的是哥哥嫂子，還是那位原配夫人，我沒好意思盯著問；也記不起以上的話是一次或多次講明的。

我曾注意到她左手無名指上的結婚戒指製作粗劣，金色不正。後來我看見上面有清清楚楚的「大聯珠」三字。我知道「大聯珠」香煙，這戒指是香煙牌子抽簽中彩的頭等或二等獎品吧？不是配著指頭大小打造的，拉長了是一條，兩端稍薄稍窄，可以隨手指的大小合成一圈。洋夫人是戴著玩兒嗎？不！她很鄭重地老戴著。她耳上戴一副洋金鑲寶的小耳環，右手戴一枚洋金鑲寶的戒指，並不珍貴，卻都製作精巧。她不是沒見過金飾的。不知那位皺面先生怎樣向洋夫人解釋「大聯珠」那三個字。

一次她說要給我看一件東西。她到臥房去取，我跟到臥房門口等待。臥房在堂屋東旁，門開在牆壁北頭，北牆上有個朝北的小窗，投入陽光。我抬頭看到門旁牆上掛著一副帶鏡框的大照片，照片的背景是一座洋房的側面，正中是一大片草坪，前排椅上坐著幾位年長的洋人，都很神氣，後面站著許多年輕漂亮的男女青年。有個面頰豐潤、眼波欲動的美麗姑娘，看來很像洋夫人。我等她出來了問她。她點頭，一面指點說：這是她爸爸，這是媽媽，她指的就是她自己，其他是弟兄姊妹嫂子等；這一幅「合家歡」是她離家前照的。

據說，她父親是玻璃廠廠長；她丈夫在比利時留學的時候，在她父親的廠裡實習。

照片上的洋夫人還是個很可愛的美麗姑娘。那時候，皺面先生大概面皮也還沒皺吧？——至少沒那麼皺。他相貌原也不錯。是廠長小姐看中了這位留學生？還是留學生迷上了洋姑娘？反正他們倆准是雙雙墜入情網，甜蜜得像蜜裡的蒼蠅，於是有情人終成眷屬。女方父母是否同意這頭婚事呢？合家歡的照片上沒有皺面先生。洋夫人顯然沒帶走任何嫁妝。不知這位留學生用什麼儀式和姑娘行了婚禮。這位洋夫人是很虔誠的基督徒，也是很拘謹的女人，決不肯未行婚禮而跟人逃走，「在罪孽中生活」。而且她得嫁給同樣信仰的人。皺面先生是天主教徒，或許就因為要取她而進教的吧？天主教不准結婚，可是離過婚的人想必也准進教。

她給我看的是一小方舊報紙——只兩節手指那麼大小的一個扁方塊兒，上面是芝麻點兒似的細字，聲明某某（皺面先生的大名）已與某某離婚。不知那是什麼報紙，上面也沒有年、月、日，顯然是報紙末尾最沒人注意的「尋人」或「招覓失物」欄目裡的。

洋夫人想是要問，這小小一片報紙，是否是合法的證件。我不記得她怎麼問，我怎麼答。反正，我既然一看報紙就了解她的用意；那麼，她看到我無心中流露的表情，當然也不用再等我回答。她必定在仔細觀察。我不用自幸不會說法語。

我自從看清了那枚結婚戒指，看到了那幅合家歡的照片，看到了那一小方報紙上離婚啟事，覺得自己也參與了什麼欺騙似的，心上不安，不願再到洋夫人家去，我送了些禮物，撒謊說功課忙，就沒再見她。

又過了不多久，大姐姐告訴我說，那比利時女人回國了。據說，皺面先生當著洋夫人對他們信奉的天主發誓：他如果欺騙她，天主降罰，讓他們的女兒死掉。那個女兒果真死了。洋夫人不料這傢伙竟敢褻瀆神明，而且忍心把愛女作犧牲。她立即通知教會，請聯繫比利時駐中國領事館。她就由領事館送回家鄉。

我設想她父母看到花朵似的女兒，變成了一片乾葉子，孤單單一人回家，不知該多麼心痛。我又設想，皺面先生準是經常的四面賠笑，才笑成滿臉褶子。他大概得經常向贍養他原配夫人的哥嫂們賠笑，向自己的原配夫人賠笑，更得向洋夫人賠笑——使勁兒的賠笑又賠笑，可還是不行。他要洋夫人放心，只好橫橫心，發了那個誓。誰知道他那個蒼白的乖女兒竟應聲而死。他想必又賠著笑，和老妻重圓了——反正他們兩口子壓根兒沒有離婚。那臨水人家……到現在，不知還留下些什麼痕跡。

我閉上眼睛，還能看見河岸上那幾棵古老的垂楊、柳條掩映著那個臨水人家——好一幅誘人神往的美景！

一九九四年四月一日

於病中

方五妹和她的「我老頭子」

方阿姨是「鐘點工」（按鐘點計工資的傭工），高高個子，很麻利，力氣特大。她舉重若輕，幹活兒勤勤謹謹，不言不語。十多年前她初到我家，已經五十歲出頭，可是看來只像四十。介紹人曾警告我：「你就是別跟方五妹說話，一說話就完了。」

我看她笑容醇厚，有一天忍不住和她說話了。她立即忘了幹活，和我說個沒完。

她是江蘇一個小山村裡的農民，多年在上海和北京幫傭。大躍進後，她丈夫餓死。「文革」中，她又嫁個北京老頭子。她說話南腔北調。改不掉的鄉音，如「蛋」說成「大」，「飯碗」說成「法瓦」，加上她自己變化出來的北京話，如「絨布」叫「濃布」，「肉絲」叫「洛死」，往往沒人能懂。她常用來洩憤的話是「小（休握切）丫個」。問她是否罵人的髒話，她說不是，反正她自己也不明白。她三句不離口的是南腔北調的「我老頭子」。

我曾說：「五妹啊，你哥哥是烈士，你妹妹是勞模，你要是在農村，準也是勞模。」

「勞模值個啥？不就是一塊毛巾、兩塊肥皂！」她神情是不屑，胸中卻猶有餘憤，「我挑塘泥上坡下坡，小夥子都趕不上我。他們說：『我們舉方五妹做勞模。』那幾個小丫個背後說：『我們舉插秧能手×××。』插秧，她插得過我？她們晚上一家家去說：不舉我，舉她。小丫個！也不過一塊毛巾、兩塊肥皂，就這麼鬼頭鬼腦，半夜三更的一家家說去！」

據她說，她腆著個大肚子，插了不少不少秧。孩子下地恰好分田，孩子就取名阿田。可是她插了大量的秧，連工分都不給。一怒之下，她跑到上海當奶媽去了。

東家是個精明的寧波人。她又當奶媽又燒飯，又洗衣服又收拾房間，日夜沒得休息。半夜奶完孩子還得納鞋底。她光吃白米飯，奶水又多又好，孩子長得白白胖胖，長大了，那家就辭她了。

她回家一趟，又生個孩子，又出去當奶媽。孩子寄養鄉間，糟蹋死一個。她總共養大兩個兒子一個女兒。

她在上海偶被一位解放軍軍官夫人看中，帶到北京，上了戶口，先後在幾個軍官家工作。「文化大革命」，東家「鬥私批修」，趕她回鄉。她不得已，只好再嫁人。她常說：「我要是早到了你們家，我也不嫁老頭子了喂。」

她管我叫「阿娘」。我聽不懂，問鍾書和圓圓。她們忍笑說：「大約是阿娘。」我問她本人。她說：「錢先生和大姐不都叫你阿娘嗎？」我就成了她的「阿娘」。

她說，還記得她弟弟是三十四塊錢賣掉的。當時她九歲，已經許了人家，不好賣她了。她媽媽把三十四塊錢買幾尺花布，給她做一身新衣，送到婆家當童養媳婦。

她嘆氣說：「沒辦法喂。」這也是她的常用辭，聽起來好像口頭語，細味之下，或者過來人聽到，會了解那是一句富有哲理的話。

她不肯為我家買菜，因為不會算帳，賠錢賠夠了。我說，不用賠，也不用算帳。我把錢放在錢包裡，花完給添上，很省事。

她買了菜，硬是要幾分幾角的向我報帳。我「嗯、嗯」地答應，沒聽。第二天，她跑來氣憤憤地責問：

「我昨夜和我老頭子算了一夜的帳。阿娘，你不老實。我不會算帳，你是會算的喂！」

原來我少要了她一分錢。我不知怎樣為自己辯解。恰好她裝錢的錢包就在手邊，順手一抖，倒出一分硬幣。

「我說，這不是？」

她看見錢有下落，就滿意了，並不想想那一分錢也可能是我故意栽贓的。她漸漸習慣於我的不算帳，可是記起自己算錯了帳，還是不顧一切要追究。有一次回家，剛放下菜籃子，著急說，錯了幾角幾分。我說：「算了，便宜了賣菜人吧。」她早像一匹鬥牛似的直衝出去，我不給她撞倒就算便宜，哪還攔擋得住。過一會兒她健步如飛地跑上樓，錢追回來了。我不便提醒她，她的時間比那幾角幾分貴。

她買東西常常付了錢忘拿東西。有時追不回來，氣得大罵「小丫個」，還得我們去安慰她。她對某店的女售貨員意見特大，她們說不懂什麼叫「雞大」。五妹向我講述並形容：「我說：『我們叫雞谷谷，谷谷谷嘎，（她一手放在身後作雞下蛋式）這個你們叫什麼？』她們齜著個牙說：『雞（讀如zi）大』（她刻意要模仿的『蛋』字仍讀成『大』）。」她們準是戲弄她。

五妹來我家就提出要求，她得早早回家，家裡有個老頭子等著她呢。那老頭子是退休的理髮工。理髮店後來改成飯店，還叫老頭子看夜，讓他包一餐午飯。他每天等五妹回家給他做晚飯，吃了上晚班。五妹常說：「今天答應給我老頭子包餃子（或餛飩，或做薄餅等等）。」

五妹，在我家工作的時間漸漸加多，也為我們包餃子，包餛飩，做薄餅，做得很細巧。她為我包的餛飩最小最少，為錢先生包的略大略多，為大姐包的更大更多。餛飩不分大小，一齊下鍋。煮熟了，我的都不知去向了，先生的一塌糊塗，大姐的也黏黏糊糊。這地道是五妹幹的事。她可是「搶手貨」，誰家都要她，誰家都不肯放走。看來家家都明白，五妹是不易多得的人。

有一天，她好像存心要問我什麼事。她說：

「阿娘，你說我老頭子神經不神經？我那年給阿田也蓋了房子娶了親，我回鄉去看我媽媽，住了兩三四個月。我老頭子唷，急死了，說我跑了，另嫁了一個老頭子了。他也不想想我女兒就嫁在北京，我跑哪裡去？我回家，胡同裡正好碰見他。我在這邊走，他從那邊來。他一見我，嚇得唷，你沒看他那樣子，就好比看見活鬼出現了。」

他們兩個一同回家後，老頭子的臉色還像死人一樣灰白灰白。

她隨後吐出她梗在心上的話：老頭子把她的箱子撬了，箱子裡有她的銀行存單。

「存單還你了嗎？」

「他替我收著呢。」

「存單上都換上他的名字了？」

「阿娘，你怎麼知道的？——我老頭子說的，我的名字，他的名字，都一樣。」

「那麼，用你的名字不也一樣嗎？」

她忙解釋：「我老頭子最老實。我選中他就為他老實。當初有個轉業的解放軍要我。他是有錢的，家裡有個躺在炕上的老爸爸。我嫁了他，只好伺候病人、伺候他了喂。我是要出去工作，掙錢養活我那幾個孩子的。我找個最窮的，先和他講好，我得在外邊工作，等孩子都成了家，我才和他一起過。我老頭子最老實，他都答應。」

「可是他把你的箱子撬了，存單偷了。」

五妹生氣說：「阿娘，你怎麼倒來挑撥呀？別人呢，說說好話，和攏和攏。」

我不客氣說：「你老頭子還不是偷了你的錢？看見你回來，就嚇得見了活鬼似的。」

「天氣冷了，他要找衣服穿啊。」

「他衣服藏你箱子裡，你不給他留把鑰匙？」

「他的衣服怎會在我箱子裡呢！我的箱子裡沒他的東西。」說完忙轉換立場，「我老頭子是頂老實的。他問我有幾張存單，我哪裡知道！我就瞎說一個數。我說七張。咦！他兩手背著，當著我的面，拿出來正好七張！」

「那就是假的。」

「怎麼能假呢？他背著手拿著存單，站在我面前呢。我一說，他立刻拿出來了，不多不少，恰好就是七張。」

五妹想起當時情景，忍不住還笑。她說：「我老頭子真壞，他還考我，總共多少錢。我哪裡知道！」

我嘆氣說：「五妹啊，你真是個糊塗『大』。」不過我想她其實並不糊塗。她心上老有那麼個疙瘩，要我給她解開，或為她排除。我問她：「你的錢都交給老頭子嗎？」

「他從來不問我要，他只說：『藏在你的圍兜裡吧。』——這是他逗我的，他從來不掏我的圍兜。」

五妹知道自己愛掉東西，錢都交給她老頭子保管。她有個千層圍單，底子是我家的藍布圍裙，她添上一層又一層，面上一層是黑色的，裡面每層布上都有一個口袋。我記得有一層是人家寄茶葉的白布，上面還有沒洗掉的地址和「錢鍾書先生收」。我笑說：「五妹，你把自己丟了，會有人揀到了送我這兒來。」

有一次，她到了我家又像鬥牛似的衝出去，比往常衝得更猛。我只聽得她說：「圍兜掉車上了。」

我想：「車早開走了，哪裡去找啊。」

不一會兒，她笑吟吟地回來，手裡拿著她的千層圍兜。原來她那圍兜給人扔出車外，擱在停車的路邊。誰要這亂七八糟的一堆破布呢！她及時撿回來，摸一摸，再掏出錢來數數，數字還不小呢。

她愛掉東西，可也常會揀到東西。有一次，她對我嘆氣說：「我把你家的東西都洗曬了，我自己家的東西髒得要死，哪有工夫啊。」我特地放她半天假——就是白給工資不用她工作，讓她回家收拾家裡的衣物。第二天我問她洗曬沒有。她說：「咳！我老晚老晚才回家。」原來她在公共汽車裡揀得一隻手表，她認為很貴重的表，料想丟表的人一定很著急，就站在車站上死等。

我說：「你交給車上就行。掉了表的人自己還沒知道呢，你哪裡找去？」

她說：「我硬是等（『硬是』也是她南腔北調的常用辭兒，表示她的牛勁），真等著了！那人好高興啊！直謝我，還要給我錢。路上人都說，這個老太太該表揚。」

她對「表揚」就和對待「勞模」一樣不屑。「表揚！我拾到了更值錢的東西都沒要表揚。」她說，有一天晚上（她當時在某軍官家帶孩子），抱著孩子看電影。散場發現孩子丟了一隻鞋。她滿地找，沒找到小鞋，卻揀到了一只飽滿的大錢包。包裡有布票、糧票、很多人民幣，還有外匯，還有存單。後來失主要謝她，她說：「要人謝幹嘛？這又有什麼可表揚的！」

我私下和鍾書下結論：一個人的道德品質，和智力不成正比。五妹識字、學加法都不笨，只是思維邏輯太別緻，也該是智力問題吧？

五妹很得意地告訴我：「我老頭子攢錢呢。」

那老頭子每月的退休金那時候不足一百。可是他在自己名下，每月存一百元。五妹的工資比他多二三倍，日用開銷全由五妹負擔。她自己非常省儉，連一根冰棍兒都捨不得買，可是供養她老頭子卻不惜費用。她說：「我老頭子變『修』了喂，早點非要華夫餅乾……阿娘，像你這麼一匣，他一頓就光了；大把的香蕉，兩頓三頓就吃完；不喝白水，喝飲料，喝啤酒。」五妹常為他大塊大塊的煮肉。她詫異說：「北方人吃東西只會大口吞。好大一塊肉，也不咬，也不嚼，一口就吞了。一個包子只一口，分兩口也來不及。」五妹只看他吃，雖然她說「我也吃」，顯然只看不吃，至多是象徵性的陪吃。

五妹聽了我的話，向老頭子提出要求，存款也該用用她的名字。老頭子居然答應。有一張到期的千元存單，戶主改為方五妹，五妹很滿意。可是剛存上就給老頭子的女兒小青借去了。五妹常說小青心眼最多。她這個月還二百，過幾個月還一百，又還一百，就不還了。

五妹嘆氣說：「沒辦法喂，小青說的，『從前一千元值多少？現在一千元值多少？』」

她說到這裡，只好把隱情和盤托出。當初她給小兒子阿田寄錢，說造房子的一千元是老頭子給的。阿田成親後生了孩子，過了兩年，忽然想到寫封信感謝老頭子。「我老頭子得意死溜！把信給兒子看，給女兒看。」

老頭子的兒子「上山下鄉」，娶了外地人，仍在外地，但經常出差回北京。小青在個什麼店裡當「經理」。老頭子常得意說：「總算我們史家出了一個史青！」她丈夫是個工人，業餘站在路邊向來往行人推銷假手表，很賺錢。他們兄妹看了阿田的感謝信，大鬧，說：「爸爸倒有錢給人家造房子。」

我說：「你該把事情說清楚呀。」

五妹覺得事情太分明了，還用說嗎！「我嫁老頭子的時候，他窮得唷，只有一塊鋪床，小青和他同睡那塊鋪床，只有一條破被。結婚問人家借了一床被。家裡什麼都沒有，只有他單位的『福利金』借條，好大一疊，有三寸來厚。他前頭的那一個（指前妻）成天躺在床上生病，新蒜苗上市就買來吃，以後二十多天只好借錢吃窩頭。他哪來錢！我存的那些錢，我女兒的財禮銀子都在裡面呢。」

我慨嘆說：「你老頭子真是死要面子不要臉。他的兒子、女兒，還是糊塗，還是胡賴呀？」

「誰知道他們！」

「那你得當著老頭子的面，把事情說清楚。」

五妹說：「說了，他要氣的喂。氣出病來怎麼辦？他拿了阿田的信，好得意啊！你沒看見他那得意哦！」

我把事情告訴鍾書和阿圓。他們都很氣憤。五妹詫怪說：「你們生什麼氣！我都不氣！我從來不生氣。說給你們聽是出出氣喂！掃掃我老頭子的面子喂！」

可是她感激老頭子多年讓她在外面工作賺錢，總說她老頭子又正派，又老實。也許，絕大多數的人都像她老頭子那樣，覺得自己又正派，又老實。五妹經常聽到的，當然就是她老頭子的自我表白。所以五妹覺得他不但正派、老實，一切美德，應有盡有。如果我說起某人整潔，她就說：「我老頭子就是這樣。我老頭子可不像錢先生這樣隨便。他領子裡總襯著雪白的假領，兩肩還墊著墊肩，吃得又白又胖。」

「他知道是誰喂得他又白又胖嗎？」

「他常說的，前生燒了柱子般粗的香。」

五妹特地帶了她老頭子的照片給我看。我看到一個迷迷糊糊的臉，想到「又白又胖」，趕緊把照片還她，手指好像碰了肥蛆似的。我等阿圓回家，講給她聽。她笑說：「媽媽還不明白，老頭子是五妹的『白馬王子』呀！」

我平心想想，老頭子憑什麼不配充當「白馬王子」呢？他撬了箱子，拿了存單，忽見五妹回家，嚇得面無人色，足見他還有天良。有的人竟是面不紅、心不跳的呢！五妹不計較，把錢交他保管，那些存單不是他們夫妻共有的嗎？何況他以後每月都存錢。他大半輩子借債過日子，一旦有人來信感謝他給了大筆的錢，他還不得意忘形！他窮餓了大半輩子，吃到大塊大塊的紅燒肉，怎麼能不大口吞？他嘗到生平沒嘗過的美味，自幸取得好老婆，說是「前生燒了柱子般粗的香」，可見他也還知道感激。他天天等五妹回家，還要「逗」她，還要「壞」，不是很多情嗎？「白馬王子」早該從宮殿裡、英雄美人的隊伍裡走入尋常百姓家了。

老頭子有職業病，靜脈曲張，爛腿。他出門坐輪椅，由五妹推往浴室去扦腳。五妹說：「我一身大汗，站在外面風地裡，吹了風直咳嗽，他倒坐在裡面頂舒服，半天也不出來。我現在自己給他扦，也省了錢。」可是五妹常帶些抱歉告訴我，她又給老頭子扦破了皮。她有時包爛腿包太緊，「我老頭子唷，痛了一天。」

我說：「他又沒爛掉手，不會自己解開嗎？」

「他彎個腰都不會，只對我伸出一隻腳。」

我不愛聽，不理。

一次她請假要送老頭子上醫院看病。五妹最不信醫院。用她的話：「這個窗口排隊，那個窗口排隊，上樓，下樓，轉了半天，見到大夫，說一句半句不知什麼，開些貴藥，又一次次排隊，交錢，小丫個！藥又不靈！」她有病痛，只找「大姐」或「阿娘」做赤腳醫生，我們總買些常用藥備用。但這次老頭子牙痛，不能間接請我們醫治。據五妹說，她家門口來了個鑲牙的，搖晃著一口雪白的假牙。她看到那口假牙又白又整齊，就叫他給老頭子鑲牙。那人在老頭子牙上抹了些不知什麼東西，就要多少多少錢。老頭子生氣，要把那人扭送居委會。五妹怕氣壞了老頭子，忙塞些錢給那鑲牙的，叫他趕緊逃跑。老頭子當晚就牙痛，「痛死了唷！得上醫院。」

到了醫院——當然是老頭子坐著，她一次次排隊，上樓、下樓，然後扶老頭子看大夫。大夫說，他牙上糊著水泥呢，沒法治，得去了水泥才能治。老頭子牙上的水泥經過不知多久的摩擦才除掉，除掉了也不需找大夫了。

有一天，五妹跑來，臉又紫又腫，像個歪茄子。她說是氣得牙痛了。我和阿圓做她的赤腳醫生，細細明白原因。據說，老頭子山上下鄉的兒子，要送一個女兒回北京上學；學費、生活費等等，都要老頭子負擔。五妹又從這個十四五歲的小姑娘嘴裡得知，老頭子經常給兒子寄錢。那邊家裡大立櫃、冰箱、彩電等大件，一應俱全。老頭子這邊呢，冰箱、彩電等都是五妹的女兒給買的。五妹氣得和老頭子吵架了。「我老頭子說：『人人都有私心喂！』」

老頭子的私心是護自己的兒女，五妹的私心只是護著老頭子。五妹覺得太不公道了，賭氣說：「小丫個！不幹了！」

我和鍾書和阿圓都很同情，異口同聲，贊成她的「不幹」。

五妹使勁說：「我明天不來了！」

我們三個目瞪口呆，面面相覷。沒想到五妹對老頭子的那口怨氣，全發洩在我們身上。我記起她從前對我講過的話：「我這個人最沒有良心。我在那寧波人家奶大的孩子又白又胖又大；回到家鄉，一看到我那阿田，又黑又瘦又小，氣得我，把阿田死打一頓，狠狠地打；他越哭，我越打。」

如今她不願為老頭子掙錢，就一下子撇下我們不管了。她說不來，就是不來了。

我對鍾書嘆氣說：「看來一個人太笨了，不能是好人。」

鍾書問：「為什麼？」

「是非好歹都分辨不清，能是好人嗎？」

「誰又分辨得清？」

我得承認，笨不笨，我和五妹之間也不過五十步和一百步的差距。做事彆扭，也不等於為非作歹。我自己對這點兒「是非好歹」就不大清楚，卻向五妹「橫掃」！

我記得那是一九八七年，五妹已在我家幫了三年，我們都懶散慣了。可是我們不靠五妹，也能過日子。我買一架全自動洗衣機，我管洗。圓圓管買菜、做菜。她平時如果在家，喜歡為我們做菜，五妹只是個幫手。我管煮粥、煮飯。上樓、下樓、拿報、拿信，向來是鍾書的事。他的耳朵好比警犬的鼻子，郵遞員遠遠叫一聲他就聽到，腳步又快，我總搶不過他。有時我和鍾書一起上菜市買菜，洗碗是阿圓的事。反正我們齊動手，配合著幹，日子也過得很愉快。沒有五妹，也省掉好些絮煩。

例如五妹看了電視劇，總要向我們細講故事。她看了錢先生的《圍城》，也對錢先生講個沒完，什麼「鮑小姐把蘇小姐的手絹兒扔海裡去了」等等。她看了《唐明皇》就對我講歷史。我說：「行了，五妹，這些事，我知道。」

她說：「你看的是書上的，我看的是真的喂。」她硬是要講。

她家住在城市的旮旯裡，交通非常不便。她雖然識得幾個字，還是文盲。公共車輛改了路線，她硬是要走原路。她出門磨磨蹭蹭，每天遲到。晚上她又怕天黑了路上不安全，老頭子要盼她。我們催她早走。晚飯後，阿圓刷鍋洗碗，鍾書把碗碟搬往廚房，我抹桌子收東西，她卻找了一塊破抹布，千針萬針地縫。她說：「我要走，還不『濃』易，站起來就走了喂。可是你們用了我幹什麼的？你們都忙，我倒走了！」又說：「早出去，不也是等車嗎？」我們說好說歹說通了她，臨走，總還要問：「手表帶了嗎？月票拿了嗎？東西拿全了嗎？」她一前一後背著兩只口袋，手裡又提個口袋，走了。可是我們剛鎖上門，她又回來了，忘了什麼東西。天天如此。早上來，總說：「我老頭子急死了，接我沒接到，走岔了路。」

她的犟勁兒也夠大的。她拖地不計兩次、三次，卻不愛掃地。我掃出了垃圾，她覺得是雞蛋裡挑出來的刺。原因是她看電視看得眼前一片黃，只覺得地上很乾淨。我自己掃，她還不高興。鍾書叫我千萬別和她生氣，那是雞蛋撞岩石。我只好把五妹當作我的「教練」。

過了大約半年，五妹又回來了。她問：「你們找人了嗎？還沒找？我回來了，要我嗎？」

她說回老家去了一趟。也許是真的。我們覺得家務事很繁瑣，五妹回來正好。看來五妹對老頭子仍是「不幹」精神，不積極為他掙錢，她只做我們一家了。不知哪天，她把鑲嵌著她媽媽照片的鏡框子也掛在我家廚房裡了。

鍾書悄悄對我說：「她把『家堂神』也挪這兒來了。」

我叫五妹把蒙在照片上的透明紙揭開，看了她媽媽的照片——一個很瘦小的老人。五妹對我說：「我真羨慕大姐，天天和媽媽在一起。我白天人在這裡，晚上就在我媽媽那邊，天天晚上做夢和媽媽在一起——我媽媽真可憐，哥哥死了，她哭啊哭啊，哭瞎了眼睛。一個人住在豬圈旁邊的小屋裡，吃些豬食；一雙小腳，天天還上山砍柴。」

「她是烈士的媽媽呀！」我說。

「沒用，都在侄孫媳婦手裡。」鄉間女人少，那侄孫媳婦有點兒不稱心就會跑走。五妹嘆氣說：「沒辦法喂。」我想：確也沒辦法，女兒不能住在一起，寫信寄錢都沒用。後來她媽媽凍餓而死，死後幾天才被人發現。

五妹過不了幾年又和老頭子生大氣。這回的矛盾更大了。老頭子的兒子、兒媳婦，連同一個孫子，由小青拉關係，全家戶口都遷進北京，兒子、兒媳婦的工作都安排好了。小青早就問過老頭子要錢送禮。「禮物要『見金』。」不知她什麼神通，外地那夥人立刻就要來北京和老頭子同住了。

老頭子為了會見兒媳，忙著要做一件呢大衣風光風光。他說，別人都穿呢大衣，他一輩子沒穿過，枉做了一世人。他和女兒忙忙碌碌，歡歡喜喜，準備祖孫三代大團圓。五妹發現，大團圓裡她不僅是多餘的人，還是個障礙物。

她家只有兩間屋。她和老頭子至多只能騰出一間。小青把五妹攢積的「財寶」當垃圾扔。「他們」認為有用的，如白糖、肥皂、油等等都留作「他們」的。

終於「他們」都到了北京，老頭子穿上呢大衣，祖孫三代大團圓了。可是事情總不能盡如人意。外地的兒媳婦不懂得「北京規矩」，見了公公理都不理，更別說叫「爸爸」。兒子、孫女兒跟著她也不理不叫了。反正兒媳婦看不上這個公公。

老頭子所屬的飯店，嫌他看夜只睡覺，不要他了，也不讓包飯了。五妹嘆氣說：「我老頭子最正派，誰都怕他。他看夜，沒人敢偷東西。大家都嫌他喂！包飯也只為他多要了一兩碗肉，那端菜的小夥子小丫個，碗裡撒把鹽，齁鹹齁鹹，喝多少水也解不了渴，我老頭子也不敢再要了。」

「他們」全家「像住娘家似的」，飯食由老頭子供應，也就是由五妹供應。長期下去怎麼辦？五妹建議分炊。老頭子是一家之主，他說：「父子怎能分炊？我老來還要兒子養活呢！」爭議結果，五妹讓出她的爐、灶、鍋、碗等供「他們」使用。老頭子把他的伙食包給兒媳婦，每月交飯錢。五妹不願多付錢，就沒飯吃，也沒有做飯的地方，一日三餐只好都依賴我家。

老頭子先是擠到兒子屋裡去吃飯，兒媳婦就把肉、香腸、雞蛋等埋在兒女的飯碗底裡，桌上只一碟子菜梆子或黃瓜、蘿蔔絲。以後他們乾脆不讓老頭子進屋，說擠不下，把飯送到他自己屋裡獨吃。早飯是一個饅頭或一角烙餅，午飯是又粗又硬的麵條，包子或餃子或是土豆餡兒。五妹發現，他們自己吃的是肉餡兒。老頭子不敢嫌，只說咬不動，都剩給五妹吃。

反正他的早飯是華夫餅乾，可是大塊大塊的肉就沒有了。據我觀察，五妹有她的原則，她決不利用我家煤火為老頭子燉肉。

我問五妹：「你天天吃他剩的，又掏錢給他買好的？」

五妹悄悄對我說：「現在是他給我錢，我一個錢都不給他了。」老頭子每月給五妹一百元，後來又減些。錢，反正五妹都花在老頭子身上。其餘的退休金全給兒子，老頭子自己花存款的利錢。有一個時期利錢很高，所以老頭子「闊死了」！茶葉要喝幾百一兩的，又吃上了松子；哈拉的便宜，一買二斤，大把大把吃。他說：「不吃白不吃，枉做了一世人。」那幾張存單「你看，我看，你數，我數，都摸爛了」。他們說：「還有八千多。」五妹早就看破，這八千多沒她的份兒了。

五妹開始又自己存錢，存單自己藏著。據說「他們」把沙發墊子都拆開了，哪兒哪兒都翻過幾遍，想找她的錢。

她得意說：「我藏錢的地方，誰都找不著。」

我和阿圓料想她准藏在屋頂或牆裡，警告她說，你家屋子可能給大風颳倒，可能失火。我又說：「藏了錢，總該另有一人知道。」

五妹說：「我老頭子也這麼說——可是我媽媽教我的，藏錢，右手也不能讓左手知道。」她當然不肯藏在我這裡，更不讓我記下帳戶號碼，記下就洩漏天機了。

後來她的存單到期了。恰好她的大兒子來北京探親。五妹已不像從前那樣，什麼事都依順老頭子。她背著老頭子，在女兒家母子團聚，把幾張存單換了現款，交給自己的兒女。阿田吃過她毒打，她給了個上上份兒。

五妹居然沒等存款到期，就把機密告訴我。她說：「存單藏在扁扁的鐵匣裡，壓在屋梁下。誰也搆不到，誰也托不起屋梁。」她把老頭子趕上公廁，站上桌子，就可以拿出她的鐵匣。

五妹的兒女都不缺錢。兩個兒子已經由民工轉為包工頭，女兒也富裕，都願意家裡有個媽媽，甚至願意把老頭子也接去。五妹「硬是」不願意受供養，認為那就是「白吃飯，沒工錢」。她要求自己工作，自己掙錢。她只怕老頭子一旦病倒，她就不能工作。有一次我聽見她在電話裡對她的女兒說：「我不是怕他，我是怕他生病。」

五妹不用再為兒女掙錢，就買許多老頭子愛吃的東西，和老頭子一同享受。可是老頭子看到好吃的東西，就想到「他們」，食不下嚥。等五妹一轉背，就把五妹的東西往「那邊」送。五妹慣愛忘事，每次出了門，總得又回去，回去就發現老頭子把她的東西往兒孫那邊送。五妹氣得說：「小丫個！總背著我送！當著我送不還好些？」

我說：「五妹啊，你最快活的事就是和你的老頭子一同坐在床上，吃吃東西，打打撲克，看看電視。」五妹點頭說：「就是喂。」

我說：「老頭子最快活的事，就是把你的東西，送給兒子、孫子他們吃。」

五妹嘆氣說：「沒辦法喂。」

我說：「你這個自私自利的死老頭子！」說完忙補上一句：「放心，你的老頭子罵不死，越罵越長壽。死老頭子‼」

五妹覺得我又給老頭子添了壽，又為她洩了恨，滿面喜笑，嘴巴都張開了，恨不得把我這串話都吃下去。她訴苦說：「我老頭子還埋怨呢，娶了老婆什麼用，家裡事不管，成天在外邊。他還想要我給『他們』做飯呢！」

據說，一個人最擔心的事，往往最可能實現。五妹只怕她老頭子中風，她老頭子就中風了。總算兒女幫著辦了手續，老頭子住進醫院。他享受公費醫療。

電話裡，我問五妹：「你陪住，睡哪裡？是不是睡病床底下？」因為聽說有的醫院裡確是那樣。

「阿娘，我一輩子也沒現在這麼高級！面對面，兩張床；中間還有個床頭櫃！」

她家的大木床是我給的。老頭子做夜班，兩人輪著睡，靠裡半床堆東西。老頭子不做晚班，他就占了五妹的床。五妹半身睡沙發，半身睡椅子，因為沙發的另半邊也堆滿東西。

「不嫌你睡髒了病床？」

「我老頭子睡的就是髒床。一個病人剛走，他就睡上去了。」

「你睡那床得花錢吧？」

「花！小青說的，錢花得越多，越上算。」

老頭子自從中風癱瘓，就完全屬於五妹一人了。兒子女兒也出出主意，也幫幫忙，他們都是旁人。

五妹憂慮得不錯，老頭子病了就完全由她負擔了，她自己也不能工作了。

老頭子的病到是不重。病人好些，醫院趕他們回家。八千元已經花光，兒媳婦也不管包飯了。五妹只爭得使用爐灶的一半權利。兩人靠老頭子的退休金生活。

我問五妹：「錢夠花嗎？」

「夠！一月三四百呢，夠花的。」

「你給他們做飯了嗎？」

「一頓也沒做！」

我安慰她說：「你不是指望老兩口子做做伴兒，一起過日子嗎？你稱心了，享福了。」

她說：「就算是享福哩喂！沒辦法喂。」

一九九七年五月十九日

錢鍾書離開西南聯大的實情

一九三九年暑假，鍾書由昆明西南聯大回上海探親，打算過完暑假就回校。可是暑假沒過多久，他就接到他父親來信，說自己年老多病，遠客他鄉，思念兒子，又不能回滬。當時他父親的老友廖茂如先生在湖南藍田建立師範學院，要他父親幫忙，他就在藍田師範任職，並安排鍾書到藍田師範當英文系主任，鍾書可陪侍父親，到下一年暑假，父子倆可結伴同回上海。鍾書的母親，弟弟，妹妹，連同叔父，都認為這是天大好事。有鍾書陪侍他父親，他們都可放心；鍾書由他父親的安排，還得了系主任的美差。這不就完善得「四角俱全」了嗎？鍾書不是不想念父親。但是清華破格聘他為教授，他正希望不負母校師長的期望，好好幹下去。他工作才一年，已經接了下一年的聘書，怎能「跳槽」到藍田去當系主任呢？他又不想當什麼系主任。即使鍾書這麼汲汲「向上爬」，也不致愚蠢得不知國立清華大學和湖南藍田師院的等差。不論從道義或功利出發，鍾書決沒有理由捨棄清華而到藍田師院去。

鍾書沒有隱瞞他的為難。可是家裡人誰也不理睬，誰也不說一句話，只是全體一致，認為他當然得到蘭田去，全體一致保持嚴肅的沉默。鍾書從小到大，從不敢不聽父親的話（儘管學術上提出異議），他確也不忍拂逆老父親的心願。我自己的父親很「民主」，從不「專孩子的政」，可是我們做兒女的也從不敢違抗父親。現代的青年人，恐怕對這點不大理解了。鍾書表示為難，已有倔強之嫌；他畢竟不敢違抗父命。他父親為師院聘請的人，已陸續來找鍾書。他父親已安排停當；找這人那人，辦這事那事。鍾書在家人的壓力下，不能不合作。可是就此捨棄清華，我們倆都覺得很不願意。

我們原先準備同過一個愉快的暑假，沒想到半個暑假只在抗衡不安中過去。拖延到九月中旬，鍾書只好寫信給西南聯大外語系主任葉公超先生，說他因老父多病，需他陪侍，這學年不能到校上課了。（參看《吳宓日記》第七冊七十四頁「1939年9月21日，8：30回舍，接超（葉公超）片約，即至其宅，悉因錢鍾書辭職別就，並談商系中他事。」）鍾書沒有給梅校長寫信辭職，因為私心希望下一年暑假陪他父親回上海後重返清華。

葉公超先生沒有任何答覆。我們等著等著，不得回音，料想清華的工作已辭掉。十月十日或十一日，鍾書在無可奈何的心情下，和蘭田師院聘請的其他同事結伴離開上海，同往湖南蘭田。他剛走一兩天，我就收到沈茀齋先生（梅校長的秘書長，也是我的堂姐夫）來電，好像是責問的口氣，怪鍾書不回覆梅校長的電報。我莫名其妙，梅校長並沒來什麼電報呀！我趕緊給茀齋哥回了電報，說沒接到過梅校長的電報，鍾書剛剛走。同時我立即寫信告訴鍾書梅校長發來電報，並附去茀齋哥的電報。信寄往藍田師院。

我曾在報紙上看到有人發表的錢鍾書致梅貽琦和沈履（即沈茀齋）的信，我沒見到過鍾書這兩封信，值得重抄一遍。錢鍾書致沈履信如下：

茀齋哥道察：十月中旬去滬入湘，道路阻艱，行李繁重，萬苦千辛，非言可盡，行卅四日方抵師院，皮骨僅存，心神交瘁，因之臥病，遂闕音書。十四日得季康書云，公有電相致云雖赴湘亦速覆梅電云云，不勝驚愧。不才此次之去滇，實為一有始無終之小人。此中隱情，不堪為外人道。老父多病，思子欲痗，遂百計強不才來，以便明夏同歸。其實情如此，否則雖茂如相邀，未必遽應。當時便思上函梅公，而怯於啟齒。至梅公賜電，實未收到，否則斷無不覆之理。向滇局一查可知也。千差萬錯，增我之罪。靜焉思之，慚憤交集。急作書向梅公道罪。亦煩吾兄婉為說辭也……昆明狀態想依然。此地生活尚好，只是冗閒。不知明年可還我自由否。匆匆不盡。書已專函寄梅公矣。即頌

近安

小弟　鍾書頓首　十二月五日

錢鍾書致梅貽琦信如下：

月涵校長我師道察：七月中匆匆返滬，不及告辭。疏簡之罪，知無可逭。亦以當時自意假滿重來，侍教有日，故衣物書籍均在昆明。豈料人事推排，竟成為德不卒之小人哉。九月杪屢欲上書，而念負母校庇蔭之德，吾師及芝生師栽植之恩，背汗面熱，羞於啟齒。不圖大度包容，仍以電致。此電寒家未收到，今日得婦書，附萊齋先生電，方知斯事。六張五角，彌增罪戾，轉益悚惶。生此來有難言之隱，老父多病，遠遊不能歸，思子之心形於楮墨。遂毅然入湘，以便明年侍奉返滬。否則熊魚取舍，有識共知，斷無去滇之理。尚望原心諒跡是幸。書不盡意。專肅即叩

鈞安

門人　錢鍾書頓首上　十二月五日

致沈履信所說「十四日得季康書」，當是十一月十四日，錢鍾書到達藍田師院的日子，

因為他路上走了三十四天。給梅校長信上的「今日」，當是泛說「現在」。他跋涉一個多月到達蘭田，方知梅校長連著給了他兩個電報。他不該單給葉先生寫信而沒給梅校長寫信，這是他的疏失。梅校長來電促他回校，實在是沒想到的「大度寬容」。不知前一個電報是由誰發的、什麼時候發的。我們確實沒有收到。不知校方是否查究過這個電報的下落。第二個電報偏又遲到了一兩天。如果鍾書及時收到任何一個電報，他是已經接了聘約的，清華沒解聘，他就不能擅離本職另就他職。他有充分理由上稟父母。他可以設法去看望父親而不必離開清華。命運就是這麼彆扭。工作才開始，就忙不迭地跳出去「高升」了，不成了一個「為德不卒」「有始無終」的「小人」嗎！鍾書所謂「難言之隱」「不堪為外人道」的「隱情」，說白了，只是「迫於嚴命」，而鍾書始終沒肯這麼說。做兒子的，不願把責任推給父親，而且他自己也確是「毅然入湘」。鍾書就是在這樣的情況下，離開了西南聯大。

一九九九年五月

狼和狽的故事

前言：我有個親戚是地質勘探隊員，以下是他講的親身經歷。

我們地質勘探隊分好多組，我屬鑽機組。一次，我們的鑽頭壞了，幾個鑽頭都壞了，組長派我到大隊去領鑽頭。大隊駐紮在一個大鎮上，離我們那個小組相當遠。我趕到大隊所在的鎮上，領了四個鑽頭，裝在一只大口袋裡，我搭上肩頭就想趕回小組去。從大鎮出發，已是黃昏時分。當時天氣寒冷，日短夜長，背著沉甸甸的四個鑽頭，只怕天黑以前趕不回去。但是我怕耽誤組裡的工程，匆匆吃了些東西就急急趕路。

我得走過一個荒涼的樹林。林子不大，但是很長，都是新栽的樹苗；穿過這一長片樹苗林，再拐個彎，再爬過一座小小的山頭，前面就是村莊。過村莊就是大道了。

我走得很快。將要走出樹林的時候，忽覺得身後有什麼傢伙跟著。這地帶有狼。我怕是狼，不敢回頭。我帶著一根棍子，也有手電筒。不過狼不怕手電。我不願惹事，只顧加緊腳步往前走。走出樹林，看見銜山的太陽正要落下山去。太陽一下山，餘光很短。我拐了彎上山不久，山裡就一片昏黑。我指望拐彎的時候甩掉身後跟著的傢伙，可是我仍然覺得背後有個傢伙跟著。我為了壯膽，走一段路，就放開嗓子轟喝一聲，想把背後那傢伙嚇走。我走上山頭，看見月亮已經出來了；下山的時候，月亮已經升上天空。我快步跑著衝下山坡，只覺得跟在身後的傢伙越逼越近了。月光明亮，斜過眼睛瞄一瞄，就能看見身邊的影子。我身後跟著的不是一頭狼，是一個狼群！

前面就是村莊。我已經看見農家的場地了。我忙拋下肩上的大口袋，沒命地飛奔，一面狂喊「救命！」一群狼就圍著我追上來。

村裡人正睡得濃，也許是風向不順，我喊破嗓子也沒個人出來。月光下，只見場地上有個石碾子，還有一座和房子般高的柴草垛子。我慌忙爬上柴垛，一群狼就把柴垛團團圍住。狼跳不高，狼腿太細，爬不上柴垛。我喘著氣蹲在柴垛上，看著那群狼圍著我爬柴垛，又爬不上。過了一會兒，有一兩隻狼就走了，接著又走了兩隻。我眼巴巴等待狼群散去，但是剩下的狼並不走，還在柴垛周圍守著。過了一會兒，我看見兩隻狼回來了，同時還來了一隻很大的怪東西，像一頭大熊。仔細一看，不是熊，是兩隻狼架在一起：一隻狼身上架著另一隻很大的狼。幾頭狼把那頭架在上面的大狼架上石碾子。大狼和其他三四隻狼幾個腦袋聚在一起，好像在密商什麼事。那頭大狼顯然是發號施令的。一群狼隨即排成隊，一隻狼把柴垛的柴草銜一口，放在另一處，後一隻狼照樣也把柴垛的柴草銜一口，放在另一處。每隻狼都挨次一口一口的銜。不一會兒，那柴垛就缺了一塊，有傾斜的危險。我著急得再次嘶聲叫喊救命！村子裡死沉沉地，沒一點動靜。

一隻隻狼一口一口又一口地把柴草銜開去。柴垛缺了一塊又缺一塊，傾斜得快要倒了。我自料柴垛一倒，放定是這群狼的一頓晚餐了。那頭大狼真有主意。狼爬不上柴垛，可是狼能把柴垛攻倒。我叫喊無應，又不能插翅飛上天去，惶急中習慣性地想掏出煙斗來吸口煙。我伸手摸到了衣袋裡的打火機。狼是怕火的。反正我也顧不得自身安全了。我脫下棉襖，用打火機點上火，在風裡揮舞，那件棉襖就烘烘地著火燃燒了。我把燃燒著的棉襖扔在柴垛上，柴垛也烘烘地燃燒起來。這時候大約已是午夜三點左右，我再次向村裡叫喊：「救火呀！救火呀！著火了！著火了！」

火光和煙氣驚醒了村民。他們先先後後拿著盆兒桶兒出來救火。一群狼全逃跑了。只有石碾上的那頭大狼沒跑，給村民捉住。原來它兩條前腳特短，不能跑。它不是狼，是狽。

柴垛的火很快就撲滅了。我揀回了那一口袋四個饃頭，沒耽誤小組的工程。那頭狽給村民送給河北動物園了。我們經常說「狼狽為奸」，好像只是成語而已，因為狽很少見。沒想到我親眼看到了「狼狽為奸」。狽比狼刁猾，可是沒有狼的支持，只好進動物園。

二〇〇〇年九月二十四日

難忘的一天

一九四四年冬，上海盛傳美軍將對上海來一個「地毯式轟炸」。逃到上海避難的人，又紛紛逃出。我父親帶了我的大姐和三姐、三姐夫的全家老小，回到蘇州廟堂巷的老家。我們夫婦和女兒阿圓，以及寄宿在校的小妹妹楊必；還有當眼科醫生的弟弟，都還留在上海。

一九四五年三月二十六日午後五時左右，弟弟忽來電話，說接到大姐姐從蘇州打來的長途電話，說爸爸有病，叫弟弟盡快回蘇州。弟弟立即通知了我和阿必。那時上海淪陷在日軍管轄下，買火車票很困難。我們無法買到二十七日的車票。要趕早回蘇州，惟一的辦法是乘長途汽車。經電話問訊，得知長途汽車不一定開往蘇州，需當天去問，當天買票。

阿必到我家來住了一晚。二十七日清早，天濛濛亮，陰有小雨，我和阿必忙忙地吃了幾口粥，各帶一個小小的提包，臨走還想到帶了一個熱水瓶和一小包餅乾，撐著傘一同出門，乘三輪趕往約會的公共汽車站。弟弟也到得早，那時還不到七點鐘。我們三個是趕早去買車票的。

站上陸陸續續來了不少人，都是要到蘇州的；都不知有車沒車，也不知何處買票。所謂汽車站，只是一大間汽車房前面的一片水泥地。滿地泥濘，滿地新痰舊痰。我提著一水瓶熱水，只好提在手裡，沒地方可放。手提包當然也只好拎著。

買票的越來越多，地下的痰涕又添了不少。賣票處還不知在哪裡。一群人有的呆站著，有的團團轉，個個焦急萬狀。將近八點，忽來了兩三個人，把汽車房打開：售票了！只見車庫門後有一張小桌子，那就是售票處。

大家知道我們三人到得最早，讓我們擠向前去，買到了三張到蘇州的車票。一大堆人雖然擁擠著買，卻都買到了票；賣得相當快。前後雙輪，中間單輪，上面有兩片帆布蓋頂。車頂上有幾條由前到後的鐵條，帆布搭在鐵條上。卡車上共有四條長椅：卡車兩側各有一條長椅，中間相背著設兩條長椅。乘客都一擁而上。我們忙收了傘，擠上車，居然在靠邊長椅上找到了坐位。看著那一大堆人亂哄哄地一一往車上擠，擔心一輛卡車擠得上那麼多人嗎？長椅坐滿了，還有兩條空道。長椅沒有間隔，可以擠了再擠。兩條空道裡也可以擠了再擠。終於大堆的人都擠上了。兩片帆布的隙縫裡漏下雨來。卡車兩側飄進雨來。幸好只是間歇的小雨，不久就停了。大家總算都上了車，稍稍舒了一口氣。

車搖晃了幾下，好像開不動似的。再搖晃幾下，居然動了。車就緩緩開出去。沒開多遠，車停了。還好不是車開不動，是有人送上兩麻袋貨物：一大麻袋臭鹹魚，一大麻袋糖，大概都是蘇州城裡走俏的貨。麻袋塞在長椅底下，但是麻袋比椅子闊大，得占點中間的通道。乘客不得已，只好更擠擠。男客可以攀住頂上的鐵條。女客身量矮，只好往坐著的乘客身上靠。坐客都斜過膝腿，多讓出空間。有的女客扶著我的肩，有的扶著我椅後車側的木板。車又開了。

顛呀顛呀顛，搖晃搖晃搖，只要車能開動就好。乘客的緊張稍稍放鬆，開始互相交談。有人是奔喪，多半是親人急病，只有一對未婚夫妻是回家結婚。車開出上海，走在荒郊野地裡的公路上。我突然覺得失去了城市的保障。天上有日寇的飛機，隨時可投下炸彈，不會有警報。路上也會有攔路打劫的土匪。我們滿車乘客倒像是急難中的親人了。

車走得很慢，我不時看看表。八點左右開的車，將近九點，我們還沒走多遠。人太多，車太重，別拋錨才好，真不知多早晚才能到蘇州。我們三人總算占到了坐位，卡車顛顛簸簸，站著的都東倒西歪掙扎著站穩。

前面忽然出現一座木橋。車開得更慢了，沒到橋，車就停下，叫乘客全部下車，步行過去。橋已遭日軍破壞。司機和同夥一二人抬了長長短短的木條蓋上破缺處，空車慢慢地開過橋，然後乘客又一擁而上。這回我們沒有占到坐位，只好站著。

從上海到蘇州，公路上不知多少橋呢，全是木頭的，全都遭敵軍破壞，只是破損的程度不同。反正每次過橋，都得下車，上了車有座沒座，都是暫時的事了。大家疲勞地擠下車，又擠上車。有的急急惶惶，有的愁眉苦臉，有的心事重重，有的唉聲嘆氣；說話也只是互相訴苦。只有那一對含羞帶笑的未婚夫妻，散發出幾分喜氣，沖淡了籠罩全車的愁霧。

我和弟弟妹妹心上都在想著一件事：爸爸什麼病？大姐姐要弟弟趕緊回去，我們料定是什麼病，可是誰也不忍提。十二點左右，我們恰好占有座位，乘客都在吃糕點。我問阿必餓不餓，她說：「給你一問，真餓了。」弟弟要喝水。我們用瓶蓋分喝了熱水，也分吃了餅乾，繼續那顛顛簸簸、斷斷續續的旅行。每過一橋，亂糟糟地大家下車；等卡車艱難地開過橋，又亂糟糟地擠上車，留心望著前面是否又有橋。

終於沒有橋了。連橋架子都沒有。路斷了。時間是下午三點多，已到太倉。據當地人說，前面還有兩處斷橋。不論兩處、三處，反正一處斷橋，卡車就不能前行。太倉離蘇州不遠了，可是路已斷，卡車還能往前開嗎？

未婚夫妻的目的地就是太倉。火車不經過太倉，所以他們乘公共汽車。他們歡歡喜喜地下車了。許多人也下車，有的打算雇黃包車，有的打算找親戚，也有人說自己走；他們亂紛紛下了車，還在卡車旁邊打轉。長途汽車已走了七個多小時，沒閒工夫猶豫。司機聲明立即返回上海。無路可走的只好留在車上。我們三人之外，還有四五個乘客。

我們估計回到上海，準要十點或十一點了。卡車夜間走在公路上，開著燈，敵機看見了準會投炸彈；不開燈，必撞入河濱裡。假如黑地裡下車過破橋，踩了個空，怎麼辦？假如不及趕上車，給甩下了，怎麼辦？車上倒是空了，坐得很寬舒。我坐在靠邊長椅的最後面。

下車的乘客讓開路，卡車帶著未下車的乘客掉轉頭，一變來時風度，逃亡似的奮不顧身。它大搖大擺、大顛大簸地往回途奔馳，一會兒便開到橋邊。但是車並不停，呼、呼、呼一陣子衝了過去。這座橋還算完整。司機搶命似的衝過一橋又衝一橋，壓根兒不想停。當初過橋時也是空車，怎麼那樣艱難、那麼謹慎啊？這時乘著一股子衝勁兒，很塌敗的破橋也飛躍而過。我眼看成雙的後輪四分之三都懸空。卡車如翻入河裡濱裡，我正好壓在車下。車上每個人都提著心，吊著膽，屏著氣，沒人叫喚一聲。卡車沒命地奔馳，顛簸顛簸、搖擺搖擺，呼、呼、呼，衝過一橋；顛簸顛簸、搖擺搖擺，呼、呼、呼，又衝過一橋。卡車上有臭鹹魚一大麻袋，糖一大麻袋，也許還有錢，卡車也值錢，車上還有四五個女人呢，隨處可碰到攔路搶劫的土匪。一會兒天黑了，不能開燈，天上有打轉的敵機。所以司機也只好沒命地奔馳騰飛。意想不到，卡車竟平安無事地回到了滿地痰涕的洋灰地車場上，還不到六點鐘。

我們如在夢中。下了車，我們姐妹和弟弟分頭雇車回家。我和阿必併坐在三輪車上，還驚魂未定。

到家了，我不記得是誰開的門。只記得我聲帶歇斯底里，如哭如笑地說：「走了一天，又回來了！」

客廳裡坐滿了人，我婆婆、叔公、嬸母，還有大大小小的孩子，都滿面嚴肅，好像都在等待我們白走一天又回來。我怔住了。鍾書過來牽著我的手，把我帶到離他們一家人稍遠的燈光昏暗處。阿必也跟了過來。鍾書緩緩地輕聲說：「剛才蘇州來了電話，爸爸已經過去了。」

悲慟結束了這緊張的一天，也是最無可奈何的一天。

二〇〇一年十月十日

懷念陳衡哲*

我初識陳衡哲先生是一九四九年在儲安平先生家。儲安平知道任鴻雋①、陳衡哲夫婦要到上海定居，準備在家裡擺酒請客，為他們夫婦接風。他已離婚，家無女主，預先邀我做陪客，幫他招待女賓。鍾書已代我應允。

鍾書那時任中央圖書館的英文總纂，每月須到南京去匯報工作。儲安平為任、陳夫婦設晚宴的那天，正逢鍾書有事須往南京，晚飯前不及趕回上海。儲安平家住公共租界，我們家住法租界，不僅距離遠，而且交通很不便，又加我不善交際，很怕單獨一人出去做客。鍾書出門之前，我和他商量說：「我不想去了。不去行不行？」他想了一想說：「你得去。」他說「得去」，我總聽話。我只好硬硬頭皮，一人出門做客。我先擠無軌電車，然後改坐三輪到儲家。

那晚擺酒兩大桌，客人不少。很多人我也見過。只因我不會應酬，見了生人不敢說話，也記不住他們的名字，所以都報不出名了。我只記得一位王雲五，因為他席間常高聲用上海話說「吾雲五」。還有一位是劉大傑。因為他在儲安平向陳衡哲介紹我的時候，跌足說：「咳！今天錢鍾書不能來太可惜了！他們可真是才子佳人哪！」

我當不起「佳人」之稱，而且我覺得話也不該這麼說。我沒有鍾書在旁護著，就得自己招架。我忙說：「陳先生可是才子佳人兼在一身呢。」

陳衡哲先生的眼鏡後面有一雙秀美的眼睛，一眼就能看到。她聽了我的話，立即和身邊一位溫文儒雅的瘦高個兒先生交換了一個眼色，我知道這一位準是任先生了。我看見她眼裡的笑意傳到了他的嘴角，心裡有點著慌，自問「我說錯了話嗎？我把這位才子擠掉了嗎？可是才子也可以娶才子啊。」我赧然和任先生也握了手。

那天的女客共三人。我一個，陳衡哲先生之外還有一位黃郛夫人。她們倆顯然是極熟的朋友。入席後，她們併坐在我的對面。我面門而坐。另一桌擺在屋子的靠裡一邊。我頻頻聽到那邊桌上有人大聲說「吾雲五」，主人和任先生都在那邊桌上，他們談論中夾雜著笑聲。我們這桌大約因為有女賓的緣故，多少有點拘束。主要是我不會招待，所以我們這邊遠不如那邊一桌熱鬧，沒有人大說大笑，大家只和近旁的人輕聲談話。

我看見陳衡哲先生假裝吃菜，眼睛看著面前的碗碟，手裡拿著筷子，偷偷用胳膊肘兒撞一撞黃夫人，輕聲說話，卻好像不在說話。她說一個字，停一停，又說一個字，把二寸短話拉成一丈長，每兩個字中間相隔一寸兩寸，每個字都像是孤立的。我聯上了。她在說：「你看她，像不像一個人？」黃郛夫人隔著大圓桌面把我打量了幾眼。她毫無掩飾，連聲說：「像！像！像極了！」她們在議論我。我只好佯作不知。但她們的目光和我的偶爾相觸時，我就對她們微微笑笑。

散席後，黃郛夫人繞過桌子來，拉著我的手說：「你和我的妹妹真像！」我不知該怎麼回答，顯得很窘。黃夫人立即說：「我妹妹可不像我這個樣子的。我妹妹是個很漂亮的人物。」黃夫人端正大方，頭髮向上直掠，一點不打扮，卻自有風度。我經她這麼一說，越發窘了，因為不美的人也可以叫人覺得和美人有相似處；像不像也不由自己做主。幸好陳衡哲先生緊跟著她一起過來。她拉我在近處坐下，三個人擠坐一處，很親近也很隨便地交談，多半是她們問，我回答。

解放後我到了清華，張奚若太太一見我就和我交朋友，說我像她的好朋友，模樣兒像，說話也像，性情脾氣也像。我和她相熟以後，問知她所說的朋友，就是黃郛夫人的妹妹，據說是一位英年早逝的才女。黃郛夫人熱情地和我把手，是因為看見了與亡妹約莫相似的影子。我就好比《紅樓夢》裡的「五兒承錯愛」了。

黃郛夫人要送我回家。她乘一輛簇新的大黑汽車——當時乘汽車的客人不多。陳衡哲先生也要送我回去。經任鴻雋先生問明地址，任先生的車送我回家是順路。我就由他那輛帶綠色的半舊汽車送回家。黃郛夫人曾接我到她家一次。她住的是花園洋房。房子前面的牆上和牆角爬滿了盛開的白薔薇。她贈我一大捧帶露的白薔薇。我由此推斷我初會陳衡哲先生是薔薇盛開的春季。

抗戰勝利後，鍾書在中央圖書館有了正式職業，又在暨南大學兼任教授，同時也是《英國文化叢書》的編輯委員。他要請任鴻雋先生為《英國文化叢書》翻譯一本有關他專業的小冊子，特到他家去拜訪。我也跟他同去，謝謝他們汽車送我回家。過兩天他們夫婦就到我家回訪。我家那時住蒲石路蒲園，附近是一家有名的點心鋪。那家的雞肉包子尤其走俏，因為皮喧、汁多、餡細，調味也好。我們就讓阿姨買來待客。任先生吃了非常欣賞。不多久陳先生邀我們去吃茶。

他們家住貝當路貝當公寓。兩家相去不遠，交通尤其方便。我們出門略走幾步，就到有軌電車站；有軌電車是不擠的，約三站左右，下車走幾步就到他們家了。我們帶兩條厚毛巾，在點心鋪買了剛出籠的雞肉包子，用雙重毛巾一裹，到他們家，包子熱氣未散，還熱騰騰的呢。任先生對雞肉包子還是欣賞不已。

那時候，我們的女兒已經病癒上學，家有阿姨，我在震旦女子文理學院教兩三門課，日子過得很輕鬆。可是我過去幾年，實在太勞累了。身兼數職，教課之外，還做補習教師，又業餘創作，還充當灶下婢；積勞成病，每天午後三四點總有幾分低燒，體重每個月掉一磅，只覺得疲乏，醫院卻驗查不出病因。我原是個閒不住的人，最閒的時候，我總是一面看書，一面織毛衣。我的雙手已練成自動化的機器。可是天天低燒，就病懨懨地，連看書打毛衣都沒精神。我爸爸已經去世，我不能再像從前那樣，經常在爸爸身邊和姊妹們相聚說笑。鍾書工作忙，偷空讀書。他正在讀《宋詩紀事》，還常到附近的合眾圖書館去查書，我不願打攪他。

恰巧，任鴻雋也比陳衡哲忙。陳衡哲正在讀湯因比（Toynbee）②的四卷本西洋史，已讀到第三冊的後半本，但目力衰退，每到四時許，就得休息眼睛。她常邀我們去吃茶。（她稱「吃tea」，其實吃的總是咖啡。）她做的咖啡又香又濃，我很欣賞。我們總順路買一份剛出籠的雞肉包子，裹在毛巾裡帶去。任先生總是特別欣賞。鍾書和任先生很相投，我和陳先生很相投。「吃tea」幾次以後，鍾書就慫恿我一個人去，我也樂於一個人去。因為我看出任先生是放下了工作來招待的，鍾書也是放下了工作陪我去的。我和陳衡哲呢，「吃tea」見面之外，還通信，還通電話。我一個人去，如果任先生在家，我總為他帶雞肉包子，但是我從不打擾他的工作。他們的客廳比較大，東半邊是任先生工作的地方；西邊連臥房。我和陳衡哲常在客廳西半邊靠臥房處說話。

我為任先生帶雞肉包子成了習慣。鍾書常笑說：「一騎紅塵妃子笑」，因為任先生吃雞肉包子吃出了無窮的滋味，非常喜愛。我和陳衡哲對雞肉包子都沒多大興趣。

陳衡哲我當面稱陳先生，寫信稱莎菲先生，背後就稱陳衡哲。她要我稱她「三姐」，因為她的小弟弟陳益（謙受）娶了我的老朋友蔣恩鈿。但是陳益總要我稱他「長輩」，因為他家大姐的大兒媳婦我稱五姑。（胡適《四十自述》裡提到的楊志洵老師，我稱景蘇叔公。五姑是叔公的女兒。）我當時雖然不知道陳衡哲的年齡，覺得她總該是前輩。近年我看到有關於她的傳記，才知道她長我二十一歲呢。可是我從未覺得我們中間有這麼大的年齡差距。我並不覺得她有多麼老，她也沒一點架子。我們非常說得來，簡直無話不談。也許她和我在一起，就變年輕了，我接觸的是個年輕的陳衡哲。

她談到她那一輩有名的女留學生，只說：「我們不過是機會好罷了。當時受高等教育的女學生實在太少了。」我不是「承錯愛」的「五兒」，也不靠「長輩」「小輩」的親戚關係；我們像忽然相逢的朋友。

她曾贈我一冊《小雨點》。我更欣賞她的幾首舊詩，我早先讀到時，覺得她聰明可愛。我也欣賞她從前給胡適信上的話：「你不先生我，我不先生你；你若先生我，我必先生你。」我覺得她很有風趣。我不知高低，把自己的兩個劇本也贈她請教。她看過後對我說：「不是照著鏡子寫的。」那兩冊劇本，一直在她梳妝台上放著。

我是他們家的常客，他們並不把我當作客人。有一次我到他們家，他們兩口子正在爭鬧；陳先生把她瘦小的身軀撐成一個「大」字，兩腳分得老遠，兩手左右撐開，擋在臥房門口，不讓任先生進去。任先生做了幾個「虎勢」，想從一邊闖進去，都沒成功。陳先生得勝，笑得很淘氣；任先生是輸家，也只管笑。我在一邊跟著笑。他們並不多嫌我，我也未覺尷尬。

有一個愛吹詡「我的朋友某某」的人對我和鍾書說：「昨晚在陳衡哲家吃了晚飯，談到夜深，就在他們客廳的沙發上睡了一晚。」過一天我見到陳衡哲就問她了。她說：「你看看我這沙發有多長，他睡得下嗎？」當然，她那晚也沒請人吃晚飯。她把這話說給任先生聽，他們兩個都笑，我也大長識見。

那時陳衡哲家用一個男僕，她稱為「我們的工人」。這位「工人」大約對女主人不大管用，需要他的時候常不在家。她請人吃茶或吃飯，常邀我「早一點來，幫幫我」。有一次她認真地囑我早一點去。可是她待我幫忙的，不過是把三個熱水瓶從地下搬到桌上。熱水瓶不是盛五磅水的大號，只是三磅水的中號。我後來自己老了，才懂得老人腕弱，中號的熱水瓶也須用雙手捧。陳衡哲身體弱，連雙手也捧不動。

漸漸地別人也知道我和陳衡哲的交情。那時上海有個婦女會，會員全是大學畢業生。婦女會要請陳衡哲講西洋史。會長特地找我去邀請。陳先生給我面子，到婦女會去作了一次講演，會場門口還陳列著湯因比的書。

胡適那年到上海來，人沒到，任家客廳裡已掛上了胡適的近照。照片放得很大，還配著鏡框，胡適二字的旁邊還豎著一道槓槓（名字的符號）。陳衡哲帶三分惱火對我說：「有人索性打電話來問我，適之到了沒有。」問的人確也有點唐突。她的心情，我能領會。我不說她「其實乃深喜之」，要是這麼說，就太簡單了。

胡適的《哲學史大綱》我在高中和大學都用作課本，我當然知道他的大名。他又是我爸爸和我家親友的熟人。他們曾談到一位倒霉的女士經常受丈夫虐待。那丈夫也稱得蘇州一位名人，愛拈花惹草。胡適聽到這位女士的遭遇，深抱不平，氣憤說：「離婚！趁手采，再找個好的。」我爸爸認為這話太孩子氣了。那位女士我見過多次，她壓根兒沒什麼「手采」可言，而且她已經是個發福的中年婦人了。「趁手采」是我爸爸經常引用的笑談。我很想看看說這句話的胡適。

一次，我家門房奉命雇四頭驢子。因為胡適到了蘇州，要來看望我爸爸，而我家兩位姑母和一位曾經「北伐」的女校長約定胡適一同騎驢遊蘇州城牆。騎驢遊蘇州城牆確很好玩。我曾多次步行繞走城牆一圈。城牆內外都有城河。內城河窄，外城河寬，走在古老的城牆上，觀賞城裡城外迥不相同的景色，很有意思。步行一圈費腳力，騎個小驢在城牆上跑一圈一定有趣。

可是蘇州是個很保守的城市。由我家走上胥門城牆，還需經過一段街道。蘇州街上，男人也不騎驢。如有女人騎驢，路上行人必定大驚小怪。我的姑母和那位「北伐」的女士都很解放，但是陪三位解放女士同在蘇州街上騎驢的惟一男士，想必更加惹眼。我覺得這胡適一定興致極好，性情也很隨和，而且很有氣概，滿不在乎路人非笑。

我家門房預先雇好了四頭驢，早上由四個驢夫牽入我家的柏樹大院等候。兩位姑母和兩位客人約定在那兒上驢出發。我爸爸會見了客人，在院子裡相送。

我真想出去看看。但是爸爸的客人我們從不出見。我不敢出去。姑母和客人都已出門，爸爸已經回到內室，我才從「深閨之中」出來張望。我家的大門和兩重屏門都還敞著呢。我實在很想看看胡適騎驢。但是結集出發的遊人，不用結隊回來。路人驚詫的話，或是門房說的，或是二位姑媽回來後自己講的。

胡適照相的大鏡框子掛在任家客廳貼近陽臺的牆上。不久後，鍾書對我說：「我見過胡適了。」鍾書常到合眾圖書館查書。胡適有好幾箱書信寄存在合眾圖書館樓上，他也常到這圖書館去。鍾書遇見胡適，大概是圖書館館長顧廷龍（起潛）為他們介紹的。鍾書告訴我，胡適對他說，「聽說你做舊詩，我也做。」說著就在一小方白紙上用鉛筆寫下了他的一首近作，並且說，「我可以給你用墨筆寫。」我只記得這首詩的後兩句：「幾支無用筆，半打有心人。」我有一本紅木板面的宣紙冊子，上面有幾位詩人的墨寶。我並不想請胡適為我用墨筆寫上這樣的詩。所以我想，這胡適很坦率，他就沒想想，也許有人並不想求他的墨寶呢。可是他那一小方紙，我也直保留到「文化大革命」，才和羅家倫贈鍾書的八頁大大的胖字一起毀掉。

陳衡哲對我說，「適之也看了你的劇本了。他也說，『不是對著鏡子寫的』。他說想見見你。」

「對著鏡子寫」，我不知什麼意思，也不知是否有所指，我沒問過。胡適想見見我，我很開心，因為我實在很想見見他。

陳衡哲說：「這樣吧，咱們吃個家常tea，你們倆，我們倆，加適之。」她和我就這麼安排停當了。

我和鍾書照例帶了剛出籠的雞肉包子到任家去。包子不能多買，因為總有好多人站著等待包子出籠。如要買得多，得等下一籠。我們到任家，胡適已先在。他和鍾書已見過面。陳衡哲介紹了我，隨即告訴我說：「今天有人要來闖席，林同濟和他的ex-wife（前妻）知道適之來，要來看看他。他們晚一會兒來，坐一坐就走的。」

不知是誰建議先趁熱吃雞肉包子。陳衡哲和我都是胃口欠佳的人，食量也特小。我帶的包子不多，我和她都不想吃。我記得他們三個站在客廳東南隅一張半圓形的大理石面紅木桌子旁邊，有人靠著牆，有人靠著窗（窗外是陽台），就那麼站著同吃雞肉包子，且吃且談且笑。陳衡哲在客廳的這一邊從容地為他們調咖啡，我在旁邊幫一手。他們吃完包子就過來喝咖啡。胡適是這時候對我說他認識我叔叔、姑姑以及「你老人家是我的先生」等話的。

林同濟不僅帶了他已經離婚的洋夫人，還帶了離婚夫人的女朋友（一個二十多歲的美國姑娘）同來。大家就改用英語談話。胡適說他正在收集怕老婆的故事。他說只有日本和德國沒有這類故事。他說：「有怕老婆的故事，就說明女人實際上的權力不輸於男人。」我記不準這話是當著林同濟等客人談的，還是他們走了以後談的。現在沒有鍾書幫我回憶，就存疑吧。闖席的客人喝過咖啡，禮貌性地用過點心，坐一會兒就告辭了。

走了三個外客，剩下的主人客人很自在地把坐椅挪近沙發，圍坐一處，很親近地談天說地。談近事，談鐵托，談蘇聯，談知識分子的前途等等。談近事，胡適跌足嘆恨燒掉了他的書信。尤其內中一信是自稱「你的學生×××」寫的。胡適說，「這一封信燒掉，太可惜了。」

當時五個人代表三個家。我們家是打定主意留在國內不走的。任、陳兩位傾向於不走，胡適卻是不便留下的。我們和任、陳兩位很親密，他們和胡適又是很親密的老友，所以這個定局，大家都心照不宣。那時反映蘇聯鐵幕後情況的英文小說，我們大致都讀過。知識分子將面臨什麼命運是我們最關心的事，因為我們都是面臨新局面的知識分子。我們相聚談論，談得很認真，也很親密，像說悄悄話。

那天胡適得出席一個晚宴，主人家的汽車來接他了。胡適忙起身告辭。我們也都站起來送他。任先生和鍾書送他到門口。陳衡哲站起身又坐回沙發裡。我就陪她坐著。我記得胡適一手拿著帽子，走近門口又折回來，走到擺著幾盤點心的桌子旁邊，帶幾分頑皮，用手指把一盤芝麻燒餅戳了一下，用地道的上海話說：「『蟹殼黃』也拿出來了。」說完，笑嘻嘻地一溜煙跑往門口，由任先生和鍾書送出門（門外就是樓梯）。

陳先生略有點兒不高興，對我說：「適之spoilt（寵壞）了，『蟹殼黃』也勿能吃了。」

我只笑笑，沒敢說什麼。「蟹殼黃」又香又脆，做早點我很愛吃。可是作為茶點確是不合適。誰吃這麼大的一個芝麻燒餅呢！所以那盤燒餅保持原狀，誰都沒碰。不過我覺得胡適是臨走故意回來惹她一下。

鍾書陪任先生送客回來，我也捲上兩條毛巾和鍾書一起回家。我回家和鍾書說：「胡適真是個交際家，一下子對我背出一大串叔叔姑母。他在乎人家稱『你的學生』，他就自稱是我爸爸的學生。我可從沒聽見爸爸說過胡適是他的學生。」鍾書為胡適辯解說：胡適曾向顧廷龍打聽楊絳其人；顧告訴他說，「名父之女，老圃先生的女兒，錢鍾書的夫人。」我認為事先打聽，也是交際家的交際之道。不過鍾書為我考證了一番，說胡適並未亂認老師，只是我爸爸決不會說「我的學生胡適之」。

我因為久聞胡適大名，偶爾又常聽到家裡人談起他，他還曾到過我家，我確是很想見見他。所以這次茶敘見面，給我留下了很深的印象。至於胡適，他見過的人很多，未必記得我們兩個。他在親密的老友家那番「不足為外人道」的談論中，他說的話最多。我們雖然參與，卻是說得少，聽得多，不會叫他忘不了。以後鍾書還參加了一個送別胡適的宴會，同席有鄭振鐸；客人不少呢，同席的人是不易一一記住的。據唐德剛記胡適評錢鍾書的《宋詩選注》時，胡適說，「我沒見過他」，這很可能是「貴人善忘」。但是他同時又說，「大陸上正在『清算』他」，憑這句話，我倒懷疑胡適並未忘記。他自己隔岸挨罵，可以不理會。但身處大陸而遭「清算」，照他和我們「吃tea」那晚的理解，是很嚴重的事。他說「我沒見過他」，我懷疑是故意的。其實，我們雖然挨批挨鬥，卻從未挨過「清算」。

有一次，任先生晚間有個應酬而陳先生懶得去，她邀我陪她在家裡吃個「便飯」，只我們兩個人。我去了。大概只有我可以去吃她的「便飯」，而真的「便」，因為我們的飯量一樣小。我也只用小小的飯碗盛半碗飯。菜量也一樣小。我們吃得少，也吃得慢。話倒是談了很多。談些什麼現在記不起了。有一件事，她欲說又止，又忍不住要說。她問我能不能守秘密。我說能。她想了想，笑著說，「這錢鍾書也不告訴，行嗎？」我斟酌了一番，說「可以」。她就告訴了我一件事。我回家，鍾書正在等我。我說，「陳衡哲今晚告訴我一件事，叫我連你也不告訴，我答應她了。」鍾書很好，一句也沒問。

既是秘密，我就埋藏在心裡。事隔多年，很自然地由埋沒而淡忘了。我記住的，只是她和我對坐吃飯密談，且談且笑的情景。

一九四九年的八月間，鍾書和我得到清華大學給我們兩人的聘約。鍾書說，也許我換換空氣，身體會好。我們是八月底離開上海的。我還記得末一次在陳衡哲家參加的那個晚宴，客人有一大圓桌。她要量血壓，約了一位醫生帶著量血壓器去。可是醫生是忙人，不及等到客人散盡；而陳衡哲不好意思當著客大量血壓，所以她預先和我商定，只算是我要量血壓，她特地約了醫生。到我量血壓的時候，她就湊上來也量量。我們就是這樣安排的。那晚鍾書和我一同赴宴。

陳先生血壓正常，我的血壓卻意外地高。陳先生一再叮囑，叫我吃素，但不必吃淨素。她笑著對我和鍾書講有關吃素的趣事。提倡素食的李石曾定要他的新夫人吃素。新夫人嘴裡淡出鳥來，只好偷偷兒到別人家去開葷。李石曾住燕園，和我們家是緊鄰。解放軍過河之前，他們家就搬走了，進駐了解放軍。

我們到了清華，我和莎菲先生還經常通信，只是不敢暢所欲言了。「三反運動」（當時稱「洗澡」）之後，我更加拘束，拿著筆不知怎麼寫，語言似乎僵死了。我不會虛偽，也不願敷衍，我和她能說什麼呢？我和她繼續通信是很勉強的。

隨後是「三校合併」，我們由清華大學遷入新北大的中關園小平房。鍾書那時借調到城裡，參加翻譯毛選工作。有一天任鴻雋先生和竺可楨先生同來看鍾書。鍾書在城裡。我以前雖然經常到任先生家去，我只為他帶雞肉包子，只和陳衡哲說話，我不會和名人學者談話。那天，我活是一個家庭婦女，奉茶陪坐之外，應對幾句就沒話可說。鍾書是等不回來的，他們坐一會兒就走了，我心上直抱歉。從此我沒有再見到任先生。他是一九六一年去世的。我留下的是任先生賞我的墨寶，我徵得他子女的同意，複印了作為本文附錄，希望任先生的詩集能早日問世。

一九六二年八月，我家遷入干面胡同新建的宿舍大樓。夏鼐先生和我們同住一個單元。大約一兩年之後，他一次出差上海歸來，對我說，陳衡哲先生托他捎來口信，說她還欠我一封信，但是她眼睛將近失明，不能親自寫信了，只好讓她女兒代筆了。我知道他們的孝順女兒任以書女士是特地從美國回來侍奉雙親的。我後來和她通過一次或兩次信。到「文化大革命」，我和陳先生就完全失去聯繫。在我們「流亡」期間，一九七六年一月，我們從報上得知她去世的噩耗。

我和陳衡哲經常聚會的日子並不長，只幾個月，不足半年。為什麼我們之間，那麼勉強的通信還維持了這麼多年呢。只因為我很喜歡她，她也喜歡我，我們之間確曾有過一段不易忘記的交情。我至今還想念她。

二〇〇二年三月二十日定稿

杜鵑聲裏杜鵑花誰可看花不憶
家記得江南春雨後馬頭遙認赤城
霞 看花筑貴渡渝中一例春風卷
錦叢 林是半山松翠裏臨崖放生
幾枝紅

縉雲山觀杜鵑 山在重慶
北碚抗戰期間兩次往遊

一水衡田一鷺鷥窺魚笑汝計何癡
莫為飛向青山去煙雨空濛也自奇
橋上人家秋意酣蘆花飛雪水拖藍
若為畫作江南道只欠丹楓點兩三

成渝道中書所見

季康吾人吟正

鴻雋

注釋

＊陳衡哲（一八九〇～一九七六），中國新文學運動中最早的女學者、作家、詩人和散文家。文筆清新而時有凌厲峻峭的風格。

①任鴻雋（一八八六～一九六一），字叔永，中國現代科學事業的倡導者和組織者，中國科學社的主要創始人，曾長期擔任該社領導職務。晚年曾任上海圖書館館長。

②湯因比（一八八九～一九七五），英國歷史學家，曾任倫敦大學教授，並出版過十二卷巨著《歷史研究》。

我在啟明上學

我十歲，自以為是大人了。其實，我實足年齡是八歲半。那是一九二〇年的二月間。我大姐姐打算等到春季開學，帶我三姐到上海啟明去上學。大姐姐也願意帶我。那時候我家在無錫，爸爸重病剛脫險，還在病中。

我爸爸向來認為啟明教學好，管束嚴，能為學生打好中文、外文基礎，所以我的二姑媽、堂姐、大姐、二姐都是爸爸送往啟明上學的。一九二〇年二月間，還在寒假期內，我大姐早已畢業，在教書了。我大姐大我十二歲，三姐大我五歲。（大我八歲的二姐是三年前在啟明上學時期得病去世的。）媽媽心上放不下我，我卻又不肯再回大王廟小學，所以媽媽讓我自己做主。

媽媽特地為我找出一只小箱子。晚飯後，媽媽說：「阿季，你的箱子有了。來拿。」無錫人家那個年代還沒有電燈，都點洋油燈。媽媽叫我去領箱子的房間裡，連洋油燈也沒有，只有旁邊屋間透過來的一星光亮。

媽媽再次問我：「你打定主意了？」

我說：「打定了。」

「你是願意去？」

「嗯，我願意去。」我嘴裡說，眼淚簌簌地直流，流得滿面是淚。幸好在那間昏暗的屋裡，我沒讓媽媽看見。我以前從不悄悄流淚，只會哇哇地哭。這回到上海去上學，就得離開媽媽了。而且這一去，要到暑假才能回家。

我自己整理了小箱子。臨走，媽媽給我一枚嶄新的銀元。我從未有過屬於我個人的錢，平時只問媽媽要幾個銅板買東西。這枚銀元是臨走媽媽給的，帶著媽媽的心意呢。我把銀元藏在貼身襯衣的左邊口袋裡。大姐給我一塊細麻紗手絹兒，上面有一圈紅花，很美。我捨不得用，疊成一小方，和銀元藏在一起作伴兒。這個左口袋是我的寶庫，右口袋隨便使用。每次換襯衣，我總留心把這兩件寶貝帶在貼身。直到天氣轉暖穿單衣的時候，才把那枚銀元交大姐收藏，已被我捂得又暖又亮了。花手絹曾應急擦過眼淚，成了家常用品。

啟明女校原先稱「女塾」，是有名的洋學堂。我一到啟明，覺得這學校好神氣呀，心裡不斷地向大王廟小學裡的女伴們賣弄：「我們的一間『英文課堂』（習外語學生的自修室）

比整個大王廟小學還大！我們教室前的長走廊好長啊，從東頭到西頭要經過十幾間教室呢！長廊是花瓷磚鋪成的。長廊下面是個大花園。教室後面有好大一片空地，有大樹，有草地，環抱著這片空地，還有一條很寬的長走廊，直通到『雨中操場』（也稱『大操場』，因為很大）。空地上還有鞦韆架，還有蹺蹺板……我們白天在樓下上課，晚上在樓上睡覺，二層樓上還有三層……」可是不久我便融入我的新世界，把大王廟拋在九霄雲外了。

我的新世界什麼都新奇，用的語言更是奇怪。剛開學，老學生回校了，只聽得一片聲的「望望姆姆」。這就等於說：「姆姆，您好！」（修女稱「姆姆」）管教我們的都是修女。學校每月放假一天，住在本地的學生可由家人接回家去。這個假日稱為「月頭禮拜」。其餘的每個星期日，我們穿上校服，戴上校徽，排成一隊一隊，各由姆姆帶領，到郊野或私家花園遊玩。這叫做「跑路」。學繪畫得另交學費，學的是油畫、炭畫、水彩畫，由受過專門教育的姆姆教。而繪畫叫做「描花」。彈鋼琴也土裡土氣地叫做「掐琴」。每次吃完早飯、午飯、點心、晚飯之後，學生不准留在課堂裡，都得在教室樓前或樓後各處遊玩散步，這叫「散心」。吃飯不准說話；如逢節日，吃飯時准許說話，叫做「散心吃飯」。孩子不乖叫做「沒志氣」，淘氣的小孩稱「小鬼」或「小魔鬼」。自修時要上廁所，先得「問准許」。自修室的教臺上有姆姆監守。「問准許」就是向監守的姆姆說一聲「小間去」或「去一去」，姆姆點頭，我們才許出去。但監守的姆姆往往是外國姆姆，她自己在看書呢，往往眼睛也不抬就點頭了。我有時「問准許」小聲說：「我出去玩玩」，姆姆也點頭。那「小間去」或「去一去」，往往是溜出去玩的藉口。只要避免幾個人同時「問准許」，互相錯開些，幾個小魔鬼就可以在後面大院裡偷玩。

在我們小鬼心目中，全校學生分三種。梳「頭髮團」（髮髻）穿裙子的，是大班生（最高班是第一班，也稱頭班）。另外有五六位女教師（包括我大姐）也是這等打扮。梳一條辮子穿裙子的（例如我三姐），是中班生。梳一條或兩條辮子不穿裙子的是小班生。實際上，這是年齡的標識，並不是班次的標準。梳「頭髮團」的也可能上低班，不穿裙子的也可能上中班。

我頭上共有四條辮子。因為照啟明的規矩，學生整個臉得光光的，不准披散頭髮，頭髮得編在辮子裡或梳在「頭髮團」裡。我原有覆額的瀏海；要把瀏海結成辮子很不容易。兩個姐姐每天早晨為我梳小辮，一左一右，把我的瀏海各分一半，緊緊揪住，編成小辮，歸入後面還不夠長的大辮。我看她們費勁，只好乖乖地忍著痛做苦臉，讓她們使勁兒揪，希望頭髮會越揪越長。梳四條辮子的小鬼，好像只我一個。

我們從早到晚有姆姆看管。一天分兩半：晚上在樓上宿舍裡，白天在樓下；下了樓就要到晚上才上樓，白天誰也不准上樓。每天都有刻板的規矩。不過我們生活得很活潑，自有方法擺脫姆姆的看管。這也豐富了我們的生活。可是一切都得努力，一天到晚的事都需克服困難。

每天六點打鈴起床，鋪床、梳洗。記不清是七點還是七點半打鈴，排隊下樓，到飯堂吃早飯。然後「散心」，然後上課。課程天天一樣；除了星期日要「跑路」，星期三要洗澡，這兩天的課程和平日不同，但每週都一樣。午飯總是十二點，然後「散心」，又是上課。四點半吃點心，又「散心」，上課。記不清是六點還是六點半晚飯，又「散心」，然後上夜課。小鬼上夜課的時間很短。我們上樓之前，在自修室後面挨次上「小間」，然後由姆姆看著排隊上樓。樓上的臥房記不清是四五間還是五六間。早晚都有姆姆巡視。但我們小鬼可以像流寇般從這間溜到那間去。只是晚課以後，小鬼也忙著要睡了。

我們的臥房很大，叫「統房間」，都一模一樣。每間臥室分左右兩半，床位的排列相同。床連床，一行四張床。房間的左右兩半各有四行床。行間有相當寬的距離。每一間臥房裡有一張單獨的床，在靠牆處，由看管臥房的老師睡。我大姐就睡在這種單獨的床上。我的床，面對著大姐的床，頭連著我三姐的床。

我那時候穿皮襖、棉褲、罩衫、罩褲。穿衣服就夠麻煩的，因為那時候褲腰沒有鬆緊帶，得打個大褶子再束上一條褲帶。束太緊了，吃飽飯不舒服；太鬆了，會掉下來。稍微掉下一點，褲腳就太低了。大姐嫌我束的褲子總是歪的，每天要為我重束褲子。褲腿也不能一高一低，她還要把我的兩個衣袖拉得一樣長。

最困難的是鋪床。我們的帳子白天都得撩上床頂。我們床前各有一張凳子。我先把凳子挪在床前正中，站上去，把帳子前面的兩幅帳門搭上床頂，然後下地把左右兩邊帳子摺好，再爬上凳子，連同後面那幅平平整整地搭上床頂。我得把凳子搬到床頭，又搬到床尾，上下好多次。我的帳子搭得特整齊，大家都誇我。我很得意。

撩完帳子就鋪床。我每晚臨睡鋪一個小小的「被封筒」，因為人小，「封筒」特短，長了漏風。大班生和教師們都愛先開我的帳子看看我的小「被封筒」，看了都笑。早起鋪床，先得把被子一條條抖抖，鋪得平平的，再蓋上白線毯，線毯兩邊有穗兒。床兩旁得垂下同樣寬的邊。我的床在一行四只的中間，從床前到床後得繞過另一只床（我三姐的床）。我愛整齊，也愛人家誇讚，所以每天早上要繞著床打好多個轉轉才鋪得自己滿意。

我們各有一個小衣櫃和一套洗漱用具，各有一個冷水龍頭。這套設備都沿牆連著。我和姐姐的衣櫃差不多是連著的。我天天要和三姐比洗臉毛巾誰的白，因為三姐說我的毛巾黑了。我有一塊洗澡用的粗肥皂，一塊洗臉用的藥水肥皂。我爸爸迷信一種老牌洋藥皂最能殺菌。媽媽特為我和姐姐各買一塊，可是媽媽大概沒想到我天天用來洗臉。我大姐姐說我把臉上高的地方都洗亮了，低的地方還沒洗到。我留心把臉上高高低低各處都洗到。然後洗耳朵，前面、後面和邊邊都洗到。然後洗脖子，我還學三姐，把手指連手指甲在打了肥皂的毛巾上來回來回擦，把指甲也洗乾淨。都洗完，臉上抹點兒蜜，就拆散頭髮，等兩個姐姐為我梳四條辮子。我不知道別人用什麼香皂或什麼化妝品，反正我們姊妹連一面鏡子都沒有。我梳四條小辮的時期，不大有時間流竄到別的房間去玩。但排隊下樓，我曾做過一次冒失的事。

我們的樓梯很寬，旁邊的欄杆很漂亮。欄杆上面的扶手是圓鼓鼓、光溜溜的木板。我常想騎上這道木板滑下去。有一次，我趁姆姆在樓上看不見我，就騎上欄杆，滑下末一折樓梯。如果身子一歪，會跌到平地上去。地面是硬瓷磚，不像鞦韆架下是鬆鬆的沙土，跌不痛。我沒敢再滑第二次，也沒敢告訴姐姐。好在沒人揭發，我不知道別人是否也幹過這等事。

下樓後，每個學生都有個安身之處，就在我們的自修室裡。全校有兩間自修室。小的一間叫「中文課堂」，在長廊東頭，只有大教室那麼大。不學外文只學中文的學生在「中文課堂」自修。大的一間很大很大，也很亮，在長廊正中，叫「英文課堂」。學外文的，不管英文、法文，都在英文課堂自修。每個人的台板和座位都是固定的，幾年也不變。我們的書和紙、墨、筆、硯以及手工課上的針線活兒，都收藏在台板裡。這個座位連台板，相當於宿舍裡的床和小衣櫃。我們好比樓上有一個窩，樓下也有一個窩。英文課堂裡共有一百多個座位。課堂也分左右兩半，中間有個過道，上首有講台講座，由監守的姆姆坐。除了上課、吃飯、吃點心、散心，我們整天在自修室裡盤桓。樓上宿舍的床位，樓下自修室的座位，飯堂裡吃飯桌上的座位，都是固定不變的，所以我們放假後回校，就好像回到自己家裡一樣。

下樓第一件事是上飯堂還是上小間，我記不清了。反正都有姆姆看著。我們出入飯堂，從不一擁而入或零亂散出，總有秩序地排著隊。隊伍不按高矮，只是有次序。

吃早飯又是難事。飯堂也分左右兩半。左一半，右一半，都是橫著放的長飯桌。飯堂裡共有二十來桌。每條長飯桌又分為左右兩小桌，中間放兩小桌共用的飯桶或粥桶和茶壺、茶杯等。一小桌坐四個人。我挨著大姐姐坐，對面是三姐和她的朋友。早飯是又稠又燙的白米粥，每桌四碟小菜。全飯堂寂靜無聲地吃粥。別人吃粥快，只有我吃得慢。粥又燙，大姐姐又一定要我吃兩碗。姆姆在飯堂四周和中間巡行。誰都不許說話。我聽到別人在嗑瓜子，就知道她們都吃完了。姆姆要等每個人都吃完才搖鈴，讓我們排隊出去「散心」。我打算吃一碗算了，可是大姐姐不讓我少吃。有一次她特地託人買了煉乳，為我攪在粥裡減燙。我吃得幾乎噁心嘔吐。不過我還是乖乖地吃下兩碗。其實，我很不必著急。因為學生只許在飯堂裡吃東西。小鬼身上偷帶著好吃的東西，姆姆不知道——也許假裝不知道。許多學生有各式各樣的好吃東西。住本地的學生都從家裡帶些菜餚到學校吃。凡是吃的東西，都收藏在飯堂兩壁的食櫥裡，只許在飯堂吃。她們正好趁我吃得慢，可以多吃些閒食。我每次早飯總是末了一個吃完。

「散心」更不是容易事。我雖然很小就上學，我只是走讀。走讀可以回家，寄宿就無家可歸。上課的時候坐在課堂裡，不覺得孤單，可是一到「散心」，兩個姐姐都看不見了，我一個人在大群陌生孩子中間，無依無靠，覺得怯怯的。我流落在學校裡了。

大姐姐老早就教了我一個乖。她說：「人家一定會來問你父親是做什麼的，你怎麼回答？」

我說：「做官的。」

大姐姐說：「千萬不能說。」

「為什麼？」

大姐姐說：「人家就會唱：『芝麻官，綠豆官，豆腐乾，蘿蔔乾，鹹魚乾，鼻涕乾，襪筒管，褲腳管。』（用上海話說來是順口溜。）」

啟明裡盡是大官富商家的小姐。誰、誰、誰是某、某、某大官的女兒，誰、誰、誰是某、某、某富商的女兒，大家都知道。官兒都大著呢。我爸爸絕不是什麼大官，這點我明白。姐姐教我回答說，父親是「做事情的」。我就記住。果然有人問我了。我就說：「做事情的。」沒人盯住問做什麼事。我闖過了做新學生的第一關。

我到「散心」的時候，就覺得第一要緊的是找個伴兒。我先看中一個和我一般小的女孩子，可是她比我低好多班，我們說不到一塊兒。接下，有個比我年齡稍大的廣東孩子常找我玩。她比我高大，也比我胖。她教我廣東話。她衣袋裡總藏著些好吃的東西，如鴨肫乾、陳皮梅、牛奶糖等等。我們都在「英文課堂」裡「自修」。不過她的座位在右半邊，我在左半邊。散課後她招我過去坐在她座旁，叫我閉上眼睛張開嘴，她放些東西在我嘴裡，然後讓我睜眼，叫我猜嘴裡是什麼東西。我嚼著辨味，我說是蝦米。她拿出幾個大甲蟲，像大拇指面那麼大，說我吃的是甲蟲。我有點害怕，可是我不信。她就把甲蟲的翅膀、腳都撏掉，摘去腦袋，果然露出蝦米般的肉，還帶些油，像鹹鴨蛋黃裡的油。我們兩人分吃了這隻甲蟲，味道比蝦米鮮嫩。她告訴我這叫龍虱。五十多年後，我在北京舊東安市場北門的稻香村南貨店看到一罐龍虱，居然識貨，就是那次領教的。她衣袋裡的東西真多，老在吃這、吃那，我卻什麼都沒有。看她吃，我有點饞。她有時也給我吃。她不給我吃，我看著饞；給我吃，我吃了心上又很不舒服，覺得自己成了討飯叫化子了。我寧願找別人玩，不肯跟她玩了。

有一個比我大很多歲的孩子，她班次比我低。她說我大姐姐是她的恩人。她做新學生的時候，大家都欺侮她，全靠我大姐保護了她，不讓別的學生欺侮。所以她私下為自己取了一個名字，叫楊秀康。她有一幫比我年齡稍大的孩子做朋友。她很熱心地找我和她們一起玩。我跟著她聽到些非常奇怪的事。她家住在長江邊上，住在一只破船裡。船已經不能下水了，搬到岸上去了。她父親有兩個老婆，同住一船，經常拿刀動棒地打架。她媽媽是小老婆。她有兩個親姐姐都賣在堂子裡，都嫁了很闊氣的姐夫，都做了小老婆。她父親又要把她賣到堂子裡去。她是最小的妹妹。可是兩個姐姐死也不讓賣，硬是把她送入啟明上學。她愛講姐夫家怎麼怎麼闊氣。我沒人同玩，就找她們一幫。但是我對她們都不怎麼喜歡，她們講的事我沒興趣。

我終於找到一個朋友。她比我大一歲半，個兒比我高些。我們同班上英文，都是最低班。我們兩個都是出色的學生。我雖然只是初學英文，倒很內行地知道自己不如她。我是中國孩子用正確的口音讀英文，她卻像外國人隨便說話。她還會說俄文。她的保姆是白俄。也許因為她會說俄文，所以讀英文也那麼自然。我很佩服她。

我覺得她什麼都比我靈。比如姆姆問：「你如果掉了一根針，怎麼揀？」我說指頭上蘸些唾沫一黏就黏起來了。她說，把針尖一按，粗的一頭會翹起來，就可以揀了。她的辦法比我的利索。不過，如果揀很細的繡花針，我的辦法更好。但她的中文只上最低班，我卻已插入中班。其他如歷史、物理（稱「格致」）、算術等課我都上中班，她還上最低班。所以她也佩服我。後來她的英文跳了一班，又跳一班。我們兩個一同跳班，不過我覺得我是陪著她跳的。音樂課我們也一同由小班跳上中班。然後她開始學彈鋼琴。我姐姐說我的手太小又太硬，繃不開，而且我太專心，不會五官並用，所以我不配學鋼琴。她音樂課又跳上一班。我不識樂譜，但是我能記樂調，所以也陪著跳上一班。我很羨慕她能彈琴。我們彼此佩服，很自然地成了朋友。「散心」有朋友，就不孤單了，可以一起玩得很開心。

我們每次餐後，一定得「散心」。時間有長有短。午飯以後最長，吃點心以後最短。大班生、中班生往往喜歡成群結隊，有的還和監守的姆姆拉在一起散步。她們排成面對面的兩大排，一排向前走，一排向後退，一面嘻嘻哈哈地說笑。也有三五成群的。小鬼最分散。有一夥小鬼喜歡鑽在大操場的角落裡玩「做小人家」。可是她們「做家家」的水平太低。比如，一個年齡不小而班次很低的大孩子，裝作不會走路的小娃娃，讓人在後面用帶子攔腰拽著走；一個眼皮上結疤的小女孩裝大女人，雙手捏著一方手絹的兩角，扭著脖子，把手絹兒一摔，帶著哭聲說蘇州話：「嘸妹啊，奴十八歲哉！要嫁哉！」我和我朋友從不加入她們一夥。我們寧可在亂草地裡逮癩蛤蟆，只是不敢捉；或者挖一個小池塘，堆一座小土山，揀些煤渣子砌成假山，築出彎彎曲曲的路，路旁揀些樹枝做樹。我們往往會招來一群合作的小伴兒。可是我們從自來水龍頭下一捧一捧運送的水，放入池塘，就成了泥漿，也很掃興。坐蹺蹺板、盪鞦韆都嫌太單調。我的朋友教我爬鞦韆。雙腳繞著鞦韆繩索，兩腳蹬，雙手拉著繩索，一手一手往上拽。我能爬到鞦韆頂上（我們的鞦韆很高），然後雙手握著繩子滑下來，有時把手心的皮都磨破。我朋友自己不爬，她比我文靜。正規的遊戲如拍皮球、跳繩、造房子，我們都和一大幫孩子同玩。反正越難越有趣。我們想出種種花樣。比如拍皮球，要把死球（不動的球）拍成活的，我會。先輕輕地拍，拍著拍著皮球就活了。造房子有上海房子，南京房子，我的朋友還教我造俄國房子，各有一套規矩。跳繩的花樣更多。跳著繩子揀銅板也好玩。最難的跳繩也是我朋友教的。得蹦得很高，繩子盡量縮短，身體也盡量縮短，繩子在雙腳離地的頃刻間，快速繞過全身兩周。一蹦連一蹦，每一蹦跳過兩重繩子，中間沒有間歇。我創下了最高紀錄，連蹦十一下。我朋友只會連蹦三四下，她沒我野。不過我們也常常很斯文地並肩散步，悄悄地說說話兒，講講彼此的家庭。我們有我們的小天地，別的孩子走不進。

小鬼們愛吵架，往往吵得全校小鬼分成兩幫，各幫都有頭頭。兩幫的小嘍囉會來問我們幫哪一面。我說：「都不幫。」我的朋友說：「都幫。」我等問話的走了，認真問我朋友：「都不幫，可以；都幫，怎麼能兩面都幫呢？」她只笑笑。我那時候雖說不懂事，也懂得自己太笨了，她乖。反正又不是真的幫吵架。都不幫，就和兩面都不好了；都幫，就和兩面都好。我承認她比我聰明，不過我很堅定地覺得自己沒錯，我是對的，比她更對。

每天我沒到午飯就覺得餓了。同桌三姐的朋友有家裡帶來的菜，也放在飯桌上。我覺得她家的菜好吃。晚上大姐姐對我說：「你怎麼老吃人家的菜？她都看了你好幾眼了，你也不覺得？」我羞得以後筷子想伸到那只碗裡去忙又拐彎兒。吃午飯的時間很長。我吃完了，人家還在吃呢。有幾條長桌靠近後面的廚房，桌上常有熱氣騰騰的大蹄膀，整隻的雞鴨。我遠遠望去，看得很饞。我聽得大姐和老師們議論這夥吃大蹄膀、整雞、整鴨的學生，說她們都是「吃笨的」。人會吃笨嗎？也真怪，這夥學生的學習成績，確實都很糟。

到了「月頭禮拜」，學生都由家人接回家去。她們都換上好看的衣服，開開心心地回家。留校的小鬼沒幾個。我們真是說不出的難受。管飯堂的姆姆知道我們不好過，把飯堂裡吃點心剩餘的半蒲包「烏龜糖」（一種水果糖）送給我們解悶。可是糖也安慰不了我們心上的苦，只吃得舌頭厚了，嘴裡也發酸了。直到回家的一批批又回學校，我們才恢復正常。

記不清又過了幾個「月頭禮拜」，大姐姐有一天忽對我說，要帶我和三姐到一個地方去。她把我的衣袖、褲腿拉得特整齊。我跟著兩個姐姐第一次走出長廊，走出校門，乘電車到了一個地方，又走了一段路。大姐姐說：「這裡是申報館，我們是去看爸爸！」

我爸爸已經病好了。如果我是在現代的電視裡，我準要擁抱爸爸了。可是我只規規矩矩地站在爸爸面前，叫一聲「爸爸」，差點兒哭，忙忍住了。

爸爸招呼我們坐。我坐在挨爸爸最近的藤椅裡，聽姐姐和爸爸說話。說的什麼話，我好像一句都沒聽見。後來爸爸說：「今天帶你們去吃大菜。」

我只知道「吃大菜」就是挨剋，不是真的吃菜，真的大菜我從沒吃過。爸爸教我怎樣用刀叉。我生怕用不好。爸爸看我擔憂，安慰我說：「你坐在爸爸對面，看爸爸怎麼吃，就怎麼吃。」

我們步行到附近青年會去，一路上我握著爸爸的兩個指頭，走在兩個姐姐後面。爸爸穿的是嗶嘰長衫，我的小手蓋在他的袖管裡。我們走不多遠就到青年會了。爸爸帶我們進了西餐室，找了靠窗的桌子，我背窗坐在爸爸對面，兩個姐姐打橫。我生平第一次用刀叉吃飯，像猴兒似的學著爸爸吃。不過我還是吃錯了。我不知道吃湯是一口氣吃完的。我吃吃停停。伺候的人想撤我的湯，我又吃湯了。他幾次想撤又縮住手。爸爸輕聲對我說：「吃不下的湯，可以剩下。」回家路上，爸爸和姐姐都笑我吃湯。爸爸問我什麼最好吃。我太專心用刀叉，沒心思品嘗，只覺得味道都有點怪，只有冰激淋好吃。我們回到申報館，爸爸帶我們上四樓屋頂花園去歇了會兒，我就跟著兩個姐姐回校了。我最近聽說，那個屋頂花園，至今還保留著呢。

我見到了爸爸，心上不知是什麼滋味。爸爸很瘦，他一個人住在申報館裡。媽媽呢？弟弟妹妹我都不想，我有時夢見媽媽。可是一天到晚很忙，沒工夫想念。

暑假我跟著兩個姐姐回到無錫家裡，爸爸是否回家我記不得了。不多久我家遷居上海，每個「月頭禮拜」我也可以回家了。我們也帶些菜餚到學校去吃。我還記得媽媽做的紅燜牛肉，還有煮在肉裡的老雞蛋。我不再像以前那樣經常饞吃了。

午飯以後的「散心」很長，可以玩個足夠。午飯後的課多半是複習，吃點心之後，多半是自修。姆姆也教我們寫家信：「父親母親大人膝下，敬稟者……」這是一定的格式，小鬼們都學著用毛筆寫家信。

大姐姐的台板雖然在我的旁邊，她除了上午管我讀十遍書，並不常在我身邊。她的台板裡滿滿的都是整整齊齊的書。我的台板裡卻很空。她有一本很厚的新書，借放在我的台板裡。我一個人「自修」的時候，就翻來看看。書很有趣，只是書裡的名字很怪。我囫圇吞棗地讀了大半本，被大姐姐發現了，新書已被我看得肚皮都凸出來了。她著急說：「這是我借來的呀，叫我怎麼還人呢？」我挨了一頓責怪。多年後，我的美籍女教師哄我上聖經課，讀《舊約全書》，裡面的故事，我好像都讀過，才知道那本厚書是《舊約全書》的中譯本。我還是梳四條辮子時期讀的。

我記得家在上海的第一個暑假，媽媽叫我讀《水滸》，我讀到「林教頭刺配滄州道」的一回，就讀不下去。媽媽問我怎麼不讀了。我苦著臉說：「我氣死了。」爸爸說：「小孩子是要氣的。」叫我改讀《三國演義》。我讀《三國演義》，讀了一肚子「白字」（錯別字）。據鍾書說，自己閱讀的孩子都有一肚子「白字」，有時還改不掉。我們兩個常抖摟出肚子裡的白字比較著玩，很有趣。

縫紉課好像是星期三的課，我們小鬼學做「小布頭」，一小方麻紗，我們學許多針法，包括抽絲挑花。洋縫紉從左到右縫，和寫字一樣，都和我們中國的方向相反，我縫得很整齊細密。跳上中班，學抽絲挑花。「自修」時可以做針線，可是「散心」的時候，針線也不許做。

小鬼的晚課很短。我們提前上樓；上樓之前，先挨次上「小間」，有姆姆看著。這也是一件難事。天黑了，「小間」裡沒有電燈，電燈在外邊。「小間」的門頂上都有透亮的玻璃窗。學校有規矩：上「小間」不准開著門，也嚴禁兩人同關在一個「小間」裡。誰也不敢違犯這個規矩。我們只敢把門掩上，外面一人裡面一人說著話陪伴。天黑了，我們小鬼都很膽小，臨睡上「小間」是一件很可怕的事。英文課堂後面，不記得是六個還是八個「小間」。中文課堂後面，不記得是六個還是四個「小間」。兩個自修室的孩子，分頭由不同的樓梯上樓。姆姆陪上樓，巡視各臥房。我們用冷水洗手絹，洗襪子，也洗手，只是不洗腳，因為沒有熱水。我還會自己剪指甲，左右手都能。手、腳的指甲都得常剪。腳指甲長了會戳破襪子。襪子破了頭，不留心脫落了鞋就出醜了。每星期三洗澡。沿著環抱大院的長廊旁邊，有一長溜澡房。星期三有熱水，每間澡房裡有一只大缸，缸裡鑿個洞，塞上塞子，就是澡盆。小鬼都分批安排在同一時間洗。我聽到左右鄰室的孩子說：「唷，我腳跟上的泥好厚，抓也抓不盡！」我學給大姐姐聽。姐姐說：「你呢？」我說，用毛巾多打些肥皂，使勁兒擦擦，就乾淨了。我洗澡不說話。大姐姐說我乖。

每晚，我們小鬼還沒上床呢，中班、大班的學生就陸續上樓了。我和兩個姐姐說話，多半在臨睡或早上。每晚必定要洗襪子，每天必定要帶一塊手絹。沒有手絹不能過日子。因為每次餐後，都得用手絹抹抹嘴；洗了手，得用手絹擦手；哭了，得有手絹擦眼淚。有一次我哭了，手絹兒掉了，沒有手絹擦淚，只好把我寶庫裡的寶貝紅花手絹掏出來擦淚。我很捨不得，可是哭了，沒辦法。

我記不清我們每天早晨下樓之後先上「小間」呢，還是先上飯堂。應該是先上「小間」吧？我記得飯堂進門處有一條長桌專供熱茶水，「散心」的時候可以去喝。可是我們從不把喝水當一回事。

我們每晚上樓，宿舍裡總打掃得乾乾淨淨。每天下樓，課堂裡總收拾得乾乾淨淨。宿舍裡，肯定有人墩過地板，擦洗過門窗玻璃和床架。課堂裡也準有人一間間打掃擦洗。我們小孩子從未理會過，所以我到今天也不知道這份繁重的工作是誰幹的。

管教我們的修女裡，有一個不稱姆姆而稱「阿姊」，她是混血兒，是私生女，沒資格做姆姆。她個兒高，我們管她叫「長阿姊」。另外有五六位女教師，還有一位男老師，他就是白鬍子鄒先生，全校惟一的男人。我們小鬼最怕的是「長阿姊」，不過我們知道全校威望最高的是禮姆姆。

禮姆姆是法國人。她是校長，兼管法文教學。她大概只教大班的課。我大姐姐教小班，相當於禮姆姆的助手。大姐姐畢業時中文第一名，法文也是第一名。參加法語口試的法國公使（那時候沒有法國大使，公使就是最高的使官）獎賞她一只長圓形的小金手表，還有能鬆能緊的表鏈。大姐姐經常戴著。表走得準，不用修。我很羨慕。

大姐姐該上大學了。可是我爸爸對國立或私立的中法大學都有偏見，法國教會辦的震旦大學卻又不收女生，所以大姐姐留在啟明進修，邊教邊學。她不但學法文，還繼續「描花」，只是不「掐琴」了。女教師裡，只有她在英文課堂裡占著一個座位。其他的女教師都在教員休息室裡待著，大姐姐兩處都有她的地盤。我的台板挨著她的，離禮姆姆的辦公室最近。三姐姐的台板在前面好幾排呢。

我們小鬼認為最非同小可的事，是禮姆姆請吃「大菜」。可是「大菜」我們從未見識過。禮姆姆想必是客客氣氣地「請吃」，因為她一點兒也不凶。她頭髮已經灰白，眼睛還很靈活。她成天忙忙碌碌的。我認為最忙的人就是她。不過小鬼摔了跤，哭了，她總會知道，總會趕到現場。她總說：「Ah! pauvre petite!」（「啊，小可憐兒！」這句話後來都跑到《圍城》裡去了）然後她攙著摔跤的孩子到校長辦公室，給一塊糖吃。

我告訴大姐姐，我摔了不知多少跤，從沒吃到過一塊糖。大姐姐說：「誰叫你不哭？」可是我摔了跤從沒想到哭。我很少兩個膝蓋全都完好的時候。右膝蓋傷處結了痂還未脫落，左膝又跌破了。有一次下雨，我們在雨中操場上體操課。每逢下雨，「散心」有走廊，有雨中操場，我們不淋雨。不過我雨天不穿布鞋穿皮鞋。皮鞋底滑，我滑了一跤，把右膝蓋上新痂舊痂結成一個龜殼般的大痂摔脫了。我感覺到不是一般的痛，有點奇怪，掀起褲腿（那時候時行大腿褲），露出一個血淋淋的膝蓋（我們稱「青饅頭」）。禮姆姆在觀看我們體操，她看見了我的膝蓋成了「紅饅頭」，忙叫一位老師給我裹傷。可是她又不放心，親自帶我到她的辦公室，找出紗布，為我裹傷；一面問我痛不痛。我搖頭說「不痛」。怎會不痛呢？可是我說不痛，又沒哭，禮姆姆就沒想到給我吃糖。她當時是叫我再去上體操呢，還是叫我坐在一旁休息呢，我全記不起了，只記得禮姆姆沒有給我吃糖。

可是有一次我大哭了，不過並不是因為摔跤。那是下午溫習英文的時候，我和我的朋友在課堂上說話，我受罰了。老師是我大姐姐的朋友。她叫我出來「立壁角」——就是罰我在牆角處站著示眾。我認為說話明明有兩個人，不該單罰我一個。我心裡不服，跑出來背著牆角，對著全班，哇哇地大哭。老師大約覺得我這樣哇哇地哭丟她的臉，叫我回去坐下。我不理，使勁兒哭。快下課了，老師又叫我：「回去，坐下。」我還是不理。我哭成了一個淚人兒。下課了，老師走了，同班同學散了，我的朋友還靜靜地坐在原處陪我（我們同坐第一排）。有幾個小鬼在課堂門口探頭探腦。忽然禮姆姆來了。她攙了我的手，一面掏出她自己的大白手絹為我擦眼淚。我還從沒看見她用自己的手絹給哪個孩子擦過眼淚。我記不起她對我說了什麼話，她說了很多話呢。她那些話，就好像摟著我、抱著我似的，說得我心上好舒服。我止了哭，由她攙著手乖乖地走出課堂。她攙著我在長廊裡走了好長一段路，覺得我已經平靜了，才把我交給我的朋友，她自己回辦公室。我的朋友一直跟在背後，她緊緊地勾住我的胳膊，我能感到她的同情。我打心眼兒裡覺得我的朋友真好。我也打心眼兒裡覺得禮姆姆好，我喜歡她。

晚上大姐姐問我為什麼大哭。準是禮姆姆告訴她的。我就把罰「立壁角」的事告訴大姐姐，準備挨訓。可是大姐姐沒訓我。如今我老來回憶舊事，我敢肯定：我比我的朋友放肆，罰我是應該的。我以後沒敢再放肆。

我們星期日有一堂自修性質的課，一班學生學畫地圖。沒有老師教。大概是「長阿姊」帶一隻眼睛看管。我完全忘了規矩，走出了自己的座位，指手劃腳地教別人怎麼畫山脈。我說：「山脈不用畫。」因為像毛毛蟲似的山脈，如果把一根一根刺兒都一筆一筆畫，就太麻煩了。我說：「山是要捲的。」就是用鉛筆斜臥紙上，用一個指頭按住筆頭，一路捲過去，就捲出山脈的半邊；對面再捲上另半邊。我不知哪裡學來的訣竅，正在神氣活現地教人呢。「長阿姊」忽闖進教室，學著我的聲音說：「山是要捲的」，接下就很嚴厲地訓了我一頓。我確實是犯規矩了，可是也不用罵得這麼凶呀。我一下子眼淚迸流，覺得心裡好苦，抽抽噎噎地哭了。我越哭越苦，越苦越哭。「長阿姊」罵完自己走了。同學下課也都散了，剩我一人在課堂裡抽抽噎噎地哭得好苦。忽然禮姆姆來了。她又掏出潔白的手絹為我拭淚。她很有意思地看著我，輕聲對我說，體操老師在找我呢。她知道這句話對我有多大功效。我立即收了淚，急忙跟她上大操場去，生怕臉上還帶有哭容。

因為體操老師喜歡我，我也喜歡她。我喜歡她的美，她是很美的美人。我也喜歡有美人喜歡我。她是白俄貴族，不會說中國話，教體操只會用英語喊口令。我們全校學生排成一大長隊，最小的排在最前頭。我不是最小的，我前頭還有三四個小鬼比我的個兒稍微小些，年齡也小。她們聽不懂老師的口令。我雖然不懂英語，老師的意思我全懂。她看出我懂，就挑我領隊。我們先要排著隊走許多花樣：單行，雙行，左右單行，左右雙行，又合併成一行，又走成一個越轉越緊的圈兒，又返回原樣。其實，我只帶領身後幾個小鬼而已，中班生、大班生都懂得口令。可是我自以為在領隊呢。走完，我們分排站定，每個人前後左右都有相當的距離。我們有時做棍棒操，有時做啞鈴操，有時是空手做操。空手做操有一個難做的動作：雙足並立，兩手叉腰，蹦一下，蹦得很高，同時舉起雙手，拍一下，同時也雙腳分開，拍一拍又合上，再落地，手腳還原。斯文的女學生不會做。我是個蹦蹦跳跳的小鬼，這個動作做得特好，老師叫我在全班面前示範。我挺得意。做完操，隊伍顛倒過來，由大的學生領隊，小的做尾巴，走出操場。老師總把她的一對棍棒或啞鈴交給尾巴梢上的我，叫我替她還給保管這些器具的姆姆，還叫我替她說聲謝謝（因為她自己不會說中國話）。她管我叫Baby。小鬼們說我是她的「大零」（darling）（心愛的人）。她的「大零」我願意做。我那次摔出一個血紅的「青饅頭」就是為了一心要做好「大零」，才失足滑跤。禮姆姆都看在眼裡呢。體操老師在找Baby，禮姆姆特來找我，我什麼苦都忘了。

我們的台板是斜面，底下還有一道邊緣，台板上的東西不會滑下去。台板上面有半尺寬的平面，可以放墨水瓶、硯台之類。我胳膊短，台板大，蘸墨水得把手伸得老遠。墨水蘸多了，會滴在紙上；蘸少了，得一次一次伸長胳膊。不過坐著讀書寫字都很舒服。我洗淨一個空墨水瓶，灌滿清水，養一顆黃豆苗。我大概是學了植物學，要看看種子發芽抽苗。英文課堂雖然很明亮，豆苗卻照不到陽光，所以長得又瘦又長。有一天大姐姐笑著問我：「豆苗長多高了？禮姆姆說你天天和豆苗比高低呢。」我才知道禮姆姆什麼都看在眼裡。

我做的壞事，想必也逃不過禮姆姆的眼睛，而且還有意外被發現的呢。有個小魔鬼是兩廣總督的七姨太的女兒，比我大一兩歲。我們偶爾一起玩過。一次，她約我到中文課堂的後面去玩。兩個課堂的前面是筆直的長廊，相離不遠。課堂後面各有走廊，卻是走不通的，得繞過大樓的後面，在空場上走好一段路。我們以為離英文課堂遠，就很平安。兩個課堂的後走廊都比地面高。我們站在平地上，走廊的地面恰恰齊胸，我們可以站著玩「抓子兒」（稱「抓鐵子」）。我們揀幾顆小石子，就可以玩了。其實這也並不好玩，只因為是偷玩，就覺得好玩。我們兩個都側身站在走廊前面，我臉向中文課堂，她臉向英文課堂。我正在做「趕小豬」、「蟬蛻殼」等花樣，她忽然急忙地鑽進「小間」去了。我覺得她太急相了。我一人抓著石子「稱斤兩」，玩著等她。她老也不出來。我一回頭，不好了！那邊禮姆姆正帶著一群參觀的貴賓從英文課堂後廊朝大操場慢慢走來。我急忙想鑽入「小間」，可是，每一間都鍵著門呢。我和禮姆姆雖然隔著大片空地，可是大樹太高，遮不了我這個小鬼。我只好假裝洗手，走到水池邊，開了水龍頭。可是我為什麼要到中文課堂後面去洗手呢？我肯定，禮姆姆已經看見我了。怎麼辦？怎麼辦？只有一法，趕緊逃回英文課堂去。我硬著頭皮，在禮姆姆眼皮下，奔跑著逃回英文課堂，心裡直打鼓。大姐姐並不在我座旁。我記不起那是上午還是下午，很可能是下午。我一人坐著很氣憤，心裡直在和那個小魔鬼理論：「你看見禮姆姆了，就不告訴我一聲？你怕我搶你的『小間』嗎？你自己躲得快，就把我一人晾著！」再想想，她當然是搶先躲好，不能兩人躲在一個「小間」裡。她即使早告訴了我，我也不能變成一條蟲子爬回英文課堂。我幹了壞事反正遮蓋不住。

晚上大姐姐對我說，禮姆姆在問，季康在中文課堂後面幹什麼呢？幹嘛奔跑？我就如實招供，準備大姐姐訓我一頓。可是大姐姐什麼也沒說。我準備禮姆姆要請我「吃大菜」了，可是禮姆姆並沒有追究。倒是我自己訓了自己一頓。約我偷玩的小魔鬼太鬼了，太不夠朋友了。可是她壓根兒不是我的朋友，為什麼她一招我就應她呢？

我和這位小魔鬼還有一段往事，記不起這件事和那件事的先後。另有一個小鬼，新得了一把小洋刀，可以把鴨膀乾削著薄片兒吃。她和那個大官的女兒是朋友。她們倆找了我和我的朋友，一起躲在背人的地方。她把鴨膀乾削成薄片，四人輪著吃。我們給一位老師發現了。那位老師大概覺得她一個人不夠凶，還找了一位姆姆和另一兩位老師，同坐在一間教室裡，召「四個小魔鬼」去訓斥。我第一個進去，我的朋友跟在末尾。我們站在教室側面，一溜四個。我們是當眾拿獲的，不用審訊，虛心受訓就行。她們訓斥完畢，喝令「四個小魔鬼」回自修室去。我的朋友第一個退出。她哭了。我末一個退出。我看見姆姆、老師緊繃的臉已經綳不緊，都忍不住要笑了。我當時沒有低頭，都看見。我安慰我的朋友：「不要緊，她們都在笑呢。」不過這是我的獨家消息，我不告訴另外兩個小魔鬼。我已打定主意，不再跟她們一起玩了。

學校裡誰是權威人物，小班孩子最明白。禮姆姆之外，就數列姆姆。列姆姆是蘇格蘭人，主管英語教學。她比禮姆姆瘦小，也比較年輕，禮姆姆的眼睛是溫軟的；列姆姆的眼睛是閃亮閃亮的。她愛笑，笑時露出整齊的牙齒，笑得很愉快。不過她沒工夫對我們小鬼笑，除非笑我們小鬼。

每學年終了，大操場上總要搭上一個大舞台，台下擺滿座位。學生像模像樣地演幾齣戲，招待學生家長和貴賓。大班生和中班生演一齣法文戲，一齣英文戲。小班學生演的是英文戲，往往是邊唱邊演的歌劇。據我們小鬼的了解，所有的戲（包括舞台布景、服裝等等）全都是列姆姆想出來的。列姆姆的助手就是「長阿姊」。演戲，她幫著排練；教課，由「長阿姊」教我們小班。彈鋼琴也是列姆姆教，至少小班是她教。小班的唱歌是「長阿姊」教。

列姆姆不像禮姆姆經常看得見。她在三層樓上忙，不常出現。列姆姆總記著為我的朋友和我提供課外讀物。書是四方形的薄本子，字很大，有插畫。我跟著我的朋友第二次跳班之後，大考有一道題我答不出，呆呆地坐著。列姆姆監考。她過來看看我答不出什麼問題，就走到班上最拔尖的學生旁邊偷看，然後回來教我。我經她點撥，才交上答卷。

晚上我把這件事告訴大姐姐。我說：「列姆姆自己也答不出，她偷看了別人的考卷來教我。」大姐姐滿面不屑地笑說：「反正誰也不會和你這種小鬼計較。」

列姆姆出來的時候，身邊往往有個「長阿姊」；一個高高的，一個瘦小的。我們不怕列姆姆，只怕「長阿姊」。我記得「長阿姊」教我們唱英文歌。她教一句，我們鸚鵡學舌般學一句。一次，小鬼們學了幾遍還學不好，她大喝一聲「聽！」小鬼們照模照樣齊聲喝一生「聽！」（我和我的朋友是例外，我們沒出聲。我們唱得很好。）「長阿姊」好生氣啃！她不知道對小鬼一味凶，並不管事。

我們星期三有一門課叫「格致」（「格物致知」，就是物理），我插在中班。教我課的姆姆總把我的名字叫作「同康」。這是我二姐的名字。我家孩子從不敢提這個名字，因為知道爸爸媽媽要傷心的。我記得我們還在北京的時候，二姐姐沒有了。有一晚大風，我們一家人正圍坐燈前說話。我媽媽忽然把手一抬，側耳靜聽。媽媽說，她好像聽見二姐姐在叫媽媽，再聽又沒有了。媽媽簌簌地流淚，爸爸和大姐姐都幫著媽媽前前後後地聽。我們幾個小孩子都屏著氣不敢出聲。後來不記得爸爸用什麼辦法叫我們孩子打亂了媽媽的心思。據大姐姐告訴我，二姐是這位姆姆最寵愛的學生。她叫我同康，我就肅然恭敬。我好比被神仙一指，小魔鬼變成了小天使。我在班上是最乖的好學生。

有一天，「長阿姊」拿了一份小考的考卷，直塞到我眼前，很嚴厲地說：「看看！看看！這是誰的卷子？」我看了，考卷是用鋼筆蘸了墨水寫的，一個個字都寫得非常工整，沒一個錯字，沒一滴墨水。每道題後有姆姆用紅墨水批的分數，每道題都滿分，總分是一百分。我很驚奇地看到卷子上是我自己的名字。我簡直不敢相信自己的眼睛。可是我不覺得驕傲而感到慚愧了，因為我的英文課卷從沒有這麼整潔的，少不了有二三滴墨水（滴上又吸乾的），少不了有二三處寫錯又改的。我竟能寫得沒一個錯字，沒一滴墨水，簡直是奇蹟！怪不得「長阿姊」一聲大氣呢！可是那位姆姆並沒凶啊！

「長阿姊」凶雖凶，她的臉不凶，只是聲音凶。她對我們孩子還是蠻好的。她曾為我縫過鞋，我至今還記著呢。

我上文說過，長廊下面有個大花園。這大花園只好看，不好玩，四周種著花樹，園裡鋪著大片草坪，草坪不能踐踏，遠不如大樓後面空地盡頭的亂草地好玩。草坪靠近走廊的一邊，有一道很寬的碎石路。石塊大概是打碎的花崗石，看著就知道硬。我曾想學燧人氏「鑽木取火」，來一個擊石取火，夥同小鬼們揀了碎石塊，躲在黑地裡把兩石相擊，想打出火來。但是不見火花，只能看到石頭的薄邊上現出紅暈，好像要冒火的意思。可是只見紅暈，從不見火花，我就沒興趣了。走在這種碎石上如果不老實，摔一跤不僅摔破膝蓋，褲子也得摔破。腳底下踩著也並不舒服。所以我們「散心」的時候，不大在大花園裡玩。

從長廊到碎石路，有兩座台階。一座小的在長廊中部，一座大的在長廊西盡頭。長廊高出地面一米半，西盡頭的台階有一間小教室那麼寬，整座石階的坡面有一只床那麼長，分十級。我一個人自己玩的時候，常在這裡練習跳石階，從石階跳到碎石路，三級、四級，到六級、七級。這種遊戲見本領，摔不得，石階和碎石路都是不饒人的。有一次許多小孩一起玩，一般小孩能跳三到五級，能跳八級的只有兩人，一個就是我。在高一級就沒人敢跳了。我已跳得腳裡有數，從第九級安然跳下來，一群小鬼很佩服。我還不甘心，再跨上一層，到了最高的一層。小鬼們屏息以待。我大著膽子踴身一跳，居然平穩落地。但是兩腳雖然落地，蹲著的身子止不住還往前衝，鞋底在碎石路上擦過一尺左右才停下。我站起身，一無損傷。我跳成了！跳成了也就是到頂了，我也不敢再跳。一群孩子都散到大樓後面的空場上去。

我大概是打算去找我的朋友。可是我覺得兩腳跟涼颼颼的，鞋也鬆了。我回過頭往腳後跟一看，糟了！我穿的是布鞋，鞋幫後跟原是細針密線縫上的，這回裂了大口子，兩個後跟開了兩隻豎的眼睛。我脫下鞋，發現襪子後跟也磨破了，兩個襪跟都一樣破，露出兩個「鴨蛋」（我們管露出的腳跟叫「鴨蛋」）。露出「鴨蛋」是丟醜的事，而且鞋太鬆了，走路也不便。

我憑自己穿的鞋，可以推定那時期是一九二〇年的秋季。因為我還穿家裡做的布鞋，只是不用布底，而改用黃牛皮底，很結實，但味道不好聞，臭的。我檢查自己鞋襪的時候，很可能已經給「長阿姊」看見了。我沒走幾步，劈面就碰到她。她一眼便看到了我的狼狽相。她叫我把鞋脫下給她，一面伸手在自己的大裙子的口袋裡掏摸出針線和頂針。她穿上了線。我把鞋交給她。她很快地為我密密縫上，縫好了打上結子，還用牙齒去咬斷線。又命我脫下另一隻鞋。我一隻腳有鞋，沒鞋的一隻腳不能踩在泥地上，我還盡力遮掩著我的鴨蛋。當時的窘態，至今還記得。「長阿姊」不嫌我的鞋臭，再次用牙咬斷線。我心上很抱歉，也很感激。別的小鬼們怕她，罵她「雜種」，我卻從沒罵過。

主管中文教學的是依姆姆。她自己不教課，不知忙什麼。依姆姆是高高個兒，又瘦又老，瘦削的長臉，戴一副高度近視眼鏡。大家都知道我是依姆姆的「大零」。午飯，往往是依姆姆巡視飯堂。她必定要停在我旁邊，把我的筷子拿過去，為我夾菜。她又叫我大姐姐買些毛線，她要為我織一副手套。大姐姐托人買了兩股醬紅色的毛線。依姆姆一面走路，一面十指忙忙編織，為我織了一副露出手指的手套。我整個冬天戴著這副醬紅色小手套。

依姆姆沒有助手。她聘請的鄒先生是一位上海名士，五十年前，我還曾在何其芳同志的文章裡見到他的名字。現在已看不到有誰提起他了。我只記得他別號「酒丐」，他的名字，連我這個做過他學生的也記不起了。

鄒先生教大班生念四六文，還要做詩。三姐是中班生，我不知道她讀什麼書。我入學之前，曾經過一番考試，插入中班。我是鄒先生教的最低班，讀《孟子》，每段都要背。我們小鬼上午十點左右，都放出去玩一會。我因為上了幾門中班的課，大姐姐不讓我玩。我覺得很委屈，可是又愁背不出書。大姐姐說：「不用背，你只管讀完十遍，就出去玩。」她為我做了一條記數的紙條，上面是一、二、三、四……到十。我把紙條壓在書下，每讀一遍，就把紙條抽過一個數字，讀滿十遍，姐姐就給我一粒水果糖，讓我含著糖出去玩。我總老老實實讀滿十遍，第二天也居然能背。我至今還能背呢。

鄒先生上課，總有個姆姆坐在課堂後面的角落裡旁聽，下午為我們複習。我坐在第一排正中，就在鄒先生眼皮底下，後面還有姆姆監視，可是我還能私下偷玩。一條二尺長的細繩子，結成一圈就夠我玩的。現在回想，課堂上不聽講、偷玩，是我在啟明養成的最壞的習慣。以後我換了學校，曾有好幾位名師教語文，可是我總不聽講，總愛偷玩，現在後悔已來不及了。

鄒先生班上作文，限在課堂上做。一次，題目是《惜陰》。我胡謅說：「古之聖賢豪傑，皆知惜陰。」一依姆姆看了課卷，滿處稱讚「小季康『明悟』好來！」（「明悟」又是啟明的特殊語言；「好來」是上海話，指好得很。）害我挨了大姐姐好一頓訓斥。大姐姐說：「你別自以為聰明！」我哪會自以為聰明呢。我在鄒先生班上，至多是七十分上下的學生。鄒先生出的對句，兩個字的我還能對，三個字就對不上了。有一次我把「星」字寫錯了，頭上多了一撇。鄒先生看我是最小的小鬼，不用對我客氣。他挖苦了我一頓說：「還沒看見過『白』字頭的星字呢！本來還可以給七十分，現在只好六十分了。」分數我滿不在乎，我私下裡的「課堂娛樂」他從未覺察過，所以我一點不嫌他。後來他更老了，上課總唉聲嘆氣說：「兒子不肖。」有一次，他腦門子上貼了紗布橡皮膠，說是給兒子用什麼東西砸傷的。以後他不來教課了。換來一個年輕漂亮的男老師。我說不出什麼緣故非常厭惡他。他教我們讀韓愈。我沒有任何理由要厭惡他，可是我對這位老師純是厭惡，而且是強烈地厭惡。現在想來，可能因為他一雙眼睛太精明，盯著每個學生，小女孩子會有反感。

有一次，「月頭禮拜」我隨兩個姐姐回家，走向車站的半路上，看見鄒先生站在賣沙角菱的攤兒旁邊，忙忙地吃沙角菱，白鬍鬚裡沾了許多熟菱的碎屑。我心中惻然，覺得鄒先生好可憐。吃沙角菱有什麼可憐呢？大概因為他不是坐著吃，也不是兩人同吃，卻是一個人冒著風忙忙地吃，好像偷吃似的。我想起鄒先生，就想起這幅情景，覺得鄒先生好可憐。

我常聽到大姐姐和老師們議論依姆姆這不對、那不好，說她總是「不得當」。我聽了覺得很不舒服，好像我應該護著依姆姆，因為她待我好。我聽她挨罵而沒能護她，好像是我沒良心。我對依姆姆很感激。她神速地扭動著十個指頭為我織手套，她為我夾菜，還動不動稱讚我，我都記著呢。可是說實在話，我不怎麼願意做她的「大零」，因為我實在並不喜歡她。這句話，我不願意告訴姊姊，我對誰也沒說過。只是每想到依姆姆，我心上總感到抱歉。

還有一位珍姆姆，也是喜歡我的。她就是鄒先生上課時坐在後排旁聽，然後又為我們複習的那位。我們的歷史課也由她教。我至今還記得她歷史課上講的「和珅跌倒，嘉慶吃飽」。不知為什麼，學生都不喜歡她。她偶爾臉上長了幾個紅疙瘩，大家就管她叫「赤豆粽子」。並沒有誰說我是她的「大零」。不過，她向我表示我是她的「大零」。

星期天的「跑路」，我總分在她帶領的一群小孩子裡（我和我的朋友不在一隊）。一次，該是一九二一年的春天或秋天，我們「跑路」到一個私家花園去玩。這個花園我們常去，大概這家有兒女做了修士，捐贈給教會的。進園有個汽車房，園裡有個乾涸的池塘，泥面已龜裂。池上有石橋，池旁有假山，後面有廳堂。這位姆姆拉我和另幾人坐在廳堂裡陪她。我覺得很沒趣。可是我也沒有別的朋友。忽有兩個孩子慌慌張張跑來告急，叫我出去，有事。據說有個孩子走入池塘，陷在泥裡了。姆姆說：「『嘸志氣』的孩子讓她去。」我公然反抗說：「讓她陷在泥裡啊？」我不理姆姆的阻擋，跟著告急的孩子趕到現場。其實我並不比她們年長，只是班次比她們都高，所以她們向我求救。

那個走入池塘的孩子已經走過泥塘，正站在對面岸邊哭呢。塘裡的泥雖然是爛泥，卻是半乾的，只沒及膝蓋以上，衣服沒沾泥，但褲腿上全是爛泥。她穿的鞋是搭袢皮鞋，一隻鞋上的紐扣掉了，鞋落在泥裡了。我到場的時候已有幾個孩子找到了一枝長竹竿，正從池塘的一個腳印裡挑出一隻泥鞋，泥鞋正高高地挑在竹竿頂上，掉下來是一隻裝滿爛泥的鞋。一群孩子都帶著期望的眼光看著我。

我使勁兒想了一想。我想，爛泥是爛泥，不太濕，並未滲透到裡面的褲子。皮鞋可以沖洗（汽車房裡有水龍頭），問題只在襪子。在我們那個年代，不穿襪子是萬萬不行的，等於不穿衣褲。我們早上穿衣服的時候，大家都掀開帳子，一來因為臨睡脫下的衣服都放在床前凳子上，二來因為帳子裡悶，我們都掀開了帳子穿衣服。我偶曾看見一人穿襪子套上兩雙，也聽說常有人穿兩雙。我使勁想一想的時候，都想到了。我立即發號施令：

「把泥褲子往下反剝下來，泥襪子也倒剝下來，捲在剝下的褲子裡。誰穿兩雙襪子的脫一雙給她（指落難的孩子；果然有穿兩雙襪子的，有兩人呢）。皮鞋到汽車房的水龍頭下沖洗乾淨，大家都拿出手絹來給她擦乾。」我頓時成了小鬼裡的大王。

大家七手八腳照我說的辦，很快就解決了一切問題，只是那雙皮鞋經過沖洗，泡得很濕。我們先還找些破報紙把鞋擦拭乾淨，才用各人獻出的手絹兒。手絹雖多，都是小的。鞋還沒很乾就帶濕穿上了。吹哨子大家歸隊的時候，落難的孩子只不過沒穿黑色校褲而穿一條綠花布夾褲，臂下夾著一卷黑校褲（反面沒有泥）。她被姆姆訓了幾句「嘸志氣」就完了。

一群小鬼因為我頂撞了姆姆都為我擔憂。回校後只顧計議怎樣用一根草繩橫經在長廊裡，叫「赤豆粽子」滾一跤。我覺得她們太「小孩兒」了。不過我確有點不安，我沒敢告訴姐姐。

我有事不告訴三姐姐。她上樓後總有朋友在一起。我早上等她為我梳頭——四條辮子簡為一大一小兩條辮子後，大姐姐事忙，不管我了。三姐姐和朋友交換梳頭，好半天也顧不上我。我披著頭髮，等得不耐煩，就學著自己編，先把小辮用頭髮夾子夾上，不用再編小辮，然後把頭髮分為三股，一手管一股，借牙齒當一隻不活動的手，試著試著，自己也編成了辮子。三姐看了說：「不歪，也筆直的，行！」我就自己梳頭了，我九歲就自己梳頭，很自豪。

大姐姐因為我晚上最早上樓，托我幫她洗洗油畫筆。冷水肥皂洗油畫筆，很費事。她上樓的時候也往往有朋友在一起。我過了幾天才把我和珍姆姆犟嘴的事告訴大姐姐。我問大姐姐，珍姆姆會不會向禮姆姆告狀。大姐姐說：「她不敢。」這件事我不久也忘了。

可是我一下子被小鬼擁戴為大王，頗有點醉意。這幫小鬼拉我一起玩，我就跟著一起瘋。我又跌破了膝蓋，自覺沒趣，和她們玩也無聊，我躲開她們，仍然找我的朋友一同「散心」。以後我也不再經常跌破膝蓋了。

學校有個病房在三層樓上。看病的姆姆是外國人，有兩道濃濃的黑眉毛。我們小鬼最怕她。誰如果牙痛，她叫張口，讓她看看。沒來得及閉口，她已經一鉗子把牙拔掉了。喉痛，她也有辦法，用一根棉花棍兒蘸些含碘的什麼藥水，在喉嚨裡一攪，很難受，可是很有效，很快就好了。如果有輕微的發燒，那就得受大罪，得吃蓖麻子油，還得喝水。生病的孩子只許吃鹹橄欖，嫌鹹，只好多喝水。我們小鬼從來不敢裝病。

我在啟明的末一學期，上夜課的時候常有一個梳「頭髮團」的學生哄我到她座旁去為她講解英文信，還叫我替她起草英文信。大姐姐很奇怪，問我和那個人談什麼事。我就如實報告。大姐姐很有興趣，我聽見她笑著告訴三姐：季康在替人家寫情書呢。啟明學生的來往信件，都由校方指定的一位姆姆拆看。這位姆姆不懂英文。可是我至今也想不懂我講解的英文信或起草寫的回信裡，什麼話是「情書」。我未必能用英文替人家寫情書，只可巧我是一個啥也不懂的孩子。比我年齡大的，她不敢信任。

一九二三年暑假，我家遷居蘇州，我就在蘇州上學了。後來我偶在大姐姐的抽屜裡發現兩件啟明的紀念物。一件是一張劇照。演的是歌劇《主婦的一個禮拜》（星期一洗衣，星期二熨衣，星期三閒來無事，一邊打毛衣，一邊和鄰家婦女閒聊家常……）。我演星期三的主婦。劇照上的我，打扮得像個洋娃娃，可是裝作一個主婦，很滑稽。當時我一邊唱一邊演，自己看不見自己。我不大知道我在啟明上學的時候，自己是什麼個模樣兒。看了姐姐留下的照片，很有興趣。第二件東西是我的英文大考的考卷。啟明的大考卷用很講究的細格子大張紙。考題是由大班生用方頭鋼筆寫成的粗黑體字。我看了自己的大考卷，也向我見了我「格致」課的小考卷一樣驚奇。這次考試，就是列姆姆偷看了別人的考卷教我的。不過她只是悄悄兒點撥一下，字句都是我自己的。我想不到自己會寫出這麼像樣的考卷，怪不得大姐姐特地討來留下了。假如我繼續在啟明上學，我的外文該會學得更好些。

我在啟明上學時的故事，我常講給鍾書聽。他聽了總感嘆說：「你的童年比我的快活得多。我小時候的事，不想也罷，想起來只是苦。在家裡，我拙手笨腳，專做壞事，挨罵。我數學不好，想到學校就怕。」有時他叫我：「寫下來。」我只片片斷斷地講，懶得寫。現在沒人聽我講了。我懷念舊事，就一一記下。

一九八七年，我曾收到母校一百二十周年校慶的紀念冊。啟明女校已改為上海市第四中學，原先的「女校」或「女塾」已完全消失了。紀念冊上有學校建築物的照相。教學大樓和長廊還保持原貌，我看了神往不已。但現在又十五年過去了，教學大樓和長廊還存在嗎？我跳過的十級台階，確實是十級嗎？我還想去數數呢。

二〇〇二年三月二十三日定稿

陳光甫的故事二則

親手創建上海商業銀行的陳光甫先生和我爸是無話不說的好朋友。他們同在美國費城賓夕法尼亞大學進修。我爸爸屬法學院，陳光甫屬商學院。我在家裡曾聽爸爸講「陳光甫的皮鞋」和陳光甫講述的另一樁事。現轉述如下。

陳光甫的皮鞋

陳光甫從家鄉到了上海（這是多年前事，地點我已記不清楚），下火車先去買了一雙新皮鞋。皮鞋裝在紙匣裡，有繩子十字形紮結停當，他拎了皮鞋就到經常投宿的親戚家去。

親戚見了他很高興。晚飯後，大家談笑了一番，各自歸寢。這間房是他常住的。他把皮鞋放在床尾桌上，解衣睡下。那是大冬天。他睡在被窩裡只覺得說不出的害怕，害怕得怎麼也睡不著；他輾轉反側，害怕得簡直受不了。

約莫十二點左右，他聞到些兒「布毛臭」（就是布著火的氣味），立即不害怕了，恍然自己「哦」了一聲：「就是為了這件事！」

失火了！他迅速穿衣起床，喚起親戚一家人。火是大片的火，從鄰家延燒過來的。火勢很猛。親戚家只搶得幾件珍貴細軟，全家逃得性命。家具衣服被褥連同房子，全都燒光；只陳光甫那雙皮鞋由主人拎在手裡，很輕便地逃離了這場大火。

母女倆的故事

有母女兩個相依為命，家裡只母女兩人。平時各居一室，很安頓。有一晚，兩人都說不出的害怕，害怕得不敢分開，害怕得不敢滅燈睡覺，只好整夜開著電燈，兩人相守著。到天濛濛亮的時候，忽聞鄰家喊捉賊。鄰家人多，賊給捉住了。據這個賊招供，他因為看見母女家曬皮衣，打算偷她們家。他一夜直蹲在對面屋脊上等候母女滅燈就下手。他等了一夜，不得機會，沒奈何就去偷人口眾多的鄰家。

對面屋頂上一個賊眈眈看伺，母女會覺得害怕，我們能理解。未來的一場火災，陳光甫事先覺得害怕，我們覺得很微妙；但那是他的親身經歷。

二〇〇三年四月八日

剪辮子的故事

我常記起我上中學時，聽爸爸講留日學生把留日學生監督的辮子剪下，繫在長竹槓上示眾的故事。故事很有趣，可是爸爸只不過講講而已，並沒有寫文章記下這件事。他講得活靈活現，好像他當時在座客中親眼目見的。其實他這個時期正和同在日本留學的雷奮、楊庭棟創辦介紹先進思想的《譯書彙編》呢。（參看朱正《魯迅圖傳》——廣東教育出版社二〇〇四年版二十六頁）

剪辮子的故事很可能是我自己記的。文章從未發表，稿子卻不知去向了。要尋找失去的稿子，白費工夫，不如重新記述一遍。說不定失物在不找的時候，往往意外發現。

我細細想來，故事好像是章宗祥講的。他是當時的穩健派，我爸爸是激烈派。但他們兩人一直是同窗好友，直到章宗祥訂立了二十一條賣國條約以後，爸爸才和他疏遠。當時有資格參加這個宴會的，該是專和官方結交的章宗祥。

這大約是一九〇二年的故事。原留日學生的監督任滿回國，顯然還要升官。接任的監督當然要設宴歡送。而這次接任的新監督，恰恰又是舊監督的親信。這位親信又和舊監督的如夫人有私情。筵席進行得十分酣暢，滿堂歡聲笑語。離任監督的如夫人忽盛裝出場，當著滿堂貴賓，向離任監督叩了個頭，說：「恭喜老爺高升了！小妾（我記不真她是否自稱『小妾』）跟老爺來此多年，習慣了當地的人情風俗，捨不得離去。求老爺就把小妾賞給新任老爺吧。」離任的監督雖很意外，但畢竟是老官僚了，極為老練世故，立即滿面笑容，命新任監督和他的如夫人雙雙對他叩頭成禮。

留日學生得知此事，憤慨地說：「他倒便宜，既得美缺，又得美妾，該給他點兒顏色看看。」他們開會策劃，定下辦法，分頭執行。他們每組二人，共三組。第一組負責買一把鋒利的大剪刀。第二組買一枝長竹竿，以便把新任監督的辮子繫在竹竿頂上。第三組負責在天亮之前，把繫著辮子的竹竿豎立在官邸大門前。

這三組學生當夜要混入官邸，想必事先賄賂了官邸的管事人員。這件事最關鍵的是剪辮子。剪辮子由張繼動手。我當時年幼，只記得張繼一人的名字。別的名字都不知道了。這群學生一到日本，就改穿西裝和皮鞋了。剪辮子的一組，先在新任監督臥房外脫了皮鞋、悄悄掩入臥室。新婚的一對新人香夢正濃，張繼的同伴揪出長官的辮子，張繼手拿鋒利的大剪刀，一下子把辮子剪下。兩人拿了辮子，趕緊溜出臥室，準備把剪辮子的剪刀及早藏在沒人能找到的地方。張繼的同伴卻很好奇，要回臥室再看一眼。他們不及脫鞋，就穿了皮鞋大模大樣地跑到寢室門外，只見這位監督大人正照著鏡子哭呢！如夫人在旁安慰。辮子立即交給第二組，又轉交第三組。天濛濛亮的時候，新任監督的辮子已豎立在官邸大門前了。當然也立即被官邸的辦事人員拔掉了。

這件事，日本人會一無所知嗎？但他們一定不便公布。而留日學生竟敢對管束他們的監督如此無理，滿清政府必不會輕饒。

中國社會科學院近代史所說，我父親一九〇二年回無錫創立了勵志社。我認為這事不可能。因為我父親是一九〇二年卒業的，怎麼在卒業前夕回國？近代史所說，他們有確切的證據，沒有錯。我至今不知他們有什麼確切的證據。這是國家大事，無論在日本或國內，必有可查的檔案。我記的是幼年在家裡聽到的故事，沒有資格要求調查檔案。但願有關方面還是查案一番。當時鬧事的學生一定受到滿清政府的懲罰，不參加的學生也不會豁免。那群留日學生很可能都被召回國內受訓斥，我父親或是回國以後無事可做，就創立了「無錫勵志社」。

二〇〇九年二月

雜寫

收腳印

聽說人死了，魂靈兒得把生前的腳印，都給收回去。為了這句話，不知流過多少冷汗。半夜夢醒，想到有鬼在窗外徘徊，汗毛都站起來。其實有什麼可怕呢？怕一個孤獨的幽魂？

假如收腳印，像揀鞋底那樣，一隻隻揀起了，放在口袋裡，揹著回去，那麼，匆忙的趕完工作，鬼魂就會離開人間。不過，怕不是那樣容易。

每當夕陽西下，黃昏星閃閃發亮的時候；西山一抹淺絳，漸漸暈成橘紅，暈成淡黃，暈成淺湖色……風是涼了，地上的影兒也淡了。幽僻處，樹下，牆陰，影兒綽綽的，這就是鬼魂收腳印的時候了。

守著一顆顆星，先後睜開倦眼。看一彎淡月，浸透黃昏，流散著水銀的光。聽著草裡蟲聲，淒涼的叫破了夜的岑寂。人靜了，遠近的窗裡，閃著一星星燈火——於是，乘著晚風，悠悠蕩蕩在橫的、直的、曲折的道路上，徘徊著，徘徊著，從錯雜的腳印中，辨認著自己的遺跡。

這小徑，曾和誰談笑著並肩來往過？草還是一樣的軟。樹蔭還是幽深的遮蓋著，也許樹根小磚下，還壓著往日襟邊的殘花。輕笑低語，難道還在草裡迴繞著麼？彎下腰，湊上耳朵——只聽得草蟲聲聲的叫，露珠在月光下冷冷的閃爍，風是這樣的冷。飄搖不定的轉上小橋，淡月一梳，在水裡瑟瑟的抖。水草懶懶的歇在岸旁，水底的星影像失眠的眼睛，無精打采的閉上又張開，樹影陰森的倒映水面，只有一兩隻水蟲的跳躍，點破水面，靜靜的晃蕩出一兩個圓紋。

層層疊疊的腳印，刻畫著多少不同的心情。可是捉不住的已往，比星、比月亮都遠，只能在水底見到些兒模糊的倒影，好像是很近很近的，可是又這樣遠啊！遠處飛來幾聲笑語。一抬頭，那邊窗裡燈光下，晃蕩著人影，啊！就這暗淡的幾縷光線，隔絕著兩個世界麼？避著燈光，隨著晚風，飄蕩著移過重重腳印，風吹草動，沙沙的響，疑是自己的腳聲，站定了細細一聽，才淒惶的驚悟到自己不會再有腳聲了。惆悵地回身四看，周圍是夜的黑影，濃淡的黑影。風是冷的，星是冷的，月亮也是冷的，蟲聲更震抖著淒涼的調子。現在是暗夜裡傳仃的孤魂，在衰草冷露間搜集往日的腳印。淒惶啊！惆悵啊！光亮的地方，是閃爍著人生的幻夢麼？

燈滅了，人更靜了。悄悄地滑過窗下，偷眼看看床，換了位置麼？桌上的陳設，變了麼？照相架裡有自己的影兒麼？沒有……到處都沒有自己的份兒了。就是朋友心裡的印象，也淡到快要不可辨認了罷？端詳著月光下安靜的睡臉，守著，守著……希望她夢裡記起自己，叫喚一聲。

星兒稀了，月兒斜了。晨曦裡，孤寂的幽靈帶著他所收集的腳印，幽幽地消失了去。

第二天黃昏後，第三天黃昏後，一夜夜，一夜夜：朦朧的月夜，繁星的夜，雨絲風片的夜，烏雲亂疊、狂風怒吼的夜……那沒聲的腳步，一次次塗抹著生前的腳印。直到那足跡漸漸模糊，漸漸黯淡、消失。於是在晨光未上的一個清早，風帶著露水的潮潤，在渴睡著的草叢落葉間，低低催喚。這時候，我們這幽魂，已經抹下了末幾個腳印，停在路口，撇下他末一次的回顧。遠近縱橫的大路小路上，還有留剩的腳印麼？還有依戀不捨的什麼嗎？這種依戀的心境，已經沒有歸著。以前為了留戀著的腳印，夜夜在星月下彷徨，現在只剩下無可流連的空虛，無所歸著的憶念。記起的只是一點兒憶念。憶念著的什麼，已經輕煙一般的消散了。悄悄長嘆一聲，好，腳印收完了，上閻王處註冊罷。

一九三三年

附記：這是我在朱自清先生班上的第一篇課卷，承朱先生稱許，送給《大公報．文藝副刊》，成為我第一篇發表的寫作。留誌感念。

陰

一棵濃密的樹，站在太陽裡，像一個深沉的人：面上耀著光，像一臉的高興，風一吹，葉子一浮動，真像個輕快的笑臉；可是葉子下面，一層暗一層，綠沉沉地鬱成了寧靜，像在沉思，帶些憂鬱，帶些恬適。松柏的陰最深最密，不過沒有梧桐樹胡桃樹的陰廣大。疏疏的楊柳，篩下個疏疏的影子，陰很淺。幾莖小草，映著太陽，草上的光和漏下地的光閃耀著，地下是錯雜的影子，光和影之間那一點綠意，是似有若無的陰。

一根木頭，一塊石頭，在太陽裡也撇下個影子。影子和石頭木頭之間，也有一片陰，可是大小，只見影子，覺不到有陰。牆陰大些，屋陰深些，不像樹陰清幽靈活，卻也有它的沉靜，像一口廢井、一潭死水般的靜。

山的陰又不同。陽光照向樹木石頭和起伏的地面，現出濃濃淡淡多少層次的光和影，挾帶的陰，隨著陽光轉動變換形態。山的陰是散漫而繁複的。

煙也有影子，可是太稀薄，沒有陰。大晴天，幾團浮雲會投下幾塊黑影，但不及有陰，雲又過去了。整片的濃雲，蒙住了太陽，夠點染一天半天的陰，夠籠罩整片的地，整片的海，造成漫漫無際的晦霾。不過濃陰不會持久；持久的是漠漠輕陰。好像誰往空撒了一匹輕紗，蕩颺在風裡，撩撥不開，又捉摸不住，恰似初識愁滋味的少年心情。愁在哪裡？並不能找出個影兒。

夜，掩沒了太陽而造成個大黑影。不見陽光，也就沒有陰。黑影滲透了光，化成朦朦朧朧的黎明和黃昏。這是大地的陰，誘發遐思幻想的陰。大白天，每件東西遮著陽光就有個影子，挨著影子都悄悄地懷著一團陰。在日夜交接的微光裡，一切陰都籠罩在大地的陰裡，蒙上一重神秘。漸漸黑夜來臨，樹陰、草陰、牆陰、屋陰、山的陰、雲的陰，都無從分辨了，夜吞沒了所有的陰。

一九三六年

風

為什麼天地這般複雜地把風約束在中間？硬的東西把它擋住，軟的東西把它牽繞住。不管它怎樣猛烈的吹；吹過遮天的山峰，灑脫繚繞的樹林，掃過遼闊的海洋，終逃不到天地以外去。或者為此，風一輩子不能平靜，和人的感情一樣。

也許最平靜的風，還是拂拂微風。果然紋風不動，不是平靜，卻是醞釀風暴了。蒸悶的暑天，風重重地把天壓低了一半，樹梢頭的小葉子都沉沉垂著，風一絲不動，可是何曾平靜呢？風的力量，已經可以預先覺到，好像蹲伏的猛獸，不在睡覺，正要縱身遠跳。只有拂拂微風最平靜，沒有東西去阻撓它：樹葉兒由它撩撥，楊柳順著它彎腰，花兒草兒都隨它俯仰，門裡窗裡任它出進，輕雲附著它浮動，水面被它偎著，也柔和地讓它搓揉。隨著早晚的溫涼、四季的寒暖，一陣微風，像那悠遠輕淡的情感，使天地浮現出憂喜不同的顏色。有時候一陣風是這般輕快，這般高興，頑皮似的一路拍打撥弄。有時候淡淡的帶些清愁，有時候潤潤的帶些溫柔；有時候亢爽，有時候淒涼。誰說天地無情？它只微微的笑，輕輕地嘆息，只許抑制著的風拂拂吹動。因為一放鬆，天地便主持不住。

假如一股流水，嫌兩岸縛束太緊，它只要流、流、流，直流到海，便沒了邊界，便自由了。風呢，除非把它緊緊收束起來，卻沒法兒解脫它。放鬆些，讓它吹重些吧；樹枝兒便攔住不放，腳下一塊石子一棵小草都橫著身子伸著臂膀來阻擋。窗嫌小，門嫌狹，都擠不過去。牆把它遮住，房於把它罩住。但是風顧得這些麼？沙石不妨帶著走，樹葉兒可以捲個光，牆可以推倒，房子可以掀翻。再吹重些，樹木可以拔掉，山石可以吹塌，可以捲起大浪，把大塊土地吞沒，可以把房屋城堡一股腦兒掃個乾淨。聽它狂嗥獰笑怒吼哀號一般，愈是阻擋它，愈是發狂一般推撞過去。誰還能管它麼？地下的泥沙吹在半天，天上的雲壓近了地，太陽沒了光輝，地上沒了顏色，直要把天地搗毀，恢復那不分天地的混沌。

不過風究竟不能掀翻一角青天，撞將出去。不管怎樣猛烈，畢竟悶在小小一個天地中間。吹吧，只能像海底起伏鼓動著的那股力量，掀起一浪，又被壓伏下去。風就是這般壓在天底下，吹著吹著，只把地面吹起成一片凌亂，自己照舊是不得自由。末了，像盛怒到極點，不能再怒，化成懨懨的煩悶懊惱；像悲哀到極點，轉成綿綿幽恨；狂歡到極點，變為淒涼；失望到極點，成了淡漠。風盡情鬧到極點，也乏了。不論是嚴冷的風，蒸熱的風，不論是哀號的風，怒叫的風，到末了，漸漸兒微弱下去，剩幾聲悠長的嘆氣，便沒了聲音，好像風都吹完了。

但是風哪裡就吹完了呢。只要聽平靜的時候，夜晚黃昏，往往有幾聲低吁，像安命的老人，無可奈何的嘆息。風究竟還不肯馴伏。或者就為此吧，天地把風這般緊緊的約束著。

四十年代

流浪兒

古人往往用不同的語言，喻說：人生如寄，天地是萬物的逆旅。我自己呢，總覺得我這個人——或我的軀體，是我心神的逆旅。我的形骸，好比屋舍；我的心神，是屋舍的主人。我只是一間非常簡陋的小屋，而我往往「魂不守舍」，嫌舍間昏暗逼仄，常悄悄溜出舍外遊玩。

有時候，我凝斂成一顆石子，潛伏澗底。時光水一般在我身上淌瀉而過，我只知身在水中，不覺水流。靜止的自己，彷彿在時空之外、無涯無際的大自然裡，僅由水面陽光閃爍，或明或暗地照見一個依附於無窮的我。

有時候，我放逸得像傾瀉的流泉。數不清的時日是我沖洗下的石子。水沫蹴踏飛濺過顆顆石子，輕輕快快、滑滑溜溜地流。河岸束不住，淤泥拉不住，變雲變霧，海闊天空，隨著大氣飄浮。

有時候，我來個「書遁」，一納頭鑽入浩瀚無際的書籍世界，好比孫猴兒駕起跟頭雲，轉瞬間到了十萬八千里外。我遠遠地拋開了家，竟忘了自己何在。

但我畢竟是凡胎俗骨，離不開時空，離不開自己。我只能像個流浪兒，倦遊歸來，還得回家吃飯睡覺。

我鑽入閉塞的舍間。經常沒人打掃收拾，牆角已經結上蛛網，滿地已蒙上塵埃，窗戶在風裡拍打，桌上床上什物凌亂。我覺得自己像一團濕泥，封住在此時此地，只有摔不開的自我，過不去的時日。這個逼仄凌亂的家，簡直住不得。

我推門眺望，只見四鄰家家戶戶都忙著把自己的屋宇粉刷、油漆、裝潢、擴建呢。一處處門面輝煌，裡面迴廊復室，一進又一進，引人入勝。我驚奇地遠望著，有時也逼近窺看，有時竟挨進門去。大概因為自己只是個「棚戶」吧，不免有「酸葡萄」感。一個人不論多麼高大，也不過八尺九尺之軀。各自的房舍，料想也大小相應。即使憑彈性能膨脹擴大，出掉了氣、原形還是相等。屋裡曲折愈多，愈加狹隘；門面愈廣，內室就愈淺。況且，屋宇雖然都建築在結結實實的土地上，不是在水上，不是在流沙上，可是結實的土地也在流動，因為地球在不停地轉啊！上午還在太陽的這一邊，下午就流到那一邊，然後就流入永恆的長夜了。

好在我也沒有「八面光」的屋宇值得留戀。只不過一間破陋的斗室，經不起時光摧殘，早晚會門窗傾欹，不蔽風雨。我等著它白天曬進陽光，夜晚透漏星月的光輝，有什麼不好呢！反正我也懶得修葺，回舍吃個半飽，打個盹兒，又悄悄溜到外面去。

四十年代

喝茶

曾聽人講洋話，說西洋人喝茶，把茶葉加水煮沸，濾去茶汁，單吃茶葉，吃了咂舌道：「好是好，可惜苦些。」新近看到一本美國人做的茶考，原來這是事實。茶葉初到英國，英國人不知怎麼吃法，的確吃茶葉渣子，還拌些黃油和鹽，敷在麵包上同吃。什麼妙味，簡直不敢嘗試。以後他們把茶當藥，治傷風，清腸胃。不久，喝茶之風大行，一六六〇年的茶葉廣告上說：「這刺激品，能驅疲倦，除惡夢，使肢體輕健，精神飽滿。尤能克制睡眠，好學者可以徹夜攻讀不倦。身體肥胖或食肉過多者，飲茶尤宜。」萊登大學的龐德戈博士（Dr. Cornelius Bontekoe）應東印度公司之請，替茶大做廣告，說茶「暖胃，清神，健腦，助長學問，尤能征服人類大敵——睡魔」。他們的怕睡，正和現代人的怕失眠差不多。怎麼從前的睡魔，愛纏住人不放；現代的睡魔，學會了擺架子，請他也不肯光臨。傳說，茶原是達摩祖師發願面壁參禪，九年不睡，天把茶賞賜他幫他償願的。胡嶠《飲茶詩》：「沾牙舊姓余甘氏，破睡當封不夜侯。」湯況《森伯頌》：「方飲而森然嚴乎齒牙，既久而四肢森然。」可證中外古人對於茶的功效，所見略同。只是茶味的「餘甘」，不是喝牛奶紅茶者所能領略的。

濃茶攙上牛奶和糖，香冽不減，而解除了茶的苦澀，成為液體的食料，不但解渴，還能療饑。不知古人茶中加上姜鹽，究竟什麼風味，盧同一氣喝上七碗的茶，想來是葉少水多，沖淡了的。詩人柯立治的兒子，也是一位詩人，他喝茶論壺不論杯。約翰生博士也是有名的大茶量。不過他們喝的都是甘腴的茶湯。若是苦澀的濃茶，就不宜大口喝，最配細細品。照《紅樓夢》中妙玉的論喝茶，一杯為品，二杯即是解渴的蠢物。那麼喝茶不為解渴，只在辨味。細味那苦澀中一點回甘。記不起哪一位英國作家說過，「文藝女神帶著酒味」，「茶只能產生散文」。而咱們中國詩，酒味茶香，兼而有之，「詩清只為飲茶多。」也許這點苦澀，正是茶中詩味。

法國人不愛喝茶。巴爾扎克喝茶，一定要加白蘭地。《清異錄》載符昭遠不喜茶，說「此物面目嚴冷，了無和美之態，可謂冷面草。」茶中加酒，使有「和美之態」吧？美國人不講究喝茶，北美獨立戰爭的導火線，不是為了茶葉稅麼？因為要抵制英國人專利的茶葉進口。美國人把幾種樹葉，炮製成茶葉的代用品。至今他們茶室裡，顧客們吃冰淇淋喝咖啡和別的混合飲料，內行人不要茶；要來的茶，也只是英國人所謂「迷昏了頭的水」（bewitched water）而已。好些美國留學生講衛生不喝茶，只喝白開水，說是茶有毒素。代用品茶葉中該沒有茶毒。不過對於這種茶，很可以毫無留戀的戒絕。

伏爾泰的醫生曾勸他戒咖啡，因為「咖啡含有毒素，只是那毒性發作得很慢。」伏爾泰笑說：「對啊，所以我喝了七十年，還沒毒死。」唐宣宗時，東都進一僧，年百三十歲，宣宗問服何藥，對曰，「臣少也賤，素不知藥，惟嗜茶」。因賜名茶五十斤。看來茶的毒素，比咖啡的毒素發作得更要慢些。愛喝茶的，不妨多多喝吧。

四十年代

聽話的藝術

假如說話有藝術，聽話當然也有藝術。說話是創造，聽話是批評。說話目的在表現，聽話目的在了解與欣賞。不會說話的人往往會聽說話，正好比古今多少詩人文人所鄙薄的批評家——自己不能創作，或者創作失敗，便搖身一變而為批評大師，恰像倒運的竊賊，改行做了捕快。英國十八世紀小詩人顯斯頓（Shenstone）說：「失敗的詩人往往成為惱怒的批評家，正如劣酒能變好醋。」可是這裡既無嚴肅的批判，又非尖刻的攻擊，只求了解與欣賞。若要比批評，只算浪漫派印象派的批評。

聽話包括三步：聽、了解與欣賞。聽話不像閱讀能自由選擇。話不投機，不能把對方兩片嘴唇當作書面一般拍的合上，把書推開了事。我們可以「聽而不聞」，效法對付囂張的厭物的辦法：「裝上排門，一無表示」，自己出神也好，入定也好。不過這辦法有不便處，譬如搬是弄非的人，便可以根據「不否認便是默認」的原則，把排門後面的弱者加以利用。或者「不聽不聞」更妥當些。從前有一位教士訓兒子為人之道：「當了客人，不可以哼歌曲，不要彈指頭，不要腳尖拍地——這種行為表示不在意。」但是這種行為正不妨偶一借用，於是出其不意，把說話轉換一個方向。當然，聽話而要逞自己的脾氣，又要不得罪人，需要很高的藝術。可是我們如要把自己磨揉得海綿一般，能盡量收受，就需要更高的修養。因為聽話的時候，咱們的自我往往像接在盒裡的彈簧人兒（Jack in the box），忽然會「哇」的探出頭來叫一聲「我受不了你」。要把它制服，只怕千錘百煉也是徒然。除非聽話的目的不為了解與欣賞，而另有作用。十九世紀英國詩人台勒爵士（Sir Henry Taylor）也是一位行政能員，他在談成功秘訣的《政治家》（*The Statesman*）一書中說：「不論『賽壬』（Siren）的歌聲多麼悅耳，總不如傾聽的耳朵更能取悅『賽壬』的心魂。」成功而得意的人大概早就發現了這個訣竅。並且還有許多「賽壬」喜歡自居童話中的好女孩，一開口便有珍珠寶石紛紛亂滾。傾聽的耳朵來不及接受，得雙手高擎起盤子來收取——珍重地把文字的珠璣鑲嵌在筆記本裡，那麼「好女孩」一定還有更大的施與。這種人的話並不必認真聽，不聽更好，只消凝神傾耳；也不需了解，只需擺出一副欣悅欽服的神態，便很足夠。假如已經聽見、了解，而生怕透露心中真情，不妨裝出一副笨木如豬的表情，「賽壬」的心魂也不會過於苛求。

聽人說話，最好效陶淵明讀書，不求甚解。若要細加註釋，未免瑣細。不過，不求甚解，總該懂得大意。如果自己未得真諦，反一筆抹煞，認為一切說話都是吹牛拍馬撒謊造謠，那就忘卻了說話根本是藝術，並非柴米油鹽類的日用必需品。責怪人家說話不真實，等於責怪一篇小說不是構自事實，一幅圖畫不如照相準確。說話之用譬如衣服，一方面遮掩身體，一方面襯托顯露身上某幾個部分。我們絕不譴責衣服掩飾真情，歪曲事實。假如赤條條一絲不掛，反惹人駭怪了。難道了個人的自我比一個人的身體更多自然美？

誰都知道藝術品的真實並不指符合實事。亞利斯多德早說過：詩的真實不是史實。大概天生詩人比歷史家多。（詩人，我依照希臘字原義，指創造者。）而最普遍的創造是說話。夫子「述而不作」，又何嘗述而不作！不過我們看戲聽故事或賞鑒其他藝術品，只求「詩的真實」（Poetic truth）。雖然明知是假，甘願信以為真。珂立支（Coleridge）所謂：「姑妄聽之」（Willing suspense of disbelief）。聽話的時候恰恰相反：「詩的真實」不能滿足我們，我們渴要知道的是事實。這種心清，恰和珂立支所說的相反，可叫做「寧可不信」（Unwilling suspense of belief）。同時我們總借用亞利斯多德「必然與可能」（The inevitable and probable）的原則來推定事實真相。舉幾個簡單的例。假如一位女士嘆恨著說：「唉，我這一頭頭髮真麻煩，恨不得天生是禿子。」誰信以為真呢！依照「可能與必然」，推知她一定自知有一頭好頭髮。假如有人說：「某人拉我幫他忙，某機關又不肯放，真叫人為難。」他大概正在向某人鑽營，而某機關的位置在動搖，可能他鑽營尚未成功，認真在為難。假如某要人代表他負責的機關當眾闢謠，我們依照「必然與可能」的原則，恍然道：「哦！看來確有其事！」假如一個人過火的大吹大擂，他必定是對自己有所不足，很可能他把自己也哄騙在內，自己說過幾遍的話，便信以為真。假如一個人當面稱諛，那更需違反心願，寧可不信。他當然在盡交際的責任，說對方期待的話。很可能他看透了你意中的自己。假如一個人背後太熱心的稱讚一個無足稱讚的人，可能是最精巧的餡媚，準備拐幾個彎再送達那位被讚的人，比面諛更入耳洽心；也可能是上文那位教士訓兒子對付冤家的好辦法——過火的稱讚，能激起人家反感；也可能是借吹捧這人，來貶低那人。

聽話而如此逐句細解，真要做到「水至清則無魚」了。我們很不必過分精明；雖然人人說話，能說話的人和其他藝術家一般罕有。辭令巧妙，只使我們欽慕「作者」的藝術，而拙劣的言詞，卻使我們喜愛了「作者」自己。

說話的藝術愈高，愈增強我們的「寧可不信」，使我們懷疑，甚至恐懼。笨拙的話，像亞當夏娃遮掩下身的幾片樹葉，只表示他們的自慚形穢，願在天使面前掩飾醜陋。譬如小孩子的虛偽，哄大人給東西吃，假意問一聲「這是什麼？可以吃麼？」使人失笑，卻也得人愛憐。譬如逢到蛤蟆般渺小的人，把自己吹得牛一般大，我們不免同情憐憫，希望他天生就有牛一般大，免得他如此費力。逢到笨拙的諂媚，至少可以知道，他在表示要好。老實的罵人，往往只為表示自己如何賢德，並無多少惡意。一個人行為高尚，品性偉大，能使人敬慕，而他的弱點偏得人愛。乖巧的人曾說：「你若要得人愛，少顯露你的美德，多顯露你的過失。」又說：「人情從不原諒一個無需原諒的人。」憑這點人情來體會聽說話時的心理，尤為合適。我們欽佩羨慕巧妙的言辭，而言詞笨拙的人，卻獲得我們的同情和喜愛。大概說話究竟是凡人的藝術，而說話的人是上帝的創造。

四十年代

窗簾

人不怕擠。儘管摩肩接踵，大家也擠不到一處。像殼裡的仁，各自各。像太陽光裡飛舞的輕塵，各自各。憑你多熱鬧的地方，窗對著窗。各自人家，彼此不相干。只要掛上一個窗簾，只要拉過那薄薄一層，便把別人家隔離在千萬里以外了。

隔離，不是斷絕。窗簾並不堵沒窗戶，只在彼此間增加些距離——欺哄人招引人的距離。窗簾並不蓋沒窗戶，只隱約遮掩——多麼引誘挑逗的遮掩！所以，赤裸裸的窗口不引人注意，而一角掀動的窗簾，惹人窺探猜測，生出無限興趣。

赤裸裸，可以表示天真樸素。不過，如把天真樸素做了窗簾的質料，做了窗簾的顏色，一個潔白素淨的簾子，堆疊著透明的軟紗，在風裡飄曳，這種樸素，只怕比五顏六色更富有魅力，認真要赤裸裸不加遮飾，除非有希臘神像那樣完美的身體，有天使般純潔的靈魂。培根（Bacon）說過：「赤裸裸是不體面的；不論是赤露的身體，或赤露的心。」人從樂園裡驅逐出來的時候，已經體味到這句話了。

所以赤裸裸的真實總需要些掩飾。白晝的陽光，無情地照徹了人間萬物，不能留下些幽暗讓人迷惑，讓人夢想，讓人希望。如果沒有輕雲薄霧把日光篩漏出五色霞彩來，天空該多麼單調枯燥！

隱約模糊中，才容許你做夢和想像。距離增添了神秘。看不見邊際，變為沒邊沒際的遙遠與遼闊。雲霧中的山水，暗夜的星辰，希望中的未來，高超的理想，仰慕的名人，心許的「相知」，——隔著窗簾，惝怳迷離，可以產生無限美妙的想像。如果你嫌惡窗簾的間隔，冒冒失失闖進門、闖到窗簾後面去看個究竟，赤裸裸的真實只怕並不經看。像丁尼生（Tennyson）詩裡的「夏洛特女郎」（The Lady of Shalott），看厭了鏡中反映的世界，三步跑到窗前，望一望真實世界。她的鏡子立即破裂成兩半，她毀滅了以前快樂而無知的自己。

人家掛著窗簾呢，別去窺望。寧可自己也掛上一個，華麗的也好，樸素的也好。如果你不屑掛，或懶得掛，不妨就敞著個赤裸裸的窗口。不過，你總得尊重別人家的窗簾。

四十年代

「天上一日，人間一年」*

——在塞萬提斯紀念會上的發言

我今天有幸，能來參加塞萬提斯逝世三百六十六周年報告會。我忍不住要學桑丘・潘沙的樣說一句成語。我們中國人有句老話：「天上一日，人間一年」——就是說，天上的日子愉快，一眨眼就是一天，而人世艱苦，日子不那麼好過。我們一年有三百六十五天或三百六十六天。在我們人世，塞萬提斯去世已三百六十六年，可是他在天上只過了三百六十六天，恰好整整一年。今天可以算是他逝世的「一周年」。我們今年今日紀念他，最恰當不過。

塞萬提斯說他自己「與其說多才，不如說多災」（más versado en desdichas que en verso）。儘管他的《堂吉訶德》廣受讀者歡迎，當時文壇上還是沒有他的地位。他一生沒有受到重視。我們到現在只知道他在一五四七年十月九日受洗禮，而不知道他的生日；只知道他一六一六年四月二十三日去世，而不知道他的墳墓所在。我們看到的幾幅畫像是真是假，有很多爭論。我最近讀到新出版的權威著作《西班牙文學史》上說，那些畫像全是假的。有一幅畫像，一九一〇年以來一直認為是塞萬提斯的真容，掛在西班牙國家學院的大廳裡，現在證明那也是假的。惟一可靠的畫像，是塞萬提斯在《模範故事》（*Novelas ejemplares*）的前言裡對他自己的寫真①；我們只能從這段文字裡想像他的模樣。可是三百六十六年過去了，我們非但沒有忘記他，也忘不了他，而且更熱切地要求對他有更深、更透的了解。因為塞萬提斯雖已離開人間，他頭腦裡誕生的兒子堂吉訶德騎著他那匹瘦弱的「駑騂難得」卻馬不停蹄，這多少年來已走遍了全世界，受到全世界的重視。

塞萬提斯早在一六一五年告訴我們，中國的大皇帝急著要他把堂吉訶德送往中國，因為中國要建立一所教西班牙語文的學院，用堂吉訶德的故事作課本，還請塞萬提斯做那個學院的院長。可惜我們中國的大皇帝太糊塗，忘了送他旅費。塞萬提斯因此沒來做咱們中國西班牙語學院的院長。但是他的堂吉訶德是最忠誠的騎士，一九七八年知道西班牙國王和王后要來中國訪問，就搶先趕到中國來迎接國王和王后陛下。這是真事，我和塞萬提斯一樣沒有撒謊。我給敘述堂吉訶德故事的那位摩爾人阿默德·貝南黑利先生補習了中文，又盡力教堂吉訶德和桑丘說中國話。可惜他們沒有教我寫西班牙文，也沒有教我說西班牙語；我至今不會寫，也不會說，這是很大的遺憾。

堂吉訶德先生的老鄉參孫學士預言，將來每個國家、每種語言，都會有《堂吉訶德》的譯本。這句預言已經實現了。當初堂吉訶德聽說他的傳記印行了一萬二千冊，已經很得意。可是在我們中國，一版就印了十萬冊，很快就銷完；再版又十萬冊，也是很快銷完，還有許多讀者要買而買不到。現在第三版將要付印了。世界各國對小說作比較研究的學者，都離不了《堂吉訶德》。譬如前不久來我國講學並訪問的兩位美國哈佛大學比較文學教授勒文（Harry Levin）和吉延（Claudio Guillen），都把《堂吉訶德》作為比較各國小說的中心或主腦②。堂吉訶德知道了，該多麼得意呀！

《堂吉訶德》是我非常喜愛的書。我原先並不是一個翻譯者。我寫過些劇本、散文和短篇小說；翻譯是我的練習——練習翻譯，也練習寫作。近代法國小說家普魯斯特（Marcel Proust）曾經說過，翻譯可以作為寫作的練習（la devoir et la tache d'un ecrivain），我翻過西班牙小說《小癩子》（*La vida de Lazarillo de Tormes*）和法國小說家勒薩日（Le Sage）的《吉爾．布拉斯》（*Gil Blas*），這兩部小說都有一些讀者。我的領導對《堂吉訶德》這部舉世聞名的傑作十分重視，急要介紹給我國讀者，就叫我來翻譯。我出於私心愛好，一口應承，竟沒有考慮自己是否能夠勝任。

把原文的《堂吉訶德》譯成中文，遠不是堂吉訶德所謂「翻譯相近的語言」那麼現成，遠不是抄寫文章那樣「抄過來就是翻譯」。我相信，西班牙文和中文的距離，比西班牙文和希臘文、拉丁文的距離還大。塞萬提斯本人對翻譯不大瞧得起。他借堂吉訶德的嘴說，他「不是輕視翻譯；有些職業比這個還糟，賺的錢還少」。他認為一般翻譯好比佛蘭德斯的花毯翻到背面來看，圖樣儘管還看得出，卻遮著一層底線，正面的光彩都不見了。③譯文不免失去原文的光彩，這句話是不錯的。再加我們的排印工作，經過「文化大革命」，大大地退步了，外文的拼法和符號上的錯誤多得改不盡。我只能希望，我們的翻譯，還比我們的印刷好一點點吧。

《堂吉訶德》——正像一切原著一樣，是惟一的，它的譯本卻多得數不清。我的翻譯是從西班牙文譯出的第一個中文本，可是絕不是末一本。將來西班牙和我國的交流會更多，我國對西班牙文學的研究會更有增進，準會有具備條件的翻譯者達到更高的水平，更接近塞萬提斯所要求的標準，叫讀者分不出哪是原作、哪是譯本。因為在我們社會主義的新中國，翻譯者不必謀利，不必為生活擔憂，可以一心一意追求譯文的完美，不怕費多少心力、多少時間。這一點，只怕塞萬提斯做夢也沒有想到。他如果知道，也許會對翻譯者改變它那輕蔑的看法吧？

附錄

塞萬提斯的《模範故事》一六一三年出版，前言裡有一段作者對自己的描寫。那時候他六十六歲。他形容自己「高鼻型的臉；頭髮栗色；腦門子光滑而開朗；眼睛靈活；鷹嘴鼻，不過長得很勻稱；銀白色的鬍鬚，二十年前還是金黃的呢；唇上兩撇大鬍子；小嘴；牙齒不小也不大，只剩六只了，都已經腐蝕，而且位置不當，沒一只配得上對兒；身材適中，不高也不矮；面色紅活，皮膚不算黑，該說是白的；背略有些駝，腳步也不大輕健了」。

一九八二年四月

注釋

＊一九八二年四月二十三日中國對外文委、西班牙駐華大使館和北京大學西語系聯合舉辦紀念塞萬提斯逝世三百六十六周年報告會，本文係作者在這個報告會上的發言。

① 阿爾博格（Juan Luis Alborg）著《西班牙文學史》（*Historia de la literature Española*）（一九八一馬德里版）第二冊三十四頁。塞萬提斯形容自己的那段文字見本文附錄。

② 例如勒文《比較的根據》（一九七二）二二四～二四三頁，甚至提出了「吉訶德原則」。

③《堂吉訶德》中譯本下冊第六十二章。

《堂吉訶德》譯餘瑣掇

一 「焦黃臉兒」

明代天啟癸亥（一六二三）年，耶穌會的義大利神父艾儒略（Pere Giulio Aleni）用中國文言撰寫了《職方外紀》，記述「絕域風土」。①書上許多西方人名、地名，以及沒有同義字的官職和學科的名稱，都用音譯，讀來很費猜測。例如講到西班牙的一節：「國人極好學，有共學在撒辣蔓加與亞爾加辣二所，遠近學者聚焉。高人輩出，著作甚富，而陡祿日亞與天文之學尤精。古一名賢，曰多斯達篤者，居俾斯玻之位，著書最多，壽僅五旬有二。所著書籍，就始生至卒計之，每日當得三十六章，每章二千餘言，盡屬奧理。後人繪彼像，兩手各執一筆，彰其勤敏也。」兩所「共學」想必指撒拉曼加（Salamanca）和阿爾加拉（Alcala）兩所大學。可是「陡祿日亞」和「俾斯玻」的原文是什麼呢？從出生到死，每日撰寫七萬多字的「名賢」又是誰呢？

我記起堂吉訶德曾說到一個人名很像「多斯達篤」。果然在《堂吉訶德》第二冊第三章裡找到一位托斯達多（el Tostado）；順藤摸瓜，考證出他是阿維拉（Avila）主教堂阿朗索・李貝拉・台・馬德里加爾（Don Alonso Ribera de Madrigal）（一四〇〇？～一四五五）。原來「俾斯玻」救世主教（obispo）的譯音，「陡祿日亞」是神學（teología）的譯音。據說此人生平著作有對開頁的十五大本。他能使盲人也見到光明。堂吉訶德所說的這位多產作家，顯然就是《職方外紀》裡那位著作等身的「名賢」了。在我國，托斯達多的名氣遠不如堂吉訶德，要不是堂吉訶德提到他，讀者也許很難考出他究竟是誰。

「托斯達多」是綽號，我不譯音而譯意，譯作「焦黃臉兒」。可是他為什麼綽號「焦黃臉兒」，我無從查考，總覺不放心。

去年十一月，我隨社會科學院代表團到西班牙訪問。旅店的早餐桌上，備有各式麵包的盤裡，照例有兩片焦黃鬆脆的麵包乾，封在玻璃紙裡，紙上印有「Pan tostado」二字。我想「焦黃臉兒」的顏色，大概就是這種焦黃色。可是西班牙人的膚色一般是白的，不是焦黃色。

我們遊覽托雷多古城的時候，承市政府盛情招待，派了一位專為外國元首來訪時做導遊的人為我們講解。他講得非常清楚，有問必答。我們參觀大教堂，旁邊一間屋裡陳列歷任主教的像。我問：「阿維拉主教的像也在這裡嗎？」他說：「不，在阿維拉呢。這裡只有托雷多的主教。」我問起阿維拉主教托斯達多，他立即告訴我，托斯達多的著作疊起來有他本人一樣高，這個綽號通常用來稱呼多產作家。又說，這位主教血統裡混有吉卜賽人的血，面色焦黃，所以綽號「焦黃臉兒」。我得知「焦黃臉兒」的緣由，出乎意外的高興。「焦黃臉兒」（「多斯達篤」）是我國文獻裡最早出現的西班牙作家。我們也許不熟悉他的著作，可是西班牙文學史上都提到過這位作家和他的綽號。②

二　塞萬提斯的三封信

我們訪問塞維利亞的時候，參觀了印第安總檔案館（Archivo general de Indias），③看見陳列的塞萬提斯親筆信一頁。館長特將原件複製一份贈我留存。那是一五九〇年塞萬提斯呈送國王斐利普二世的申請書，自陳曾為國家效力，想在美洲殖民地謀個官職，那裡還有三四個空缺呢。這封信提交塞維利亞管理印第安事務的辦公室處理，擱置多年。後世發現了這個文件，存入檔案館。原件是手寫稿，字跡不易辨識，不過可以看到塞萬提斯的親筆簽名。

我在英國訪問的時候，偷得一週多時間在大英博物館閱覽些國內看不到的書籍和稿本，無意間看到塞萬提斯謀求美洲官職的另一封信。那是阿爾維瑞斯・德蘭女士（Concepcion Alverez Terán）從西曼加斯總檔案館（Archivo General de Simancas）發現而抄錄的，由阿梅素阿（Agustín de Amezúa）加以標點，一九五四年在西班牙皇家學院公報（Boletín del Real Academia Española）（馬德里）第三十四冊上發表，題目是《最新發現而首次刊出的塞萬提斯書信一件》（*Una carta desconocida e inédita de Cervantes*）。當時權威性的有關塞萬提斯的文獻提要上沒提到這封信。據阿爾維瑞斯・蘭德女士考證，信尾確是塞萬提斯的簽名，只是少了他平日常用的第二個姓氏薩阿維德拉（Saavedra）。這封信早於前信八年，是一五八二年二月十七日塞萬提斯從馬德里寄往里斯本，給印第安事務大臣安東尼歐・台・艾拉索（Antonio de Eraso）的。西班牙剛征服葡萄牙，這位大臣隨國王斐利普二世同在里斯本。原信如下：

大人閣下：

瓦爾馬塞達（Valmaseda）秘書長已經把有關我向您幹求的事通知我。您的幫忙和我的營謀都抵不過我的厄運，這個職位皇上已經取消，只好再等郵船的消息，瞧是否另有空缺。據瓦爾馬塞達先生說，目前已經無缺可補——我確實知道他曾為我打聽過。敬請大人向為我出力的各位代致謝意；這無非向您表明，我不是一個不知感激的人。

我正繼續撰寫前曾向您說起的《伽拉苔亞》（*Galatea*），寫成當呈上請教。敬祝身體健康，事業順利。

米蓋爾・台・塞萬提斯

一五八二年二月十七日於馬德里

塞萬提斯究竟謀求什麼職位，信上沒有說明。《伽拉苔亞》何年撰寫是個有爭議的問題。一說一五七五年以前已經動筆，④一說寫於一五八二至一五八三年，一說寫於一五八一至一五八三年。這部牧歌體的傳奇一五八五年三月出版，獻辭裡提到他父親剛去世。那是在一五八四年八月一日。阿梅素阿根據這封信考訂，認為《伽拉苔亞》寫於一五八一至一五八四年。

一八六三年西班牙文獻目錄公報（*Boletín bibliográfico español*）第九期發現過塞萬提斯一封更早的親筆信，是他在阿爾及爾做俘虜的第二年寫給西班牙國務大臣馬特奧・瓦斯蓋斯

（Mateo Vazquez）的詩簡——八十首三行詩，加一首四行詩。信上追憶雷邦多戰役的勝利、他所乘的戰艦被俘並描述他的同夥俘虜所遭受的殘暴的虐待。信末呼籲國王解救前後陷落虜營的二萬名西班牙基督徒。這封信寫得非常動人，塞萬提斯大概指望斐利普二世會親眼看到這封信。可是國王並沒看到。這封信是後世從論斤出賣的廢紙裡發現的。塞萬提斯想必料到這封信已如石沉大海，他一五八五年出版的戲劇《在阿爾及爾的遭遇》（*El Trato de Argel*）第一幕採用了這封信末最後的六十七行。

塞萬提斯一生困頓不遇，這是大家都知道的，也許並不需要以上三信來作證明。假如他如願以償，做了美洲殖民地的官員，他還寫不寫《堂吉訶德》呢？

注釋

①《四庫全書總目提要》卷七十一：「《職方外紀》五卷，明西洋人艾儒略撰。其書成於天啟癸亥，自序謂『利氏貢進《萬國圖志》，龐氏奉命翻譯，儒略更增補以成之。』蓋因利瑪竇、龐迪我舊本潤色之，不盡儒略自作也。所記皆絕域風土，為自古輿圖所不載，故曰《職方外紀》……所述多奇異不可究詰，似不免多所誇飾。然天地之大，何所不有；錄而存之，亦足以廣異聞也。」

②例如迪艾斯‧博爾蓋（Jose Maria Diez Borque）主編的《西班牙文學史》（一九八〇馬德里版）第一冊一八九、二〇七～二〇八、五一七頁；阿爾博格（Juan Luis Alborg）《西班牙文學史》（一九八一馬德里版）第一冊三四一、三六五頁。

③「印第安」原文Indias，指南北美洲。

④塞萬提斯一五七五年被俘，在阿爾及爾五年半，一五八〇年獲釋回國。

塞萬提斯的戲言——為塞萬提斯銅像揭幕而作

塞萬提斯去世前一年（一六一五）說過幾句開玩笑的話。三百七十年後，他的戲言變成了事實。

他當年窮愁潦倒，雖然出版了風靡全國的《堂吉訶德》第一部，並未解決生活問題。高雅的文壇上沒有他的地位。有人公然欺侮他，擅自出版了《堂吉訶德》續集，書上還罵他是又老又窮的傷殘軍人。塞萬提斯因此急急把《堂吉訶德》第二部趕完，並把這部書獻給尊重他而周濟他的一位貴人，表示感謝。他在《前言》中莊嚴的駁斥了侮辱他的人；獻詞裡卻只用談笑的口吻來答謝這位貴人。他說，各地催促著要他把堂吉訶德送去。最急切的是中國大皇帝，竟專差送信，請他到中國去當西班牙語文學院的院長，並把《堂吉訶德》作為課本。可是中國皇帝沒想到送他盤費。他又老又病，沒有力氣走那麼迢迢長路。幸好他自有贍養並庇護他的人呢，不希罕做什麼學院院長，所以謝絕了中國欽差。

雖然是幾句戲言，卻不是無因無由。據傳，明神宗萬曆四十年（一六一二）曾托傳教士帶給西班牙國王一封信。所以塞萬提斯心目中，在那遙遠的地方，有個願和西班牙交往的中國。塞萬提斯在《堂吉訶德》第二部裡，曾假借一位碩士的話說：「這部傳記已經出版了一萬二千冊。預料將來每個國家、每種語言都會有譯本。」塞萬提斯《獻詞》裡開玩笑的話，多少也流露了他的一個遙遠的希望或夢想：《堂吉訶德》將會有中譯本；中國人也將奉他為師。

一九八五年，馬德里和北京結為友好城市。一九八六年十月，馬德里市長帶領代表團，把中國大皇帝請不動的塞萬提斯先生伴送到北京大學，同時還攜帶一批西班牙書籍贈送給大學圖書館。北京市長、北京大學校長帶領其他人士鄭重迎候。北京大學的校園裡築起一座高台，專等塞萬提斯先生大駕光臨。

馬德里市長為塞萬提斯銅像揭幕典禮致詞，風趣地重述了塞萬提斯《獻辭》裡的那段戲言；因為三四百年前的戲言，如今都到眼前來了。塞萬提斯雖然不是到北京來做什麼學院的院長，他在中國的地位以及他受到的尊重，遠在區區一個院長之上。他的《堂吉訶德》沒有用作學習西班牙文的課本，但是從西班牙文翻譯的譯本，第一版第一次印刷就是十萬冊，遠遠超過了他生前自詡的一萬二千；過年第二次印刷又是十萬冊。可見這部書廣受讀者喜愛，不比教科書只是強迫性讀物。

塞萬提斯銅像是和真人一般大小的複製銅像，兀立在北京大學校園的樹叢中。我看了這尊銅像，不禁記起塞萬提斯家鄉阿爾加拉的那一尊。那尊銅像立在鬧市裡，四周是熙熙攘攘的市民，附近就是塞萬提斯故居。那是他小時候居住的房子，有上下兩層，很矮小，大門也矮。進門是個小小的天井，抬頭可見樓上四周狹長的過廊。樓下廚房裡還保留著當年的炊具。樓上塞萬提斯父母的臥房裡鋪著小小的雙人床。據導遊說，那個年代的人，個兒小，所以房子矮小。這話未必可信。難道那個時代只有居住高堂大廈的王公貴人身材魁偉麼！看來只因為是尋常百姓家，不免屋淺簷低。孩子長成，就離開老家，出外尋找生路。塞萬提斯走出家門，離開家鄉的時候，外邊的世界可真大呀！他在義大利當兵，在阿爾及爾當了多年俘虜，回國後到處奔走謀生，指望到美洲新大陸找工作，始終沒去成。至於中國，還不知在什麼天涯地角呢。可是如今的世界，由馬德里到北京只不過十幾小時的旅程而已。「天涯若比鄰」，北京和馬德里已結為友好城市，塞萬提斯也在北京大學清幽的校園裡落戶了。

一九八六年十月

為無錫修復錢氏故居事，向領導陳情

《光明日報》二〇〇二年一月十日，有一篇《錢鍾書無錫故居開始修復》的報導，說錢氏故居近日正式啟動，修復後明年對外開放。無錫市計畫依託故居籌備「錢鍾書文學館」，籌辦「錢鍾書生平事蹟展」等三大陳列展。我讀後不勝惶惑。

我曾以為建立錢鍾書紀念館的事已經圈上句號。因為早在一九九六年七月三十日，錢鍾書病中曾為此事囑我寫信答覆無錫市管文物的副市長王竹平同志，表示不同意建館。因為按照國家政令，應嚴控這種不必要的紀念館，而他本人認為他在無錫的舊居遠不止一處，沒有必要在舊居建立紀念館。此後，無錫市領導就沒再向我們提起這件事。

錢鍾書去世將近三年後，二〇〇一年十二月十二日，無錫市博物館負責人陳瑞農同志來信，說無錫市委、市政府決定修復錢鍾書故居，籌建錢鍾書文學館，對外開放，教育眾人。此事由博物館具體擔任。他要求我予以關心和幫助，為文學館資料的徵集提供方便。

我得信後為之驚愕。為某一人建立紀念館，先應得到他本人或家屬的同意，不能不尊重他本人的意願。為什麼本人並不同意，家屬尚未知情，就啟動工程呢？我立即和原副市長王竹平同志取得聯繫，知道他已不復擔任原職。他應我之求，把我和錢鍾書辭謝建館的信和某些名流聯名呼籲建館的信都複製寄我。呼籲建館的信上說，錢鍾書是「無形資產」，可資「實用」，為旅遊業創匯。這項建議，對當今的商業社會，對富有企業精神的無錫人，想必很有說服力。據我不久後看到的二〇〇一年十二月十二日《無錫日報》報導，當時格於國家嚴控為活著的人建紀念館，而錢鍾書尚未去世，所以建館之議擱淺了。我以為已作罷論的事，其實只是擱淺了。

我同時也和博物館負責人陳瑞農同志通了電話。他說建文學館等等是為了宣揚錢鍾書為人之道和治學精神。我向他說明錢鍾書對建立錢鍾書文學館、陳列他生平事蹟等是決計不同意的。我也告訴他，擅自徵集錢鍾書的書信文物，會觸及法律上有關侵權的問題。我請他將錢鍾書的意願和我的意見向上級領導反映。他迄今未有回音，而《光明日報》上二〇〇二年一月十日登出了上述消息。我不知是無錫市領導人沒有了解錢鍾書的意願，還是不予置理，反而擴大宣傳。我覺得有必要把錢鍾書的意願表達得更清楚些。

錢鍾書連自己的骨灰都不願保留，何況並不屬於他的錢氏故居！他願意保留的，只是他奉獻於後人的幾部著作。他的著作，除了個別例外，不具普及性；能保留也只是冷門。他不求外加的力量為他推廣或保存。他的生平很平常，一份履歷就足以包括一生，沒什麼值得展覽的。他曾看到一本編造錢鍾書生平事蹟的《傳稿》，斥為「胡說八道！」深嘆浮名為累，「我成了一塊爛肉，蒼蠅都可以在我身上撒蛆！」這是很痛心的話。他鄭重囑咐我，在他身後，勿舉行任何紀念儀式。他也明明白白地說：「我不進現代文學館。」所以我如他所囑，寫信給現代文學館舒乙先生，請撤出館內陳列的錢鍾書。二〇〇一年九月七日，我代表已去世的錢鍾書、錢瑗以及我自己，向清華大學捐贈的獎學金，不用錢鍾書之名，而稱為「『好讀書』獎學金」。錢鍾書言行如一，不喜名利。無錫市建立錢鍾書文學館，展覽他的生平事蹟等等，都是他堅決反對的。假如無錫市領導要把錢鍾書作為「無形資產」，作為招徠旅遊的招牌，那是對錢鍾書「淡薄名利」的莫大諷刺。假如無錫市領導是出於愛重而要為他建館紀念，那就首先應當尊重錢鍾書，尊重他的意願。用他堅決反對的方式來紀念他是不合適的。

楊絳

二〇〇二年元月十五日

讀書苦樂

讀書鑽研學問，當然得下苦功夫。為應考試、為寫論文、為求學位，大概都得苦讀。陶淵明好讀書。如果他生於當今之世，要去考大學，或考研究院，或考什麼「托福兒」，難免會有些困難吧？我只愁他政治經濟學不能及格呢，這還不是因為他「不求甚解」。

我曾挨過幾下「棍子」，說我讀書「追求精神享受」。我當時只好低頭認罪。我也承認自己確實不是苦讀。不過，「樂在其中」並不等於追求享受。這話可為知者言，不足為外人道也。

我覺得讀書好比串門兒——「隱身」的串門兒。要參見欽佩的老師或拜謁有名的學者，不必事前打招呼求見，也不怕攪擾主人。翻開書面就闖進大門，翻過幾頁就升堂入室；而且可以經常去，時刻去，如果不得要領，還可以不辭而別，或者另找高明，和他對質。不問我們要拜見的主人住在國內國外，不問他屬於現代古代，不問他什麼專業，不問他講正經大道理或聊天說笑，都可以挨近前去聽個足夠。我們可以恭恭敬敬旁聽孔門弟子追述夫子遺言，也不妨淘氣地笑問「言必稱『亦曰仁義而已矣』的孟夫子」，他如果生在我們同一個時代，會不會是一位馬列主義老先生呀？我們可以在蘇格拉底臨刑前守在他身邊，聽他和一位朋友談話；也可以對斯多葛派伊匹克悌忒斯（Epictetus）的《金玉良言》思考懷疑。我們可以傾聽前朝列代的遺聞逸事，也可以領教當代最奧妙的創新理論或有意驚人的故作高論。反正話不投機或言不入耳，不妨抽身退場，甚至砰一下推上大門——就是說，拍地合上書面——誰也不會嗔怪。這是書以外的世界裡難得的自由！

壺公懸掛的一把壺裡，別有天地日月。每一本書——不論小說、戲劇、傳記、遊記、日記，以至散文詩詞，都別有天地，別有日月星辰，而且還有生存其間的人物。我們很不必巴巴地趕赴某地，花錢買門票去看些仿造的贗品或「栩栩如生」的替身，只要翻開一頁書，走入真境，遇見真人，就可以親親切切地觀賞一番。

說什麼「欲窮千里目，更上一層樓」！我們連腳底下地球的那一面都看得見，而且頃刻可到。儘管古人把書說成「浩如煙海」，書的世界卻真正的「天涯若比鄰」，這話絕不是唯心的比擬。世界再大也沒有阻隔。佛說「三千大千世界」，可算大極了。書的境地呢，「現在界」還加上「過去界」，也帶上「未來界」，實在是包羅萬象，貫通三界。而我們卻可以足不出戶，在這裡隨意閱歷，隨時拜師求教。誰說讀書人目光短淺，不通人情，不關心世事呢！這裡可得到豐富的經歷，可認識各時各地、多種多樣的人。經常在書裡「串門兒」，至少也可以脫去幾分愚昧，多長幾個心眼兒吧？我們看到道貌岸然、滿口豪言壯語的大人先生，不必氣餒膽怯，因為他們本人家裡儘管沒開放門戶，沒讓人闖入，他們的親友家我們總到過，自會認識他們虛架子後面的真嘴臉。一次我乘汽車馳過巴黎賽納河上宏偉的大橋，我看到了棲息在大橋底下那群揀垃圾為生、蓋報紙取暖的窮苦人。不是我眼睛能拐彎兒，只因為我曾到那個地帶去串過門兒啊。

可惜我們「串門」時「隱」而猶存的「身」，畢竟只是凡胎俗骨。我們沒有如來佛的慧眼，把人世間幾千年積累的智慧一覽無餘，只好時刻記住莊子「生也有涯而知也無涯」的名言。我們只是朝生暮死的蟲豸（還不是孫大聖毫毛變成的蟲兒），鑽入書中世界，這邊爬爬，那邊停停，有時遇到心儀的人，聽到愜意的話，或者對心上懸掛的問題偶有所得，就好比開了心竅，樂以忘言。這個「樂」和「追求享受」該不是一回事吧？

一九八九年

軟紅塵裡・楔子

女媧還只顧勤勤懇懇煉她的五色石。太白星君從雲端裡過，招呼說：

「媧皇，還在忙呀？」

女媧忙也招呼：「上公，您好！」她嘆氣說：「咳！只是白忙。」

「沒完沒了嗎？」

「怎麼得了啊！天，穿了窟窿，臭氧層破裂了。地，總是支不穩：這裡塌，那裡陷，這裡噴火，那裡泥石流，再加上搗亂的暴風，隨處闖禍。兵者不祥之器，威力卻日見強大。從未偃息的戰火，放定是愈燒愈烈。瘟疫的種類，現在也愈出愈奇。機械發達，把江湖海洋全都污染了。芸芸眾生蒙在軟紅塵裡，懵懵懂懂，還只管爭求自己的幸福。我這片小天地，看來破敗得不堪收拾了。」

太白星君說：「人間原本如此。我看你這片天地還經得起好幾劫呢。」

女媧說：「反正我也只是盡力而為。瞧這夥自以為萬能的小人兒，哪天飛到您那兒去定居吧。他們發明創造的能力確也可觀。」

太白星君呵呵笑道：「他們還遠沒有認識我呢！東方人說我是白鬍子老頭兒，西方人說我是愛神美女維納斯！他們要到我那兒去定居啊，還早哩！」

女媧也笑了。「他們的先遣小分隊，已經到您那兒去窺探了，不是嗎？」

「等著瞧吧。媧皇，我勸您且偷工夫休息會兒，別太認真。」

「也許我該撒手了。我常是惶惶惑惑，卻又不敢懈怠。上公，您既然駕臨，我倒要麻煩您幫我拿個主意呢。」

「我有什麼主意呀？」

「我要您幫我瞧瞧，我是不是該撒手不管了？」

「憑什麼該撒手呀？管，您又要管什麼呀？」

女媧煩惱地嘆息一聲，「咳！這群小人兒！聰明精巧有餘，卻不懂得尋求大智慧。」

太白星君笑道：「人生一世，草生一秋。您要他們求得多大的智慧呀？」

「我不要求過多，只願他們一代代求得的智慧，能累積下來，至少一脈流傳，別淤塞，別枯竭。只求他們彼此之間，能沆瀣一氣，和諧一致，大家同心同德，把這個世界收拾得完整些、美好些。可是，當今的一代鄙棄過去的一代，億萬人又有億萬個心。說起來倒是目標相同，都為了救濟世界，造福人類。可是道不同不相為謀。那夥自封的英雄豪傑，一個個頂天立地，有我就沒有你。請瞧吧，古往今來，只見你擠我，我害你。個人之間，是人與人的互相傾軋；集體與集體之間，是結了幫、合了夥的互相傾軋。大家永遠停留在彼此排擠、互相傷害的階段上，能有什麼成就可說呢？他們活一輩子，只在愚暗中掙扎，我又何苦為他們操心呢？」

太白星君安慰說：「媧皇，您也別操之過急，見其一不見其二，您那裡的仁人志士，聲聞九天，都像您說的那麼沒出息嗎？」

女媧說：「我只怕寡不敵眾，正不壓邪；是非善惡，紅塵世界裡不那麼容易分辨。」

她說著用手掌前後左右扇開幾處紅塵，遙指著說：「您不妨到處看上兩眼，也不妨盯著幾個人看看：即小見大，由一知十。」

太白星君凝神觀看了一番，點頭說：

「唔，唔，希望都在後頭呢！」

「後頭？還是前面？」

太白星君笑了：「『瞻之在前，忽焉在後。』媧皇，聽我說，您再耐煩等待一番吧，且不要撒手不管。」

他避免對方追問，忙著告辭一聲，駕雲走了。

女媧望著他的後影，半嗔半笑，自言自語說：「真可謂『問道於——』滑頭。」她帶著一絲苦笑，揀起工具，繼續自己的工作。

親愛的讀者，太白星君凝神觀望的一剎那，人間已經歷許多歲月。過去的事，像海市蜃樓般都結在雲霧間，還未消散。現在的事，並不停留，銜接著過去，也在冉冉上騰。他所見種種，寫下來可成一本書。您如有意，不妨一讀。

一九九〇年

一塊隕石

一九三四年夏，我由清華回家度暑假。一家人在後園花廳南廊下坐著閒話。爸爸指著花廳角落裡一個西瓜模樣的東西說：「看看，那是什麼？」我看著像個西瓜。爸爸既問我「那是什麼」，想必不是西瓜。我反問：「那是什麼？」爸爸說：「你給我搬過來。」我跑去搬，不料那東西出乎意料的重，休想搬動。我把那東西撥翻在地，只見上部光溜溜的，現深綠色，像西瓜皮；下部卻很粗糙，像折斷的鐵礦石，顏色如黃鏽的鐵。爸爸告訴我說：城外荒野裡，一夜落下幾塊隕石。農民拿進城來賣，爸爸收買了最大的一塊。我所謂光溜溜的上部，該是隕石的下部，經大氣層的摩擦而光潤了。

我弟弟由維也納大學畢業回國後，我們姐妹弟弟隨爸爸回蘇州安葬媽媽。我們回上海前，把這塊隕石連同鞦韆、盪木架上拆下的一大堆粗鐵鏈藏得嚴嚴密密。我們說：「可別給日本人拿走。」因為鐵鏈可供敵人拿去做兵器，而這塊碩大隕石，該由國家博物館收藏。

可是當我們再回到蘇州安葬爸爸的時候，這大堆鐵鏈和這塊隕石都不見了。我想念爸爸媽媽和蘇州的老家，就屢屢想到這塊隕石，不知現在藏在什麼人的家裡呢，還是收入什麼博物館了。

一九九一年三月三十一日

記我的翻譯

我在清華做研究生時，葉公超先生請我到他家去吃飯。他托趙蘿蕤來邀請，並請趙蘿蕤作陪。我猜想：葉先生是要認識錢鍾書的未婚妻吧？我就跟著趙蘿蕤同到葉家。

葉先生很會招待。一餐飯後，我和葉先生不陌生了。

下一次再見到葉先生時，他拿了一冊英文刊物。指出一篇，叫我翻譯，說是《新月》要這篇譯稿。我心想：葉先生是要考考錢鍾書的未婚妻吧？我就接下了。

我從未學過翻譯。我雖然大學專攻政治學，卻對政論毫無興趣。葉先生要我翻譯的是一篇很晦澀、很沉悶的政論：《共產主義是不可避免的嗎？》我讀懂也不容易，更不知怎麼翻譯。我七翻八翻，總算翻過來了。我把譯稿交給葉先生，只算勉強交卷。葉先生看過後說「很好」，沒過多久就在《新月》上刊登了。

這是我生平第一次翻譯。

譯文肯定很糟，原文的內容我已忘得一乾二淨。「文化大革命」中，我交代「罪行」，記起了這篇翻譯。單憑題目就可斷定是反動的。所以我趁早自動交代：三十多年前的譯文，交代了也就沒事了。

抗戰勝利後，儲安平要我在他辦的《觀察》上寫文章。我正在閱讀哥爾德斯密斯（Oliver Goldsmith，一七三〇～一七七四）的散文《世界公民》，隨便翻譯了其中一小段。我把Beau Tibbs譯作「鐵大少」，自己加個題目：《隨鐵大少回家》。這就是博得傅雷稱賞的譯文。我未留底稿，譯文無處可尋了。

鍾書大概覺得我還能翻譯，就讓我翻譯一個小冊子：《一九三九年以來英國散文作品》（《英國文化叢書》之一）。我很拘謹，因為還從未翻過書（小冊子可算是書），結果翻得很死。小冊子裡介紹的許多新書，包括傳記、批評、歷史、政治、宗教、哲學、考據等，我都沒讀過。翻譯書題最易出錯。所以我經常向我們的一位英國朋友麥克里維（H. McAleavy）請教。例如《魔鬼通信》（*The Screwtape Letters*）就是由他講解內容而譯出的。他和鍾書都是這部叢書的編委。這個小冊子由商務印書館發行。出版後，鍾書為我加了一個詳盡的注，說明Screwtape乃寫信魔鬼之名，收信魔鬼名Wormwood，皆地府大魔鬼之「特務」。這條注解只留在我僅存的本子上。因為小冊子未再版。

我到清華後，偶閱英譯《小癩子》，很喜歡。我就認真地翻譯了這冊篇幅不大的西班牙經典之作。後來我得到了法文和西班牙文對照的法譯本，我又從法譯本重譯一遍。我譯完《堂吉訶德》，又從西班牙原文再譯一遍。小癩子偷吃的香腸，英、法譯本皆譯為「黑香腸」，讀了西班牙原文，才改正為「倒霉的香腸」。我由此知道：從原文翻譯，少繞一個彎，不僅容易，也免了不必要的錯誤。

抗日戰爭勝利後，全國解放之前，我們的女兒得了指骨節結核症，當時還沒有對症的藥。醫囑補養休息，盡量減少體力消耗。我們就哄女兒只在大床上玩，不下床。鍾書的工作很忙，但他每天抽空為女兒講故事。他拿了一本法文小說《吉爾・布拉斯》，對著書和她講書上的故事。女兒乖乖地聽爸爸講，聽得直嚥口水。我業餘還兼管全部家務，也很忙，看到鍾書講得眉飛色舞，女兒聽得直嚥口水，深恨沒有工夫旁聽。我記起狄更斯《大衛・科波菲爾》裡曾提到這本書，料想是一本非常有趣的書。

鍾書講了一程，實在沒工夫講，就此停下了。女兒是個乖孩子，並不吵鬧著要求爸爸講故事，只把這本書珍惜地放在床頭，寄予無限的期待與希望。

我譯完《小癩子》，怕荒疏了法文，就決心翻譯《吉爾．布拉斯》。我並未從頭到尾讀一遍，開頭讀就著手翻譯。

我的翻譯原是私下裡幹的，沒想到文學所成立會上，領導同志問我正在幹什麼，我老實說正在翻譯《吉爾，布拉斯》。我的「私貨」就出了官。

我應該研究英國文學，卻在翻譯法文小說。而研究所的任務不是翻譯。我很心虛，加把勁將這部長達四十七萬字的小說趕快譯完。一九五四年一月起，在《世界文學》分期發表，還受到主編陳冰夷同志的表揚。但是我自己覺得翻譯得很糟，從頭譯到尾，沒有譯到能叫讀者流口水的段落。

我求鍾書為我校對一遍。他答應了。他拿了一枝鉛筆，使勁在我稿紙上打槓子。我急得求他輕點輕點，劃破了紙我得重抄。他不理，他成了名副其實的「校仇」，把我的稿子劃得滿紙槓子。他只說：「我不懂。」我說：「書上這樣說的。」他強調說：「我不懂。」這就是說，我沒把原文譯過來。

我領悟了他的意思，又再譯。他看了幾頁改稿，點頭了，我也摸索到了一個較高的翻譯水準。我的全部稿子，一九五五年才交出版社。

人民文學出版社的法文責編是趙少侯。一般譯者和責編往往因提意見而鬧彆扭，我和趙少侯卻成了朋友。因為他的修改未必可取，可是讀來不順，必有問題，得再酌改。《吉爾，布拉斯》是一九五六年一月出版的。一九六二年我又重新校訂修改一次。我現在看了還恨不得再加修改。譯本裡有好多有關哲學和文藝理論的注是鍾書幫我做的。很好的注，不知讀者是否注意到。

多年後，我的女兒對我說：「媽媽，你的《吉爾，布拉斯》我讀過了，和爸爸講的完全不一樣。」原來鍾書講的故事，全是他隨題創造，即興發揮的。假如我把這部小說先讀過一遍，未必選中這本書來翻譯。這部小說寫世態人情，能刻畫入微；故事曲折驚險，也獲得部分讀者的喜愛。但不是我最欣賞的作品。

這部翻譯曾獲得好評，並給我招來了另一項翻譯任務。「外國古典文學名著叢書編委會」要我重譯《堂吉訶德》。這是我很想翻譯的書。

我在著手翻譯《堂吉訶德》之前，寫了一篇研究菲爾丁（Fielding）的論文。我想自出心裁，不寫「八股」，結果挨了好一頓「批」。從此，我自知腦筋陳舊，新八股學不來；而我的翻譯還能得到許可。翻譯附帶研究，恰合當時需要，所以我的同事中，翻譯兼研究的不止我一個。

我接受的任務是重譯《堂吉訶德》，不論從英譯本或法譯本轉譯都可以。我從手邊能找到的譯本中，挑了兩個最好的法譯本：一是咖達雅（Xavier de Cardaillac）和拉巴德（Jean

Labarthe）合譯的第一部；拉巴德去世後，咖達雅獨譯的第二部；二是維亞鐸（Louis Viardot）的譯本。我又挑了三種英譯本：一是奧姆斯貝（John Ormsby）的譯本；二是普德門（Samuel Putman）的譯本；三是寇恩（J. M. Cohen）的譯本。

我把五個本子對比著讀，驚奇地發現：這許多譯者講同一個故事，說法不同，口氣不同，有時對原文還會有相反的解釋。誰最可信呢？我要忠於原作，只可以直接從原作翻譯。《堂吉訶德》是我一心想翻譯的書，我得盡心盡力。

那時候全國都在「大躍進」，研究工作都停頓了。我下決心偷空自學西班牙語，從原文翻譯。

我從農村改造回京，就買了一冊西班牙語入門（*Primeras Lecciones de Español*，係C. Marcial Dorado和Maria de Laguna合著），於一九六〇年三月二十九日讀畢；又買了一部西班牙文的《堂吉訶德》備翻譯之用。每天規定一個時間習西班牙文。背生字、做習題，一天不得間斷，因為學習語言，不進則退。

我是正研級的研究員，我的任務是研究工作，學西班牙語只能偷工夫自習。我也沒有老師。我依靠好的工具書，依靠閱讀淺易的西班牙文書籍，漸漸地，我不僅能閱讀《堂吉訶德》原文，也能讀通編注者注解，自信從原文翻譯可以勝任。

我問鍾書：「我讀西班牙文，口音不準，也不會說，我能翻譯西班牙文嗎？」他說：「翻譯咱們中國經典的譯者，能說中國話嗎？」

他的話安了我的心。會說西班牙語，未必能翻譯西班牙文。我不是口譯者，我是文學作品的譯者。我就動筆翻譯，並把《堂吉訶德》作為我的研究項目，閱讀各圖書館一切有關作者塞萬提斯的書籍，也讀了他的其他作品。

我買到的《堂吉訶德》原文，上下集共八冊。一九六六年「文化大革命」，我翻到第七冊的半中間，我的譯稿被紅衛兵沒收了，直到一九七〇年六月才發還。但這幾年間，我沒有荒疏西班牙文。

稿子發還後我覺得好像是一口氣斷了，接續不下，又從頭譯起。一九七六年底全稿譯畢。當時是十年浩劫之後，人民文學出版社裡「摻沙子」，來了一批什麼也不懂的小青年。他們接過我親手交上的譯稿，指驚奇地問我是否譯者。《堂吉訶德》未經西語編輯審閱，只我自己校了四遍清樣，於一九七八年三月出版。

九年後我又校訂一次。我怕我所根據的版本已經陳舊，找了幾個新版本，做了一番校勘工作，發現我原先的版本還是最好的版本。至於我的翻譯，終覺不夠好。最近我又略加修改，但我已年老，只寄希望於後來的譯者了。

我曾翻譯過哥爾斯密斯的喜劇*She Stoops to Conquer*（副題《一夜間的錯誤》），我把正副二題合一，譯作《將錯就錯》。我沒有少費工夫，而且翻了兩次。但是要把英國喜劇化作中國喜劇，我做不到。風土人情不同，「笑」消失了；「笑」是最不能勉強的。我橫橫心把兩份稿子都撕了。我原想選擇英國皇室復辟時期三個有名的風俗喜劇，就此作罷。

我的遺憾是沒有翻譯英文小說，而英文是我的第一外國語。可是我不能選擇。凡是我所喜愛的英國小說，都已有中文譯本，我只好翻狄更斯（Charles Dickens）的《董貝父子》（*Dombey and Son*）。我愛讀狄更斯，但對這一部小說並不很喜愛。而我翻譯西班牙文時，查字典傷了目力，眼裡出現飛蚊。我就把剛開了一個頭的《董貝父子》托給所內的「年輕人」薛鴻時君，請他接手。

鍾書去世後，我從英文本轉譯了一篇柏拉圖的對話錄《斐多》，但原文不是英文，也不是文藝作品。

二〇〇二年十月七日

向林一安先生請教

半年內，我接連讀到林一安先生批評我翻譯作品的兩篇文章：前一篇《堂吉訶德及其坐騎譯名小議》，載二〇〇三年三月五日《中華讀書報》；後一篇《莫把錯譯當經典》，載二〇〇三年八月六日《中華讀書報》。前者已有讀者為我辯誣，我再補充幾句。林一安說堂吉訶德的坐騎，我譯為「駑騂難得」受到讚賞，實際這個譯名為他們北京外國語學院西班牙語專業四年級學生所創，經老師修改而成。並舉他們師生以「西四」的筆名發表在一九五九年《譯文》第六期上的一篇譯文《馬德里之夜》為證。意思是我抄襲了他們師生協力翻出的譯名。但經查證：林一安所說的一九五九年《譯文》第六期所載《馬德里之夜》，他們所譯堂吉訶德的坐騎名字並不是「駑騂難得」，而是「洛稷喃提」！看過楊譯本《堂吉訶德》的讀者會注意到，我所譯「駑騂難得」是有依據的，原文Rocinante，分析開來，rocin指駑馬，ante是antes的古寫，指「以前」，也指「在前列」，「第一」等。（見《堂吉訶德》上卷

第一章倒數第三段的注釋）

林君誣我抄襲他們師生翻出的譯名，這對讀者是欺矇和愚弄，對我是誣衊。不過，我認為，這是林君的個人品德問題，我可以不予置理（參見紀紅《在不疑處有疑》載二〇〇三年三月二十六日《中華讀書報》）。至於後一篇《莫把錯譯當經典》，林君強調名家譯作的失誤乃至敗筆，是應該而且「必須指出並加以改正的」。林君此舉的確是對名家更大的尊重和愛護，也是對讀者的高度負責，這種態度值得讚揚。但是，「錯誤乃至敗筆」，究竟是否錯誤乃至敗筆，涉及學術問題，我怎麼翻，自有我的道理。我的西班牙文是自習的，沒有老師指導，故在翻譯中唯以勤查字典和細讀原文本的注解為要。下面僅以林一安所舉「錯誤例證」為例，求教於林君。

De pelo en pecho這句成語，按西班牙大詞典有二義：一為valiente，指某人不畏危險和艱難；二是指某人對別人的痛苦或懇求無動於衷。這裡我取第一義，valiente。我所據馬林編注本的注釋指出，桑丘用這句成語形容那位姑娘時含有三層意思，都帶著男人氣味，用於男人合適，用在女人身上就不那麼合適，如譯為「勇敢」，女人可以和男人同樣勇敢，所以我不取這個詞義；亦可譯作「有男子漢的氣概」或「有大丈夫氣概」，但是在桑丘嘴裡，按成語直譯，更加切合桑丘的口吻。「胸口生毛」，是男子漢的具體形象，成語，指的是男子漢的氣概，是男子漢的抽象概念，按字面直譯不失原意，而在桑丘嘴裡，會顯得更現成，更自然，也更合適。我曾核對英法譯文，確有譯者譯作「胸口生毛」。如果這是歪曲了原意的敗筆，那麼，畢竟是國家培養出來的「後起之秀」，怎麼會像我一樣「望文生義」，重覆我歪曲原意的敗筆呢？

林君認為「成語切不可按字面直譯」，否則會鬧出外國人看了莫名其妙的大笑話，諸如此類的習語還有一個曰tomar el pelo。按西班牙大詞典，諸如此類的習語何止一個，有四五十個呢。其中不可直譯的有好些，例如venir a pelo、gente de pelo、en pelo等，如按字面翻譯就成笑話。但是，可以按字面翻譯的也不少，這裡不舉例了。單說我「望文生義」的敗筆吧，緊挨著前一「望文生義」又一「望文生義」，都在原文的同一句裡。林君竟視而不見。Sacar la barba del lodo a uno也是成語，指「困難中能予幫助」，這句成語也是具體形象的概括。按字面直譯能把意思表達得更為具體生動，桑丘的趣談就越加有聲有色。「成語切不可按字面直譯」嗎？我希望林君能說出「切不可」的定律有何根據。林君儼然以大權威自居，一口斷定我「對原文的理解，後起之秀中已有多人超越」。顯然，林君便是其中之一，或竟是其中佼佼者。據他的說法，我中文根底還行，理解原文的能力卻不如人，因為我畢竟不是「國家培養出來的高質量的寶貴的西班牙語人才」（而他自己畢竟是這種人才）。

所以我難免有錯失，他舉出的一個錯誤就證明我不識成語，望文生義，以致歪曲原文而譯出錯誤或敗筆來。林君「斗膽直言」，把自學西班牙語的人理解原文的能力一筆抹殺，未免也太夜郎自大了吧？我向來是一個虛心的譯者，願向西語界專家求教。如果確係錯誤，我應當改正；不僅心悅誠服，還深深感激。如果林君認為我對西班牙文的理解還不如他，他卻說我「堪稱大師級的翻譯家」，不是開玩笑嗎？

編者說明：楊絳先生曾就林一安對她翻譯方式的批評，在接受報紙一記者訪談後於二〇〇三年八月二十五日寫成此文，但未正式發表，現在徵得作者同意，將其收入《楊絳全集》。

不官不商有書香

解放前錢鍾書和我寓居上海。我們必讀的刊物是《生活周刊》。寓所附近有一家生活書店。我們下午四點後經常去看書看報;在那兒會碰見許多熟人,和店裡工作人員也熟。有一次,我把圍巾落在店裡了。回家不多久就接到書店的電話:「你落了一條圍巾。恰好傅雷先生來,他給帶走了,讓我通知你一聲。」傅雷帶走我的圍巾是招我們到他家去夜談;囑店員打電話是免我尋找失物。這件小事喚起了我當年的感受:生活書店是我們這類知識分子的精神家園。

生活書店後來變成了三聯書店。四五十年後,我們決定把《錢鍾書集》交三聯出版,我也有幾本書是三聯出版的。因為三聯是我們熟悉的老書店,品牌好,有它的特色。特色是:不官不商,有書香。我們喜愛這點特色。

二〇〇四年四月一日

尖兵錢瑗

錢瑗和她父母一樣，志氣不大。她考上了北京師範大學，立志要當教師的尖兵。尖兵，我原以為是女兒創的新鮮詞兒，料想是一名小兵而又是好兵，反正不是什麼將領或官長，她畢業後留校當教師，就盡心竭力地當尖兵。錢瑗是怎麼樣的尖兵，她的同學、同事和學生準比我更了解。

我們夫婦曾探討女兒的個性。鍾書說：「剛正，像外公；愛教書，像爺爺。」我覺得這話很恰當。兩位祖父迥不相同的性格，在錢瑗身上都很突出。

錢瑗堅強不屈，正直不阿。北師大曾和英國合作培養「英語教學」研究生。錢瑗常和英方管事人爭執，怪他們派來的專家英語水平不高，不合北師大英語研究生的要求。結果英國大使請她晚宴，向她道歉，同時也請她說說她的計畫和要求。錢瑗的回答頭頭是道，英大使聽了點頭稱善。我聽她講了，也明白她是在建立一項有用的學科。

有一天，北師大將招待英國文化委員會派來的一位監管人。校內的英國專家聽說這人已視察過許多中國的大學，脾氣很大，總使人難堪，所以事先和錢瑗打招呼，說那人的嚴厲是「沖著我們」，叫錢瑗別介意。錢瑗不免也擺足了戰鬥的姿態。不料這位客人和錢瑗談話之後非常和氣，表示十二分的滿意，說「全中國就是北師大這一校把這個合作的項目辦成功了」，接下慨嘆說：「你們中國人太浪費，有了好成績，不知推廣。」錢瑗為這項工作獲得學校頒發的一份獎狀。她住進醫院之前，交給媽媽三份獎狀。我想她該是一名好的小兵，稱得上尖兵。

錢瑗愛教書，也愛學生。她講完課晚上回家，得擠車，半路還得倒車，到家該是很累了。可是往往到家來不及坐定，會有人來電話問這問那，電話還很長。有時晚飯後也有學生來找。錢瑗告訴我：她班上的研究生問題最多，沒結婚的要結婚，結了婚的要離婚。離婚問題對學習影響很大，她得認真對待。所以學生找她談一切問題，她都耐心又細心地一一解答，從不厭倦。我看出她對學生的了解和同情。

早年的學生她看作朋友，因為年齡差距不大。年輕的學生她當作兒女般關愛。有個淘氣學生說：「假如我媽能像錢瑗老師這樣，我就服她了。」

錢瑗教的文體學是一門繁重而枯燥的課，但她善用例句來解釋問題，而選擇的例句非常精彩，就把文體學教得生動有趣了。她上高中二年級時曾因病休學一年，當時我已調入文學研究所的外文組（後稱社科院外文所），她常陪我上新北大（舊燕京）的圖書館去借書還書。她把我借的書讀完一批又讀一批，讀了許多英國文學作品，這為她選擇例句提供了豐富的資料。可惜這許多例句都是她備課時隨手揀來的，沒留底稿。我曾看過她選的例句，都非常得體，也趣味無窮。錢瑗看到學生喜歡上她的課，就格外賣力，夜深還從各本書裡找例句。她的畢業生找工作，大多受重視也受歡迎，她也當作自己的喜事向媽媽報喜。

錢瑗熱心教書，關懷學生，贏得了學生的喜愛。她為人剛正，也得到學生和同事的推重。她去世的告別會上，學生和同事都悲傷得不能自制。錢瑗的確也走得太早了些。

如今錢瑗去世快七年半了。她默默無聞，說不上有什麼成就，也不是名師，只是行伍間一名小兵。但是她既然只求當尖兵，可說有志竟成，沒有虛度此生。做父母的痛惜「可造之材」未能成材，「讀書種子」只發了一點兒芽芽，這只是出於父母心，不是智慧心。我們夫婦常說：但願多一二知己，不要眾多不相知的人聞名。人世間留下一個空名，讓不相知、不相識的人信口品評，說長道短，有什麼意思呢。錢瑗得免此厄，就是大幸；她還得到許多學生、同事、同學友好的愛重緬懷，更是難得。我曾幾次聽說：「我們不會忘記錢瑗」，這話並非虛言。「文革」期間錢瑗的學生張君仁強，忽從香港來，慨然向母校捐贈百萬元，設立

「錢瑗教育基金」，獎勵並培養優秀教師。張君此舉不僅得到學校的重視，也撫慰了一個媽媽的悲傷。他的同學好友是名編輯，想推出「紀念錢瑗小輯」，他們兩人相約各寫一篇。錢瑗的學生和同事友好聞訊後，紛紛寫文章紀念錢瑗，沒幾天就寫出好多篇。我心上溫暖，也應邀寫了這篇小文。

二〇〇四年八月二十日

請別拿我做廣告

編者的話：

本報三月二十六日《閱讀週刊》刊出的《〈一代才子錢鍾書〉再版，九旬楊絳含淚增補家事感人至深》，係根據出版社提供的材料改寫，未向楊絳先生本人核對。文章見報後接到楊先生致電，認為有些內容不實，為此她專門給本報撰寫了一篇短文表明自己的態度。現將楊先生的意見和文章一併照登在此，並對楊絳先生及讀者表示深深的歉意。

我近年閉門謝客，因來日無多，還有許多事要做呢。記者採訪也一概辭謝。今年二月十八日忽見上海《文匯讀書週報》二月十六日頭版頭條大幅報導《楊絳談熱門題材「錢鍾書」，親自校訂〈第一才子錢鍾書〉但不寫序言》，令我震驚。我從未見過那位記者，電話都沒通過。不知這份報導從何而來。我於當日致電該報鄭重聲明「我從來沒有向任何記者談熱門題材『錢鍾書』，我也從未親自校訂《第一才子錢鍾書》」，要求該報刊出更正聲明，並向我和讀者道歉。據該報記者稱，他是根據出版社提供的宣傳材料「改編」的。

不知該報出於何種考慮，將更正聲明改為「啟事」，以細字小幅於二〇〇七年三月二日在該報二版右下角一．五方寸面積刊出，若非仔細查找，很難發現，一些收到出版社同樣宣傳材料的其他媒體未能引以為鑑，繼續拿我為該書作廣告，忽而「含淚」，忽而「含笑」，「親自校訂」，「精心修改」，反覆炒作。

出版社要賣書，做廣告可以理解，但在未徵得本人同意的情況下，強加於人，做不實的宣傳，不僅是對當事人的不尊重，對讀者也有欺騙之嫌。

我希望當今這個商業化的社會，不要唯利是圖，在謀取利益的時候，還要講點道義和良心。

（說明：本文原載二〇〇七年四月二日《中國青年報》，作者就該報同年三月二十六日刊出的《〈一代才子錢鍾書〉再版》一文內容不實而寫。按語為《中國青年報》編者所作。此次原樣收入《楊絳全集》，是對出版該書的上海人民出版社和相關報紙不實報導的警示，同時也對《中國青年報》編者的真誠致歉一表謝意。——本書編者）

「楊絳」和「楊季康」——賀上海紀念話劇百年

六十四年前，我業餘學寫的話劇《稱心如意》，由戲劇大師黃佐臨先生導演，演出很成功。一夜之間，我由楊季康變成了楊絳。這年秋天，我第二個喜劇《弄真成假》上演，也很成功。抗戰勝利後，我改行做教師，不復寫劇本，但是楊絳在上海戲劇界還沒有銷聲匿跡。

解放後到了北京，楊絳就沒有了。楊季康曾當過「四害」裡的「蒼蠅、蚊子」之類，拍死後也沒有了。都到哪裡去了呢？我曾寫過一篇「廢話」《隱身衣》，說隱身衣並非仙家法寶，人世間也有：身處卑微，人人視而不見，不就沒有了嗎？我不合時宜，穿了隱身衣很自得其樂。六十多年只是一瞬間，雖然楊絳的大名也曾出現過幾次，這個名字是用水寫的，寫完就乾了，乾了也就沒有了。英國詩人濟慈（John Keats，一七九五～一八二一）慨嘆自己的名字是用水寫的。他是大詩人啊！我算老幾！

想不到戲劇界還沒忘掉當年上海的楊絳。中央戲劇學院表演系二〇〇四級三班的同學，為了紀念中國話劇百年誕辰，選中了六十四年前楊絳處女作《稱心如意》，於今年六月三日至十日，在中央戲劇學院北劇場演出。十一月間，上海話劇藝術中心和上海滑稽劇團又將在上海話劇藝術中心演出楊絳的《弄真成假》。這兩個喜劇，像出土文物，稱「喜劇雙璧」了！我驚且喜，感激又慚愧，覺得無限榮幸，一瓣心香祝演出成功。承他們抬舉，還讓我出頭露面，說幾句話。可是我這件隱身衣穿慣了，很稱身；一旦剝去，身上只有「皇帝的新衣」了。我慌張得哪還說得出話呀！好在話劇上演自有演員說話，作者不必登場。請容我告饒求免吧。

謝謝！

二〇〇七年九月二十七日

介紹莫宜佳翻譯的《我們仨》

錢鍾書最欣賞莫宜佳的翻譯。他的小說有多種譯文，唯獨德譯本有作者序，可見作者和譯者的交情，他們成了好朋友。她寫的中文信幽默又風趣，我和女兒都搶著看，不由得都和她通信了。結果我們一家三口都和她成了友。

我女兒和我丈夫先後去世，我很傷心，特意找一件需我投入全部身心的工作，逃避我的悲痛；因為這種悲痛是無法對抗的，只能逃避。我選中的事是翻譯柏拉圖《對話錄》中的《斐多》。莫宜佳知道了我的意圖，支持我，為我寫了序文。她憐我身心交瘁中能勉力工作來支撐自己，對我同情又關心，漸漸成了我最親密的一位好友。

莫宜佳不是一般譯者，只翻譯書本。她愛中國文化，是中國人的朋友。她交往的不僅知識分子，還有種地的農民，熟識的也不止一家。她知道農家的耕牛是一家之寶，過年家家吃餃子，給家裡的耕牛也吃一大盤餃子。她關注中國人民的風俗習慣、文化傳統。我熟悉的只是知識分子。至於學問，我壓根兒不配稱讚。單講中國文學的水平吧，我嫌錢鍾書的《管錐編》太艱深，不大愛讀，直到老來讀了好幾遍，才算讀懂。莫宜佳讀後就出版了《管錐編和杜甫》，當時錢鍾書已重病住入醫院，我把莫宜佳這本書帶往醫院，錢鍾書神識始終清楚，他讀了十分稱賞。

我只愛閱讀英、法、西班牙等國的小說、散文等；即便是中文小說，我的學問也比不上莫宜佳。她對中國小說能雅俗並賞，我卻連通俗小說也不如她讀得廣泛。因為我出身舊式家庭，凡是所謂「淫書」，女孩子家不許讀，我也不敢讀。她沒有這種禁忌，當然讀得比我全面了。這是毫無誇張的實情。

我早年有幾本作品曾譯成英語、法語。在國外也頗受歡迎。我老來不出門了，和以前經常來往的外國朋友絕少來往。夢想不到的是錢鍾書早年朝氣蓬勃的《圍城》，和我暮年憂傷中寫成的《我們仨》，今年同在法蘭克福書展出現！這是莫宜佳的榮譽，我們夫婦也與有榮焉。因為我們兩個能挨在一起，同時也因為譯文同出於莫宜佳的大手筆。希望德國讀者在欣賞莫宜佳所譯《圍城》的同時，也同樣喜歡《我們仨》。

二〇〇九年五月三十一日

錢鍾書生命中的楊絳*

我原是父母生命中的女兒，只為我出嫁了，就成了錢鍾書生命中的楊絳。其實我們兩家，門不當，戶不對。他家是舊式人家，重男輕女。女兒雖寶貝，卻不如男兒重要。女兒閨中待字，知書識禮就行。我家是新式人家，男女並重，女兒和男兒一般培養，婚姻自主，職業自主。而錢鍾書家呢，他兩個弟弟，婚姻都由父親作主，職業也由父親選擇。

錢鍾書的父親認為這個兒子的大毛病，是孩子氣，沒正經。他準會為他取一房嚴肅的媳婦，經常管制，這個兒子可成模範丈夫；他生性憨厚，也必是慈祥的父親。

楊絳最大的功勞是保住了錢鍾書的淘氣和那一團癡氣。這是錢鍾書的最可貴處。他淘氣，天真，加上他過人的智慧，成了現在眾人心目中博學而有風趣的錢鍾書。他的癡氣得到眾多讀者的喜愛。但是這個錢鍾書成了他父親一輩子擔心的兒子，而我這種「洋盤媳婦」，在錢家是不合適的。

但是在日寇侵華，錢家整個大家庭擠居上海時，我們夫婦在錢家同甘苦、共患難的歲月，使我這「洋盤媳婦」贏得我公公稱讚「安貧樂道」；而他問我婆婆，他身後她願跟誰同住，答：「季康」。這是我婆婆給我的莫大榮譽，值得我吹個大牛啊！

我從一九三八年回國，因日寇侵華，蘇州、無錫都已淪陷，我娘家婆家都避居上海孤島。我做過各種工作：大學教授，中學校長兼高中三年級的英語教師，為闊小姐補習功課。又是喜劇、散文及短篇小說作者等等。但每項工作都是暫時的，只有一件事終身不改，我一生是錢鍾書生命中的楊絳。這是一項非常艱鉅的工作，常使我感到人生實苦。但苦雖苦，也很有意思，錢鍾書承認他婚姻美滿，可見我的終身大事業很成功，雖然耗去了我不少心力體力，不算冤枉。錢鍾書的天性，沒受壓迫，沒受損傷，我保全了他的天真、淘氣和癡氣，這是不容易的。實話實說，我不僅對錢鍾書個人，我對所有喜愛他作品的人，功莫大焉！

二〇〇九年六月二日

注釋

*《聽楊絳講往事》繁體字版於二〇〇八年冬在台灣出版後，受到讀者歡迎，台灣學界朋友有意組織座談，議題之一即為「錢鍾書生命中的楊絳」，並希望楊先生能赴台灣與讀者見面。楊先生因年事已高沒成行，卻以此為題寫了這篇短文，未交出。近日整理舊作時不意發現，遂收入《雜憶與雜寫》。

魔鬼夜訪楊絳

昨夜我臨睡要服睡藥，但失手把藥瓶掉了，只聽得「格登」一聲，藥瓶不見了。我想瓶子是圓形，會滾，忙下床遍尋，還用手電筒照著找，但不見蹤跡，只好鬧醒阿姨，問她要了一板睡藥。她已經滅燈睡了，特為我開了燈，找出我要的藥，然後又滅了燈再睡。

我臥房門原是虛掩著的，這時卻開了一大角，我把門拉上，忽見門後站著個猙獰的鬼，嚇了一大跳，但是我認識那是魔鬼，立即鎮靜了。只見他斜睨著我，鄙夷地冷笑說：

「到底你不如你那位去世的丈夫聰明。他見了我，並沒有嚇一跳！」

我笑說：「魔鬼先生，您那晚喝醉了酒，原形畢露了。您今晚沒有化裝，我一見就認識，不也夠您自豪的嗎？」

他撇撇嘴冷笑說：「我沒有那麼淺薄。我只問你，你以為上帝保佑，已把我逐出你的香閨，你這裡滿屋聖光，一切邪惡都消滅無蹤了？」

我看他並不想走，忙掇過一把椅子，又放上一個坐墊，我說：「請坐請坐，我知道尊腚是冷的，燒不壞坐處。您有什麼指教，我洗耳恭聽。」

魔鬼這才樂了，他微笑著指著我說：「你昏聵糊塗，你以為你的上帝保佑得了你嗎？可知他遠不是我的對手哩！你且仔細想想，這個世界，屬於他，還是屬於我？」他指指自己的鼻子說，「我是不愛敷衍的。」

我仔細想了想說：「您的勢力更囂張。不是說：『道高一尺，魔高一丈』嗎？如今滿地戰火，您還到處點火。全世界人與人、國與國之間，不都在爭權奪利嗎？不都是您煽動的嗎？不過我也不妨老實告訴您，我嫉惡如仇，終究在我的上帝一邊，不會聽您指揮。我也可以對您肯定說：世上還是好人多。您自比上帝，您也無所不在，無所不能，那麼，您還忙個啥呀？據我看，這個世界毀滅了，您也只能帶著崇拜您的人，到月球上搶地盤去！不過誰也不會願意跟您下地獄、喝陰風的。魔鬼先生，我這話沒錯吧？」

魔鬼冷笑說：「你老先生不是很低調很謙虛嗎？原來還是夠驕傲的！你自以為是聰明的老人了！瞧著吧，你能有多聰明！」

我笑說：「領教了！也請勿再加教誨了！我已經九十九高齡。小時候，初學英文，也學著說：『I will not fear, for God is near.』其實我小時候是害怕的。上帝愛護我，直到老來才見到您，可是我絕不敢自以為聰明的。魔鬼先生，領教了。」

魔鬼冷笑說：「這是逐客令吧？」

我笑說：「也是真正領教了，不用再加教誨了。」

魔鬼說「One word to the wise is enough.」他拿起我遍尋不見的睡藥瓶子，敲敲我的梳妝台說，「瓶子並未掉地下，只掉在檯燈旁邊，請看看。」

魔鬼身上的熒熒綠光漸漸隱去，我雖然看不見他，卻知道他還冷眼看著我呢。

第二天早上，我剛從床上坐起，就發現我遍尋不見的藥瓶，真的就在我檯燈旁邊，並未落地。魔鬼戲弄我，並給了我一頓教訓，我應該領受。以前我心目中的確未曾有他。從此深自警惕，還不為遲。

（原載《文匯報・筆會》二〇一〇年二月二十四日）

儉為共德

余輯先君遺文，有《說儉》一篇，有言曰「昔孟德斯鳩論共和國民之道德，三致意於儉，非故作老生常談也，誠以共和國之精神在平等，有不可以示奢者。奢則力求超越於眾，乃君主政體、貴族政體之精神，非共和之精神也。」（見《申報》一九二一年三月二十九日）

近偶閱清王應奎撰《柳南隨筆・續筆》，有《儉為共德》一文。有感於當世奢侈成風，昔日「老生常談」今則為新鮮論調矣。故不惜蒙不通世故之譏，摘錄《儉為共德》之說，以饗世之有同感者：

「儉，德之共也。共，同也，言有德者，皆由儉來也。《司馬公傳家集訓儉篇》云：……

『儉，德之共也』；顧仲恭《秉燭齋隨筆》有言云，『共之為義，蓋言諸德共出於儉。儉一失，則諸德皆失矣……』凡人生百行未有不須儉以成者，謂曰『德之共』，不亦信乎！」

（原載《文匯報》二〇一〇年三月十日）

漢文

漢文是最古老的文字，也是最盛行的文字。近世發明漸多，證明中華古國的存在，比前人的估計還要推前二三千年。

用武力征服大片領域的，首推成吉思汗，但他只知一陣狂風，沒留下任何文化。毛主席不是說過嗎，「一代天驕，成吉思汗，只識彎弓射大鵰。」風過就沒有了。

七八十年前，我和錢鍾書出洋留學，船上遇一越南人，他知道我們兩個也是漢人，但他不能說中國話，只好用英語。他說：「我也是漢族，法國人要占據越南為殖民地，先滅了我們的文字，我們就不復是漢人了，我姓吳。」他嘴裡發出一個奇怪的聲音，是越南語的「吳」。安南自秦漢以後就是我國藩屬，一八八五年，成了法國殖民地，從此安南人不是中國人了。

一九九六年，朝鮮要出朝鮮文的《圍城》。朝鮮是箕子之後，是中華古國的骨肉至親呀！改用了拼音，我一字不識，幸第一頁前面有出版社名。當時錢鍾書病重住醫院，在東城我女兒也病重住入醫院，在西山山腳下，我忙忙碌碌就用英文寫了回信，但未訂合約，亦不記對方送了多少稿酬，也不知曾否再版。本是同一種族的人，卻相逢不相識了。

日本也改用拼音了，日本只是小國，全國語言相同，很方便。

中國地域既大，居民種族繁多，方言錯雜，無法統一。幸方言不同而文字相同。我國典籍豐富，如改用簡體，意義就不同，好在香港台灣還保持中華古國的文字，沒改用簡體。

假如歐洲人同用一種公共文字，各國各用本國的語言讀，那麼，如有什麼新發明，各國都可以同享了！

（原載二〇一〇年七月四日香港《大公報》）

漫談《紅樓夢》

我早年熟讀《紅樓夢》，解放後分配在文學研究所專攻西洋文學。我妄想用我評價西洋文學的方式來評論《紅樓夢》，但讀到專家、權威的議論以後，知道《紅樓夢》不屬我能評論的書。我沒有階級觀念，不懂馬列主義，動筆即錯，挨了一兩次批鬥之後，再不敢作此妄想，連《紅樓夢》這本書也多年不看了。

世移事易，我可以用我的方式討論《紅樓夢》了。但我已年邁，不復有此興致，現在只隨筆寫幾點心得體會而已，所以只是「漫談」。

近來多有人士，把曹雪芹的前八十回捧上了天，把高鶚的後四十回貶得一無是處。其實，曹雪芹也有不能掩飾的敗筆，高鶚也有非常出色的妙文。我先把曹雪芹的敗筆，略舉一二，再指出高鶚的後四十回，多麼有價值。

林黛玉初進榮國府，言談舉止，至少已是十三歲左右的大家小姐了。當晚，賈母安排她睡在賈母外間的碧紗櫥裡，賈寶玉就睡在碧紗櫥外的床上。據上文，寶玉比黛玉大一歲。他們兩個怎能同睡一床呢？

第三回寫林黛玉的相貌：「一雙似喜非喜含情目。」深閨淑女，哪來這副表情？這該是招徠男人的一種表情吧？又如第七回，「黛玉冷笑道：『我就知道嘛，別人不挑剩的，也不給我呀。』」林姑娘是鹽課林如海的女公子，按她的身分，她只會默默無言，暗下垂淚，自傷寄人籬下，受人冷淡，不會說這等小家子話。林黛玉尖酸刻毒，如稱劉姥姥「母蝗蟲」，毫無憐老恤貧之意，也有損林黛玉的品格。

第七回，香菱是薛蟠買來做妾的大姑娘，卻又成了不知自己年齡的小丫頭。

平心而論，這幾下敗筆，無傷大雅。我只是用來反襯高鶚後四十回的精彩處。高鶚的才華，不如曹雪芹，但如果沒有高鶚的後四十回，前八十回就黯然失色，因為故事沒個結局是殘缺的，沒意思的。評論《紅樓夢》的文章很多，我看到另有幾位作者有同樣的批評，可說「所見略同」吧。

第九十七回，林黛玉焚稿斷癡情，多麼入情入理。曹雪芹如能看到這一回，一定拍案叫絕，正合他的心意。故事有頭有尾，方有意味。其他如第九十八回，苦絳珠魂歸離恨天，黛玉臨終被冷落，無人顧憐，寫人情世態，入木三分。

高鶚的結局，和曹雪芹的原意不同了。曹雪芹的結局「落了片白茫茫大地真乾淨」，高鶚當是嫌如此結局，太空虛，也太淒涼，他改為「蘭桂齊芳」。我認為，這般改，也未始不可。

其實，曹雪芹刻意隱瞞的，是榮國府、寧國府的具體位置之所在。它們不在南京而在北京。這一點，我敢肯定。因為北方人睡炕，南方人睡床。大戶人家的床，白天是不用的，除非生病。寶玉黛玉併枕躺在炕上說笑，很自然。如併枕躺在床上，成何體統呢！

第四回，作家刻意隱瞞的，無意間流露出來了。賈雨村授了「應天府」。「應天府」，據如今不易買到的古本地圖，應天府在南京，王子騰身在南京，薛蟠想乘機隨舅舅入京遊玩一番，身在南京，又入什麼京呢？當然是——北京了！

蘇州織造衙門是我母校振華女校的校址。園裡有兩座高三丈、闊二丈的天然太湖石。一座瑞雲峰，透骨玲瓏；一座鷹峰，層巒疊嶂，都是帝王家方有而臣民家不可能得到的奇石。蘇州織造府，當是雍正或是康熙皇帝駐蹕之地，所以有這等奇石。

南唐以後的小說裡，女人都是三寸金蓮。北方漢族婦女多是小腳，鄉間或窮人家婦女多天足。《紅樓夢》裡不寫女人的腳。農村來的劉姥姥顯然不是小腳。《紅樓夢》裡的粗使丫頭沒一個小腳的。這也可充作榮府寧府在北京不在南京的旁證吧。

《紅樓夢》刻意不寫的是女人的腳。寫女人的鞋倒有幾處。第三十一回史湘雲在大觀園住著，寶釵形容她「把寶兄弟的靴子也穿上」。第四十九回，「黛玉換上掐金挖雲紅香皮小靴」……從姊妹都穿同樣打扮的靴。史湘雲「腳下也穿著鹿皮小靴」……這種小靴，纏腳的女人從來不穿的。

滿族人都是天足。曹雪芹給書中人物換上了古裝。

「漫談」是即興小文，興盡就完了。

二〇一〇年元月十日

鍾書習字

錢鍾書每日習字一紙，不問何人何體，皆摹仿神速。我曾請教鍾書如何執筆？鍾書細思一過曰：「爾不問，我尚能寫字，經爾此問，我並寫字亦不能矣。」予笑謂鍾書如笑話中之百腳。有人問，爾有百腳，爬行時先用左腳抑先用右腳？百腳對曰，爾不問，我行動自如。經爾此問，我並爬行亦不能矣。

鍾書曾責我曰：「爾聰明靈活，何作字乃若此之笨滯？」予曰：「字如其人，我固笨實之徒也。我學『蘭亭』應圓，而我作字卻方，學褚遂良應方，而我作字卻圓，我固笨滯之徒也。常言曰：『十個指頭有長短』，習字乃我短中之短，我亦無可奈何也。」

我抄《槐聚詩存》，筆筆呆滯，但求劃平豎直而已。設鍾書早知執筆之法，而有我之壽，其自寫之《詩存》可成名家法帖，我不禁自嘆而重為鍾書惜也。

（原載二〇一三年七月十七日《文匯報・筆會》，收入本書時文字略有改動）

憶孩時（五則）

回憶我的母親

我曾寫過《回憶我的父親》、《回憶我的姑母》，我很奇怪，怎麼沒寫《回憶我的母親》呢？大概因為接觸較少。小時候媽媽難得有工夫照顧我。而且我總覺得，媽媽只疼大弟弟，不喜歡我，我脾氣不好。女傭們都說：「四小姐最難伺候。」其實她們也有幾分欺我。我的要求不高，我愛整齊，喜歡褲腳紮得整整齊齊，她們就是不依我。

我媽媽忠厚老實，絕不敏捷。如果受了欺侮，她往往並不感覺，事後才明白，「哦，她（或他）在笑我」，或「哦，他（或她）在罵我」。但是她從不計較，不久都忘了。她心胸寬大，不念舊惡，所以能和任何人都和好相處，一輩子沒一個冤家。

媽媽並不笨，該說她很聰明。她出身富商家，家裡也請女先生教讀書。她不但新舊小說都能看，還擅長女工。我出生那年，爸爸為她買了一台勝家名牌的縫衣機。她買了衣料自己裁，自己縫，在縫衣機上縫，一忽兒就做出一套衣褲。媽媽縫紉之餘，常愛看看小說，舊小說如《綴白裘》，她看得吃吃地笑。看新小說也能領會各作家的風格，例如看了蘇梅的《棘心》，又讀她的《綠天》，就對我說：「她怎麼學著蘇雪林的《綠天》的調兒呀？」我說：「蘇梅就是蘇雪林啊！」她看了冰心的作品後說，她是名牌女作家，但不如誰誰誰。我覺得都恰當。

媽媽每晚記帳，有時記不起這筆錢怎麼花的，爸爸就奪過筆來，寫「糊塗帳」，不許她多費心思了。但據爸爸說，媽媽每月寄無錫大家庭的家用，一輩子沒錯過一天。這是很不容易的，因為她是個忙人，每天當家過日子就夠忙的。我家因爸爸的工作沒固定的地方，常常調動，從上海調蘇州，蘇州調杭州，杭州調回北京，北京又調回上海。

我爸爸厭於這類工作，改行做律師了。做律師要有個事務所，就買下了一所破舊的大房子。媽媽當然更忙了。接下來日寇侵華，媽媽隨爸爸避居鄉間，媽媽得了惡疾，一病不起，我們的媽媽從此沒有了。

我想念媽媽，忽想到怎麼我沒寫一篇《回憶我的母親》啊？

我早已無父無母，姊妹兄弟也都沒有了，獨在燈下，寫完這篇《回憶》，還癡癡地回憶又回憶。

三姊姊是我「人生的啟蒙老師」

我三姐姐大我五歲，許多起碼的常識，都是三姐講給我聽的。

三姐姐一天告訴我：「有一樁可怕極了，可怕極了的事，你知道嗎？」她接著說，每一個人都得死；死，你知道嗎？我當然不知道，聽了很害怕。三姐姐安慰我說，一個人要老了才死呢！

我忙問，「爸爸媽媽老了嗎？」

三姐說：「還遠沒老呢。」

我就放下心，把三姐的話全忘了。

三姐姐又告訴我一件事，她說：「你老希望早上能躺著不起床，我一個同學的媽媽就是成天躺在床上的，可是並不舒服，很難受，她在生病。」從此我不羨慕躺著不起來的人了，躺著不起來的是病人啊。

老、病、死，我算是粗粗地都懂了。

人生四苦：「生老病死」。老、病、死，姐姐都算懂一點了，可是「生」有什麼可怕呢？這個問題可大了，我曾請教了哲學家、佛學家。眾說不一，我至今該說我還沒懂呢。

太先生

我最早的記憶是爸爸從我媽媽身邊搶往客廳，爸爸在我旁邊說，我帶你到客廳去見個客人，你對他行個鞠躬禮，叫一聲「太先生」。

我那時大約四五歲，爸爸把我放下地，還攙著我的小手呢，我就對客人行了個鞠躬禮，叫了聲「太先生」。我記得客廳裡還坐著個人，現在想來，這人準是爸爸的族叔（我稱叔公）楊景蘇，號志洵，是胡適的老師。胡適說：「自從識了這位老師，才開始用功讀書。」景蘇叔公與爸爸經常在一起，他們是朋友又是一家人。

我現在睡前常翻翻舊書，有興趣的就讀讀。我翻看孟森著作的《明清史論著集刊》上下冊，上面有鍾書圈點打「√」的地方，都折著角，我把折角處細讀，頗有興趣。忽然想起這部論著的作者名孟森，不就是我小時候對他曾行鞠躬禮，稱為「太先生」的那人嗎？他說的是常州話，我叔婆是常州人，所以我知道他說的是常州話，而和爸爸經常在一處的族叔楊志洵卻說無錫話。我恨不能告訴鍾書我曾見過這位作者，還對他行禮稱「太先生」，可是我無法告訴鍾書了，他已經去世了。我只好記下這件事，並且已經考證過，我沒記錯。

五四運動

一九一九年五四運動，現稱青年節。當時我八歲，身在現場。現在想來，五四運動時身在現場的，如今只有我一人了。當時想必有許多中外記者，但現在想來，必定沒有活著的了。作為一名記者，至少也得二十歲左右吧？將近一百二十歲，誰還活著呢？

閒話不說，只說說我當時身經的事。

那天上午，我照例和三姐姐合乘一輛包車到辟才胡同女師大附屬小學上課。這天和往常不同，馬路上有許多身穿竹布長衫、胸前右側別一個條子的學生。我從沒見過那麼高大的學生。他們在馬路上跑來跑去，不知在忙什麼要緊事，當時我心裡納悶，卻沒有問我三姐姐，反正她也不會知道。

下午四點回家，街上那些大學生不讓我們的包車在馬路上走，給趕到陽溝對岸的泥土路上去了。

這條泥土路，晴天全是塵土，雨天全是爛泥，老百姓家的騾車都在這條路上走。旁邊是跪在地下等候裝貨卸貨的駱駝。馬路兩旁泥土路的車輛，一邊一個流向，我們的車是逆方向，沒法前進，我們姐妹就坐在車裡看熱鬧。只見大隊學生都舉著小旗子，喊著口號：「打倒日本帝國主義！」「抵制日貨！（堅持到底）」「勞工神聖！」「戀愛自由！」（我不識戀字，讀成「變」。）一隊過去，又是一隊。我和姐姐坐在包車裡，覺得沒什麼好看，好在我們的包車停在東斜家附近，我們下車走幾步路就到家了，爸爸媽媽正在等我們回家呢。

張勳復辟

張勳復辟是民國六年的事。我和民國同年，六歲了，不是小孩子了，記得很清楚。當時謠傳張勳的兵專要搶劫做官人家，做官人家都逃到天津去，那天從北京到天津的火車票都買不到了。

但外國人家門口有兵看守，不得主人許可，不能入門。爸爸有個外國朋友名Bolton（波爾登），爸爸和他通電話，告訴他目前情況，問能不能到他家去避居幾天。波爾登說：「快來吧，我這裡已經有幾批人來了。」

當時我三姑母（楊蔭榆）一人在校（那時已放暑假），她心上害怕，通電話問媽媽能不能也讓她到波爾登家去。媽媽就請她飯後早點來，帶了我先到波爾登家去。

媽媽給我換上我最漂亮的衣裳，一件白底紅花的單衫，我穿了到萬牲園（現稱動物園）去想哄孔雀開屏的。三伯伯（編按：即前文所說的三姑母，姑母舊亦呼伯伯）是乘了黃包車到我家的，黃包車還在大門外等著我們呢。三伯伯抱我坐在她身邊。到了一個我從沒到過的人家，熟門熟路地就往裡走，一手攙著我。她到了一個外國人的書房裡，笑著和外國人打了個招呼，就坐下和外國人說外國話，一面把我抱上一張椅子，就不管我了。那外國人有一部大菱角鬍子，能說一口地道的中國話。他說：「小姑娘今晚不回家了，住在我家了。」我不知是真是假，心上很害怕，而且我個兒小，坐椅子上兩腳不能著地，很不舒服。

好不容易等到黃昏時分，看見爸爸媽媽都來了，他們帶著裝滿箱子的幾輛黃包車，藏明（我家的老傭人）抱著他寶貝的七妹妹，藏媽（藏明的妻子）抱著她帶的大弟寶昌，三姐姐攙著小弟弟保俶（他的奶媽沒有留下，早已辭退），好大一家人都來了。這時三伯伯卻不見了，跟著爸爸媽媽等許多人都跑到後面不知哪裡去了，我一人站在過道裡，嚇得想哭又不敢哭。等了好一會，才看見三姐姐和我家的小廝阿袁來了（「小廝」就是小當差的，現在沒什麼「小廝」了）。三姐姐帶我到一個小院子裡，指點著說：「咱們住在這裡。」

我看見一個中國女人在那兒的院子裡洗臉，她把洗臉布打濕了把眉毛左右一分。我覺得很有道理，以後洗臉也要學她了。三姐姐把我衣角牽牽，我就跟她走進一間小小的客廳，三姐姐說：「你也這麼大了，怎麼這樣不懂規矩，光著眼睛看人，好意思嗎？」我心裡想，這種女人我知道，上不上，下不下，是那種「搭腳阿媽」，北京人所謂「上炕的老媽子」，但是三姐姐說的也不錯，我沒為自己分辯。

那間小客廳裡面搭著一張床，床很狹，容不下兩個人，我就睡在炕几上，我個兒小，炕几上睡正合適。

至於那小廝阿袁呢，他當然不能和我們睡在同一間屋裡。他只好睡在走廊欄杆的木板上，木板上躺著很不舒服，動一動就會滾下來。

阿袁睡了兩夜，實在受不了。而且伙食愈來愈少，大家都吃不飽。阿袁對三姐說，「咱們睡在這裡，太苦了，何必呢？咱們回家去多好啊，我雖然不會做菜，烙一張餅也會，咱們還是回家吧。」

三姐和我都同意，回到家裡，換上家常衣服，睡在自己屋裡，多舒服啊！

阿袁一人睡在大炕上，空落落的大房子，只他一人睡個大炕，他害怕得不得了。他打算帶幾張烙餅，重回外國人家。

忽然聽見劈劈啪啪的槍聲，阿袁說，「不好了，張勳的兵來了，還回到外國人家去吧。」我們姊妹就跟著阿袁逃，三人都哈著腰，免得中了流彈。逃了一半，覺得四無人聲，站了一會，我們就又回家了。爸爸媽媽也回家了，他們回家前，問外國人家我們姊妹哪兒去了。外國人家說，他們早已回家了。但是爸爸媽媽得知我們在張勳的兵開槍時，正在街上跑，那是最危險的時刻呀，我們姊妹正都跟著阿袁在街上跑呢，爸爸很生氣。阿袁為了老爺教他讀書識字，很苦惱，很高興地離了我們家。

（原載二〇一三年十月十五日《文匯報‧筆會》）

編輯說明

《雜憶與雜寫》繁體中文版，是根據二〇一四年人民文學出版社《楊絳全集》中的散文卷《雜憶與雜寫》為底本，重新依內容性質分類為「雜憶」與「雜寫」兩部，前者為懷人憶舊之作，後者為各式短文雜文。再各自依照作者寫作年份排序，讓讀者在欣賞楊絳文章的筆墨之美與時代之嘆時，也能感受她悠揚漫長生命中時間與意識的流動。

書封「雜憶與雜寫」題簽，出自一九九四年三聯書店所出版之《雜憶與雜寫》初版封面，為錢鍾書先生親筆所題。

本書楊絳先生之照片，皆為吳學昭女士及莫昭平女士所提供，徵得楊絳先生同意後刊出。

二〇一五年三月十日

新人間叢書㉛

雜憶與雜寫：楊絳散文集

作　者——楊　絳
主　編——湯宗勳
責任編輯——鍾岳明
美術設計——張瑜卿
執行企劃——劉凱瑛

董事長——趙政岷
出版者——時報文化出版企業股份有限公司
108019台北市和平西路三段二四〇號四樓
發行專線——（〇二）二三〇六六八四二
讀者服務專線——〇八〇〇二三一七〇五
（〇二）二三〇四七一〇三
讀者服務傳真——（〇二）二三〇四六八五八
郵撥——一九三四四七二四時報文化出版公司
信箱——10899台北華江橋郵局第九十九信箱

時報悅讀網——http://www.readingtimes.com.tw
電子郵箱——history@readingtimes.com.tw
法律顧問——理律法律事務所　陳長文律師、李念祖律師
印　刷——家佑實業股份有限公司
初版一刷——二〇一五年三月二十日
初版十六刷——二〇二四年七月九日
定價——新台幣三六〇元

時報文化出版公司成立於一九七五年，
並於一九九九年股票上櫃公開發行，於二〇〇八年脫離中時集團非屬旺中，
以「尊重智慧與創意的文化事業」為信念。

雜憶與雜寫：楊絳散文集 / 楊絳著.
-- 初版. -- 臺北市：時報文化, 2015.03
面；　公分. --（新人間叢書；251）
ISBN 978-957-13-6207-6(平裝)
855　　104002192

ISBN 978-957-13-6207-6
Printed in Taiwan